◎山东省社科理论重点研究基地齐文化研究基地重大项目

淄博古代文献丛刊
王志民　主编

王象晋集

（明）王象晋　撰
巩曰国　贺馨雨　整理

山东大学出版社
SHANDONG UNIVERSITY PRESS
·济南·

图书在版编目（CIP）数据

王象晋集 /（明）王象晋撰；巩曰国，贺馨雨整理
. -- 济南：山东大学出版社，2024.1
（淄博古代文献丛刊 / 王志民主编）
ISBN 978-7-5607-7976-8

Ⅰ．①王… Ⅱ．①王… ②巩… ③贺… Ⅲ．①中国文
学—古典文学—作品综合集—明代 Ⅳ．①I214.82

中国国家版本馆 CIP 数据核字（2023）第 203194 号

责任编辑 郭凯迪
封面设计 张 荔

王象晋集
WANG XIANGJIN JI

出版发行 山东大学出版社
社 址 山东省济南市山大南路 20 号
邮政编码 250100
发行热线 （0531）88363008
经 销 新华书店
印 刷 山东蓝海文化科技有限公司
规 格 710 毫米 ×1000 毫米 1/16
13.5 印张 233 千字
版 次 2024 年 1 月第 1 版
印 次 2024 年 1 月第 1 次印刷
定 价 59.00 元

大司马象乾公与方伯象晋公昆仲相聚图（明龙道衡绘，桓台博物馆藏）

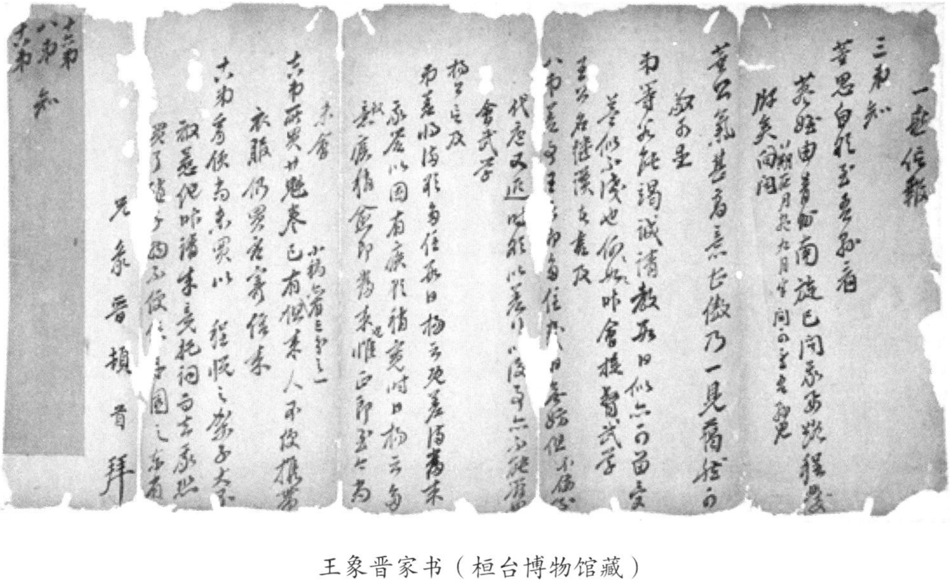

王象晋家书（桓台博物馆藏）

清寤齋心賞編
濟南王象晉藎臣甫輯
葆生要覽
仙經曰無勞爾形無搖爾精歸心靜默可以長生○
修眞至要曰精根根而運轉氣默默而徘徊神混
混而來往心澄澄而不動○調息以養氣息機以
養神滅嗔憎以養志戒虚詐以養德儉服食以養
生 華子心錄 少言語以養內氣寡色慾以養精氣薄
滋味以養血氣嚥精液以養臟氣戒嗔怒以養肝

明刻本《清寤斋心赏编》（书影）

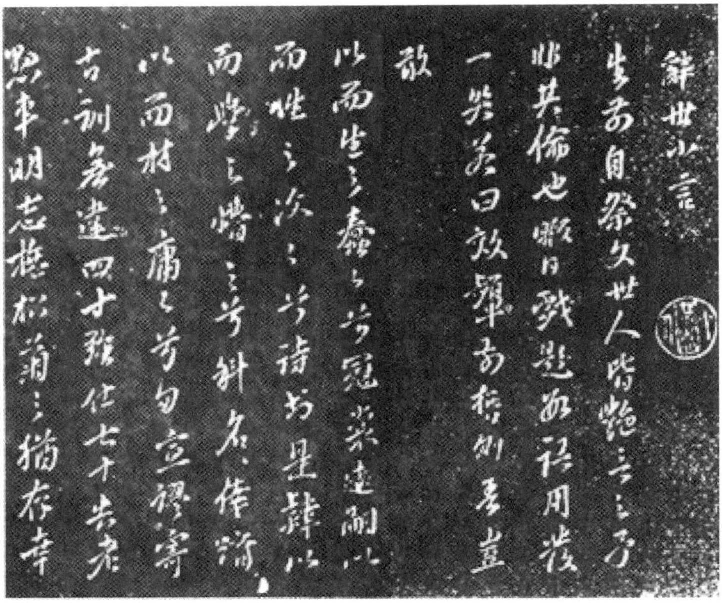

辭世小言

王象晋《辞世小言》碑刻（选自《桓台文物》）

《淄博古代文献丛刊》编委会

总 序

淄博是齐文化的发祥地，有着源远流长的著述传统。先秦时期，齐地沃土孕育了诸多文化经典，包括我国第一部手工业技术专著《考工记》、齐文化的百科全书《管子》、“无传记之名，实传记之祖”的《晏子春秋》、兵学圣典《孙子兵法》以及《孙膑兵法》《司马法》《六韬》等兵学著作，还有《慎子》《尹文子》《鲁仲连子》等稷下诸子文献。战国秦汉间，齐人在经学方面成就突出，《易》《书》《诗》《春秋》今文经学的传承，均与齐人有密切关系。魏晋以后，淄博文献众多，有史书方志、科技著作、笔记杂著、戏曲小说、诗集文集等，各呈风采。西晋左思《三都赋》曾令洛阳纸贵，北魏崔鸿《十六国春秋》是研究魏晋南北朝历史的重要著作，贾思勰《齐民要术》标志着古代农书的成熟，唐代段成式《酉阳杂俎》和宋代王辟之《渑水燕谈录》是唐宋史料笔记中的代表性作品，元末明初贾仲明的杂剧“骈俪工巧，有非他人之所能及者”[①]。特别需要注意的是，明清时期，淄博文风兴盛，涌现出了众多文化名人，留下了大量的文献著述，其中很多被收入《四库全书》，如毕自严《石隐园藏稿》、薛凤祚《两河清汇》、孙廷铨《颜山杂记》、王士禛《居易录》《池北偶谈》《香祖笔记》《古夫于亭杂录》《分甘余话》《精华录》《渔洋诗话》《衍波词》等，而蒲松龄《聊斋志异》被誉为“短篇小说之王”，成为淄博文化发展史上耀眼的风景。

古籍文献是中华优秀传统文化的重要载体。淄博古代文献不仅是研究淄博地区历史文化的珍贵史料，也是中华优秀传统文化的宝贵遗产。党的十八大以来，传承、弘扬中华优秀传统文化成为国家重大文化战略。2017年1月，中共中央办公厅、国务院办公厅印发《关于实施中华优秀传统文化传承发展工程的意见》，要求“加强中华文化典籍整理编纂出版工作”。2022年4月，中共中央办公厅、国务院办公厅印发了《关于推进新时代古籍工作的意见》，指出：“做好古籍工作，把祖国宝贵的文化遗产保护好、传承好、发展好，对赓续中华文脉、弘扬民族精神、增强国家文化软实力、建设社会主义文化强国具有重要意义。”为发掘保护淄博文献资源，传承弘

---

① 无名氏：《录鬼簿续编》，《中国古典戏曲论著集成》（二），中国戏剧出版社1959年版，第292页。

扬优秀传统文化，推动中华优秀传统文化创造性转化、创新性发展，助力淄博文化强市建设，山东理工大学和淄博市政协决定联合编辑出版《淄博古代文献丛刊》（以下简称《丛刊》）。山东理工大学党委和行政领导高度重视，给予了多方面的关照与支持。淄博市政协专门召开党组会研究，将《丛刊》列为市政协文史工作重点项目；张廷延主席、朱正林副主席非常关心该项目的实施和进展，提出了许多推动措施和指导意见。山东理工大学齐文化研究院和淄博市政协文化文史和学习委员会具体负责项目实施。

淄博历代文献数量宏富，根据《中国古籍总目》《山东文献书目》《山东文献书目续编》等书目及各类方志资料，今天保存下来的淄博古代文献就有近1000种。《丛刊》的收录原则，一是水平高，具有重要文化、学术价值；二是未经过点校整理，或虽有整理但不够规范系统。根据这两项原则，在充分调查的基础上，《丛刊》选取了淄博古代23位文人著述进行整理，共16册（部分文人著述篇幅较小，进行了合并），总计700余万字。

《丛刊》项目酝酿于数年前。张宇声教授提出编纂整理《明清淄博文人别集丛刊》的建议被采纳，经过专家研讨，根据实际选目，后改为《淄博古代文献丛刊》。为做好整理工作，我们组建了四个编纂小组，分别由山东理工大学张宇声教授、巩曰国教授、上海交通大学朱丽霞教授、山东师范大学王培峰副教授担任组长，张宇声负责《孙廷铨集》《赵进美集》《张笃庆集》《高珩集》《王培荀集》，巩曰国负责《王象晋集》《王象艮集 王象明集 王与玟集》《王象春集》，朱丽霞负责《王教集 袁藩集》《刘一相集》《刘鸿训集》《毕自严集》，王培峰负责《段氏三代诗文汇编》《杨梦衮集》《何世瑾集 王祖昌集》《张象津集》，延请上海交通大学、中国海洋大学、山东师范大学、重庆师范大学、山东理工大学、西安航空学院、商洛学院等高校相关学者组成了一支水平较高的整理队伍。《丛刊》编纂日常工作由山东理工大学齐文化研究院执行院长巩曰国教授负责。

整理过程中，我们统筹组织，多次召开会议，制定具体措施，严把质量关。各集整理者广泛搜集各种版本，科学选定底本与校本，严格执行整理体例和古籍整理规范。初稿完成后，各组成员之间对书稿进行了互审，各组组长对所负责的书稿进行了通审并提出修改意见，我们审阅了书稿并对各集的前言进行了统一审稿，逐一提出修改意见。各集整理者根据各家意见对书稿进行了修改完善，2022年8月，《丛刊》书稿交付山东大学出版社。山东大学出版社对《丛刊》的出版非常重视，王贻社总编、刘旭东副社长、刘森文主任统筹协调，精心组织编校，保证了《丛刊》的出版质量。

《丛刊》学术价值主要有以下几个方面：

其一，首次对淄博古代文献特别是明清时期淄博文人著述进行了较大规模的整理，填补了学术空白。文献整理是文化建设的基础工作，历来为人所重视。省一级的文献整理，前有《畿辅丛书》《云南丛书》，今有《齐鲁文库》《荆楚全书》《湖湘文库》《江苏文库》等。近些年来，地市一级的文献整理也不断推出，如《金陵全书》《苏州文献丛书》《金华丛书》等。淄博文化底蕴深厚，文献资源丰富，古代文献虽有整理，如《管子》《晏子春秋》《考工记》等先秦齐文化典籍，左思、王士禛、蒲松龄、赵执信、徐夜等文人的著述以及部分方志，但零散不成系统。《丛刊》作为第一种淄博古代文献整理丛书，弥补了淄博文化建设的这一缺憾。《丛刊》16册中，有11册的全部内容均为尘封数百年后首次整理面世。

其二，注重规范、全面挖掘整理，为淄博地方历史文化研究提供了详实资料。《丛刊》各集，对原著者的各类著述尽可能全面收录，如《张笃庆集》，不仅收录其诗集《昆仑山房郢中集》《昆仑山房诗集》，还收录传记类著作《先相国少保公年谱》《两汉高士赞》以及史评类著作《班范肪截》《五代史肪截》。每一种集子，书前都有前言，介绍作者的生平、著述及贡献，书后附录详列相关传记材料、诗文唱和、诸家评论、著录题跋、诗文辑佚以及作者年谱（年表）。这样一册在手，即可全面了解其生平、著述及各方面贡献。文献作者均为淄博人，他们有关当时历史地理、风土民情、名人掌故、名胜古迹的记述，是研究淄博历史文化的宝贵资料。如《张象津集》中《新城水利四议》包含了小清河、孝妇河、郑潢沟、乌河等河流的诸多信息，是研究淄博历史地理的重要文献。《孙廷铨集》中的《颜山杂记·琉璃志》全面、系统地记述了当时中国北方美术琉璃生产中心颜神镇（今博山）的琉璃生产工艺，包括烧造琉璃的原料、呈色、火候、配色、产品、做工、工具、吹制等，对研究名闻中外的“淄博陶琉”具有重要史料价值。

其三，整理发掘诗文、戏曲创作资料，有补于中国古代文学研究。《丛刊》的文献作者均为富有才情的文人，有很多在诗文、戏曲创作方面卓有建树。如王象春是公认的晚明山左诗坛巨擘，主张“重开诗世界，一洗俗肝肠”，推动了山左诗风的转变以及“济南诗派”在清代的繁荣；张笃庆诗歌创作不拘一格，各体兼擅，《四库全书总目》称其“才藻富有，洋洋洒洒，动辄千言，风发泉涌”；毕自严博通经史，雅好文学，高珩誉其文章可比韩愈和苏轼，《四库全书总目》认为“虽乡曲之言，未免稍溢，而以经济兼文章，则自严要不愧也”；赵进美是明末清初诗坛上由“前后七子”的格调说至王渔洋神韵说之间的一位重要诗人，同时也有《瑶台梦》《立地成佛》等戏曲作品；高珩诗文丰富，其诗“近元、白《长庆集》体”，又有通俗弹词

《醒梦戏曲》。《丛刊》各集，全面呈现相关作家的诗文、戏曲创作成果，其中包含了一些稀见的稿本、抄本，为丰富拓展古代文学特别是明清时期山左文坛的研究，提供了重要的文献依据。

需要指出的是，《丛刊》文献的作者多出自文化世家，与国内著名文学家、政治家广泛交游，其活动与当时全国的政治局势、文化创造颇有关联，其意义不局限于淄博一地。像毕自严是关涉明末政局的人物，王象春、高珩、赵进美的文学活动都与明末清初文坛发展有很大关系，段成式家族在唐代全国的地位更具代表性。因此，《丛刊》的出版不仅有益于淄博地方文化建设，对于推动山东乃至全国的文史研究和文化建设，也有积极的学术意义。

整理古代文献，弘扬中华优秀传统文化，是我们的历史使命。《丛刊》首次对淄博古代文献进行较大规模的整理，我们深知责任重大。整理中，我们尽管力求严格学术规范，严把学术质量，但校书如扫落叶，疏误在所难免，且《丛刊》是集体项目，出自众人之手，各卷质量不尽相同，恭请专家读者批评指正。

王志民

2023 年 10 月 16 日

定稿于山东理工大学齐文化研究院

前　言

新城王氏为明清时期山东地区的名门望族，自明至清，科甲蝉联数百年，名人辈出，号称“江北青箱”“齐鲁第一进士家族”。王象晋是这一家族的代表人物之一。

一

王象晋（1561—1653），字子进，又字荩臣，号康宇。始祖王贵，明初由诸城迁新城县（今山东桓台县），称琅琊公。高祖王伍，有善行，称善行公。曾祖王麟，颍川王府教授。祖父王重光，明嘉靖二十年（1541）进士，官贵州按察使参议，赠太仆寺少卿。父王之垣，明嘉靖四十一年（1562）进士，官户部左侍郎，赠户部尚书。长兄王象乾，明隆庆五年（1571）进士，官兵部尚书，累加太子太师。

王象晋与其父、兄一样，走的是读书科举仕宦之路，自幼受到很好的教育，“少与诸弟兄镞砺于学，寒暑无间，为诸生，学使者期以天下士，郭文毅正域尤器重之”。虽然王象晋很早就崭露头角，并受到时人的期许，但其科场却颇为不顺。万历十六年（1588）山东乡试，从弟王象斗、王象节、王象恒均中举人，而王象晋只屈居副榜，“万历戊子乡试，象斗、象节、象恒皆中式，公与焉，监试者谓新城王氏且三人，不可益，抑副榜”，直到万历二十二年（1594），方考中举人，十年以后才成为进士，此时他已经44岁。

王象晋考中进士当年，父亲王之垣去世。万历三十五年（1607），王象晋守丧期满，授中书科中书舍人，万历四十一年（1613）升礼部仪制司主事。当时齐党亓诗教、韩浚等人声势煊赫，想拉拢王象晋，但王象晋不为所动，由此受到排挤报复。《甲寅异梦记》：“万历甲寅，予以秘书郎稍迁礼曹。时同乡二三要人，势烜赫甚。三事六曹而下，莫不奉命惟谨。一时附丽之者，蝇营蛆趋，竞相奔赴。予性迂拙，弗能知，即明示招来，又弗能悟。用是决计剪锄，而以其党某御史先为排击，羁邸中者数月。”丁巳（1617）京察，王象晋被党人诬以“浮躁”，“其以丁巳京察降外也，给事中亓某、御史韩某、赵兴邦辈所谓四凶者，力翻辛亥之案，朋比攘臂，将尽棓正人而去之，因坐以浮躁。象晋在家闻之，怡然曰：‘此党人自图报复耳，非朝廷意，于吾何损！’”此后十年，王象晋大部分时间都在家乡新城度过，以种植为乐，“顺时安命，深耕疾耰，以旦夕从事于农圃，聊悠游以卒岁可已”。

天启七年（1627），王象晋重新被起用，以礼部仪制司员外郎的身份扈从惠王朱常润就藩荆州，一路所作诗文，结集为《郢封里吟》和《剪桐载笔》。崇祯元年（1628），升任按察司副使，备兵淮扬。次年，南通州发生变乱，王象晋果断平定，“通州奸民乱猝起，聚众数千，烧劫豪家，势汹汹及官府。公自泰州驰赴之，擒戮其首事者数人，事遂定”。崇祯四年至崇祯七年，王象晋以参政督苏、松、常、镇粮储，驻节常熟。四年间，王象晋竭心尽力，共督粮746万余石，“受事以来，一切催征、催兑、催银、催船，晷刻弗遑，俾夜作昼，夏秋则扬帆而北，暑雨之备尝，冬春则鼓棹于南，风涛之时惕。计四年中，督白漕二粮共七百四十六万余石，轻赍等共一百六万余金”。由于“累蒙纪录，举卓异”，崇祯七年王象晋升任河南按察使,崇祯八年又升任浙江右布政使。崇祯十年,77岁的王象晋致仕归里，悠游林下，督课孙辈读书。清顺治十年（1653），王象晋以93岁高龄辞世。当年，其子王与敕收集其平生所作诗文，编为《赐闲堂集》。

王象晋为人平和仁厚，淡泊名利。科场不顺，入仕不久即遭打击报复，但他均能淡然处之。晚年撰自祭文：“予性谨饬，予心柔懦。不敢凌人，不忍害物。不敢丧心，不求满意。能甘澹泊，能忍闲气。九十年来，于心无愧。可偕众而同游，可含笑而长逝。”王象晋能得高寿，与此有很大关系。

明清易代之际，新城战乱频仍，1631年，孔有德叛军攻陷新城，史称辛未之难，1642年，清兵南下攻陷新城，史称壬午之难，1646年，高苑谢迁暴动，又攻陷新城。在这些变乱中，新城王氏族人多人殉难。1644年明朝灭亡，新城王氏有多人殉节，其中就有王象晋的儿子王与胤全家。王象晋目睹家国变故，注重保存家族实力，辞官归里后，严格督课孙辈读书。清康熙年间,其孙辈王士禛等多人由科举而入仕。王士禛不仅官至刑部尚书，而且成为诗坛“一代正宗”，新城王氏家声复振。清初新城王氏家族能够复兴，王象晋发挥了关键作用。

二

王象晋是一位农学家，他的《群芳谱》（又称《二如亭群芳谱》）是明代重要农学著作。全书28卷（也有30卷本，内容相同），分为天谱、岁谱、谷谱、蔬谱、果谱、茶竹谱、桑麻葛苎谱、药谱、木谱、花谱、卉谱以及鹤鱼谱等 12 类，记载的植物达 400 多种。书中提出了“因时制宜”“因地制宜”“因物制宜”的原则，记载了稻、麦、麻、棉、甘薯等农作物的栽培、繁殖技术，介绍了一些减少农业灾害的措施，如防止霜冻“烟熏法”“覆盖法”等，具有重要的农学价值。书中特别注重对救荒植物的记载，反映了作者关心国计民生的情怀。除了农作物，书中还记载了大量观赏植物、作物的栽培种植技术，收录了许多相关的典故、词藻等，因而具有丰富的文化内涵。《群芳谱》在后世有很大影响，清代的《广群芳谱》(《佩文斋广群芳谱》)就是康熙皇帝命人在《群芳谱》的基础上增订而成的。

王象晋对医药颇为留意，注意搜集整理医方，54 岁时编辑刊印《简便验方》，69 岁时将其增补为《增定简便验方》，84 岁时又刊行《保安堂三补简便验方》。《保安堂三补简便验方序》：“此予旧刻《简便验方》也，稿今三易矣。初梓于万历甲寅，随所取效，旋付枣梨，期与人人共之。再梓于崇祯己巳，剖判伦类，次第卷帙，庶几披阅为便。逮壬午季冬，吾桓忽遭焚掠，旧版沦于灰烬。知交相求，愧无以应。于是穷搜旧本，类附新知，两阅岁华，始克就绪，不觉忾然太息也。嗟嗟！自甲寅历甲申，寒燠频迁，庚甲叠禅，予且由少而壮，由壮而老，皤然称髦耋人矣。”《保安堂三补简便验方》收录 800 多个处方，包括内科、妇科、儿科等，很有实用价值。在《群芳谱》中，王象晋单列《药谱》三卷，收录药物 54 种，附 15 种。王象晋特别注重药物的性能，如“枇杷秋荫、冬花、春实、夏热，备四时之气，他物无以类者”，“豇豆性甘、咸、平，无毒，理中益气，补肾健胃，和五脏，调营卫，生精髓”等，今天仍有参考价值。

王象晋不以诗名世，但也不乏吟咏。扈从惠王就藩荆州途中就有诗作 60 余篇，结集为《郢封里吟》。其子王与敕为其编辑的《赐闲堂集》中，有诗歌 134 首，以五、七言律诗和绝句为主，也有排律和歌行体。这些诗，有的写山水风光，如《燕矶晓望》:“秀色郁穹窿，危峰亘碧空。涛惊三面崄，烟罩一帆风。名讵拟飞燕，势堪埒冥鸿。一时凭眺望，千载壮镐丰。”再如《白鹭春潮》:“白鹭骞腾不记年，嘉名浪自谪仙传。中分二水芳徽远，势控诸山胜概偏。万里舳舻归禹贡，千帆络绎尽尧天。六朝遗迹今何在，渔火山光起暮烟。”有的写羁旅行役，如《荻港阻雨》：“停楫江头卒雨来，连天蒙雾几时开。声传远壑疑摧岸，点洒轻帆似振雷。黯黯乡思愁欲绝，萦萦清梦几番回。天公着意频相恼，遮莫闲情且举杯。”再如《守风十咏》之一：“潮流自长往，风信故留连。遥忆江陵道，徒劳望眼悬。”前有小序云：“仪真守风七日，心殊闷闷。客举‘潮平两岸阔，风正一帆悬’相期望，聊缀短章，用遣旅况。”有的写怀念亲友，如《午日怀家中诸弟》：“鹡鸰原上正和鸣，可奈孤鸿独远征。一色水天朝曙合，千帆楼橹暮云平。遥知黍角同高会，偶弋凫雏我自烹。何日芳园共携手，鲸吞百斗莫辞酲。”再如《寄诸寅丈》:“南省同游秋复春，忽捧使节逐征尘。茅分赤社逢殊典，礼秩精禋愧渺身。漠漠楚江乡梦窅，遥遥天阙宦途新。他时理钓烟波上，回首云霄忆故人。”有的写田园之乐，如《考槃自适》:“一派清泉数仞山，几间茅屋任盘桓。盈畴桃李同铺锦，弥望云霞见远天。周易竹窗手自点，新茗活火侍儿煎。人生事事皆堪赏，何用烹炉炼大还。”再如《杂兴》其一 :“小园载酒日经过，满目春光映绿莎。桃李含情呈笑靥，柳榆献媚缀晴螺。鸟穿翠柳簧调舌，鱼跃澄泉玉掷梭。莫讶老夫频命骑，忍缘皓首负阳和。”

王象晋的诗歌不尚浮华，如《言志》其一:“通籍三十年，息肩犹未得。静中自寻思，永夜劳转侧。来日苦无多，胡不惜筋力。富贵如浮云，百岁犹顷刻。世途多险巇,反复无终极。何不早挂冠,戚友相亲慝。西塾课儿孙，东皋艺黍稷。早毕公家赋，早完私家逼。浊醪聊适口，粗粝堪供食。八口可无饥,四邻好为德。时而曳杖游,时而曲肱息。一事不萦怀,两耳常紧塞。用以怡吾神，徜徉华胥国。”以平实自然的语言表达了自己平易淡泊的生活志趣。

诗歌之外,《赐闲堂集》还收录王象晋的160余篇文章,包括赋、赞、祝文、疏、启、序、跋、赠序、记、传、说等多种文体。这些文章，颇多史料价值。如《纠正代藩疏》是为纠劾代王府废长立幼而作，可考见明代皇室的册封礼制 ;《新城县重修四门记》记天启二年（1622）春王象晋与张羽凤、耿庭柏等乡绅共同重修新城县四门的过程，对研究桓台历史颇有价值 ;《于冏卿传》记同乡友人于璧,《少参凤台张公行状》记高苑张希稷的生平经历，是地方文化名人研究的珍贵史料 ;《二士谒选说》《铨史奇遇说》记载了明末官场请托、索贿诸状况，是了解当时官场乱象的鲜活资料 ;《改过说》《处世说》《容忍说》是王象晋对为人处世之道的体悟总结。

王象晋有《瑞芝赋》《瑞麦赋》《殄蚊赋》等赋，其中《殄蚊赋》最值得关注。以灵芝、麦为题作赋多有，但以蚊入赋，颇为少见。荆州之行，王象晋苦于南方蚊虫的滋扰，于是写了《殄蚊赋》。赋中写了蚊的外形、性状及其危害,表达了对蚊的厌恶之情及除灭蚊害的希望。其中多用比拟,如:“更有一族，厥名豹脚，黑质白文，为害更虐。当其初至，寂寂潜侦，譬彼劫寨之师，三军皆衔枚而无声。及其既饱，薨薨遐举，譬彼得胜之师，壮士皆长歌而振旅。”这些描写，诙谐生动，饶有趣味。

三

王象晋勤于著述，一生著述有30余种。目前尚存世的有《赐闲堂集》《二如亭群芳谱》《三补简便验方》《清寤斋心赏编》《救荒成法》《董漕副墨》《万历甲午科乡试硃卷》《剪桐载笔》《郢封里吟》《金刚经直解》《普渡慈航》《琼林先声》《举业津梁》等。另有《字学快编》《保境集议》《鹾政纪略》《春曹纪言》《星署纪言》《日省撮要》《日省格言》《还淳雅会》《卫生铃铎》《保世药石》《风纂删繁》《操弧剿说》《保和庵砚田》《扶舆间气》《异梦记》《髦年呓语》《余地说》《词坛汇锦》《金陵像游》等，已经失传。

本集主要收录王象晋的诗文之作，重点整理其诗文集《赐闲堂集》《郢封里吟》《剪桐载笔》等，杂著《清寤斋心赏编》《救荒成法》影响较大，一并收入。

《赐闲堂集》四卷，清顺治十年王与敕等刻本。该版本有初印本和后印补刻本。《原国立北平图书馆甲库善本丛书》影印本为初印本。后印本有补刻，卷一末补刻了七言绝句《世情》，卷三末补刻了《贺耿公祖转大银台序》，卷四末补刻了《逞势遗殃》《嗜赌倾家》《纳妓渎伦》《采补伤生》《蓄戏招祸》《侈费败家》诸篇，《山东文献集成》所收《赐闲堂集》即为后印补刻本。本次整理，以《原国立北平图书馆甲库善本丛书》影印本（今藏国家图书馆）为底本，据《山东文献集成》所收后印补刻本（今藏山东省图书馆）补充补刻内容。

《郢封里吟》一卷，明末刻本，收入《明别集丛刊》。本次整理，即以《明别集丛刊》影印本为底本。《郢封里吟》共收诗歌65首，其中55首收入了《赐闲堂集》。为避免重复，对未收入《赐闲堂集》的10首，全文整理；其余55首，只列目录，在《赐闲堂集》相关篇章处注明，文字不同处出校勘记。

《剪桐载笔》一卷，明末毛晋刻本，收入《四库全书存目丛书》和《丛书集成三编》。本次整理，以《四库全书存目丛书》影印本为底本。《剪桐载笔》共收文21篇，其中17篇收入了《赐闲堂集》。为避免重复，对未收入《赐闲堂集》的《贺今上登极表》《偕同事诸公奉贺惠殿下升位启》《燕僧记》《邹民避役记》4篇，全文整理；其余的17篇，只列目录，在《赐闲堂集》相关篇章处注明，文字不同处出校勘记。

《清寤斋心赏编》一卷，明崇祯刻本，收入《四库全书存目丛书》。《王渔洋遗书》所收《清寤斋心赏编》，与崇祯刻本同版，《丛书集成三编》据以影印。本次整理，以《四库全书存目丛书》影印本为底本，其中缺第20、25、26、28页，据《丛书集成三编》影印本补齐。

《救荒成法》一卷，明刻本，山东省图书馆藏。本次整理，即以山东省图书馆藏本为底本整理。

王象晋的诗文，有的被收入《济南府志》《新城县志》《王氏族谱》等，其文字与本书所收有不同处，出校勘记说明。有不见于其诗文集的，作为补遗附录于后。除诗文补遗，附录还收录了王象晋的传记资料及其著述的相关著录，以供参考。

王象晋的其他存世著述，《金刚经直解》《董漕副墨》《普渡慈航》《琼林先声》《举业津梁》《万历甲午科乡试硃卷》为佛学、漕运、科举等方面的专门书籍，本次暂未整理；《二如亭群芳谱》已有农业出版社《中国农书丛刊》整理本，《三补简便验方》已有中医古籍出版社《珍本医籍丛刊》整理本，本书不再收入。

巩曰国

2023年4月

目　录

赐闲堂集

郢封里吟

剪桐载笔

清寤斋心赏编

救荒成法

附　录

赐闲堂集

赐闲堂集题词

《礼》四十强仕，七十县车。盖人生精神筋力，四十始壮，七十渐衰。古人制法，良有深意。余万历甲辰登第，年四十四岁，崇祯丁丑乞休，奉旨，年七十七岁。揆之古礼，似亦不甚违越。今九十有三矣，生平偶有挥洒，皆巴人下里之谈，讵堪灾木？儿孙辈请付梓人，傥亦羹墙之遐思虖。老病昏庸，不忍坚拒，遂举焚弃余沈，悉以付之。绘嫫母，荐土羹，胡可令人喷饭。若藏之书笈，备灯窗私阅，或者其庶几耳。

赐闲老人荩臣甫题。

赐闲堂集第一卷

赋

瑞芝赋

万历癸卯，改建客舍。甫竣，忽产黄芝一本，邑里以为嘉瑞。明春，徼幸一第，因追赋之。

岁躔癸卯，月临仲春。时和气煦，吉日良辰。家大人念客宇之倾圮，思轮奂之一新，乃鸠群工，乃招匠作。构众材而骈罗，执斧斤以揆度。栋梁既饬，榱桷咸就。庆大厦之告成，惊异卉之忽觏。

虹梁之下，巨楹之巅，有物巍然，既华且坚。紫跗下承兮，恍锦云之捧日；黄光四射兮，疑彩霓之升天。娇紫台之月露，霭玉井之风烟。朝而视之，若霓裳蹁跹朝金阙；夕而察之，若婵娟融冶傍桂边。远而望之，若澹荡恍忽而瑞雾合；近而睇之，若炜烨陆离而晓霞翻。映松桷兮摇艳，对藻井兮光妍。

邑里欣欣，载笑载言。非世德之笃厚，胡大造之独偏。何平叔之符彩莫绘，潘安仁之藻翰难前。嘉祥既兆，福庆自绵。历冬而春，皇都选士。谫劣如予，幸获一第。

众口喧喧，诧其言验。唯予自省，宁敢独擅。近考闻见，远稽简编。灵芝示异，肇自轩辕。广成子泄其秘奥，句曲山毓其根源。厥形各异，厥类实繁。则有龙仙凤髓，玉料金兰，七明九光，五德万年。青云昭其奕奕，夜光赫其炎炎。号锡科名，杜荀鹤讵能擅美；寿等龟鹤，萧静之闻自上仙。莫不吐荣含秀，光彩华鲜，灵根岳立，宝叶蝉联。恍飞鸿之灿灿，状彩虬之翩翩。睹奇葩之挺生，总灵秀之露宣。兆耆年之上寿，岂一第之能兼。寿通神明，夙仰韩终。年推四皓，共羡商山。始克凝承帝眷，始克年龄永延。惟舍宇新自吾亲，知奇祥应在亲身。从此景福永介兮，竹苞松茂；从此祺寿永延兮，百岁千春。

瑞麦赋

予以疏拙，摈于乡贵。归田后，见陇麦多五颖，心颇异之。嗣后谬典名藩，年逾九旬，子孙曾玄绕膝，科第继登，傥亦瑞麦之应乎？回视要人，身亡嗣替，天道良可畏哉！题数言以戒后昆，慎勿妄比匪人也。

猗玄造之慈仁兮，万汇冯生；葆太和以发育兮，百昌敷荣。因时赋性，触地呈形。森森楚楚，郁郁菁菁。花则有景天拒霜，旌节延年；木则有宾连阔达，却睡知风；蔬则有芸薇龙瓜，朱薯白苣；粟则有琼脂金钗，凤冠蝉鸣。莫非人世之利赖，总皆天地之精英。

有物曰来[①]，五谷之贵。继绝续乏，利人尤剧。逢午登场兮，避火位于南离；遇酉播种兮，资金气于西兑。备温凉寒热之全德，历秋冬春夏之四序。粒民肇自后稷，率育秉于维皇。土会司徒有命，土化草人所详。正其行而通其气，下得阴而上得阳。惟人事之克勤，斯天心之降康。瑞露纵横兮，洒晴畦之锦浪；祥风披拂兮，舞遍野之黄云。溢亩盈畴，恍翠羽之灿烂；盱衡迷望，总玉粒之缤纷。锡极允赖乎上帝，陈常溥被于下民。斯万古之永赖，岂一人之独珍。

忆昔见摈乡贵，稼穑自力。合四野而纵观，觉我田之特异。有麦芃芃，厥苗翼翼。冉冉一茎，亭亭五穗。见者神悚，闻者心悸。非湛露之独濡，非沃壤之上腴，胡为异形，同本挺梗垂芒，若五行之并列，若五星之垂光。翔风鼓跳波，时隐时见；细雨添新涨，若抑若扬。麦秀两岐，曾共颂夫张堪；一茎四穗，仅一见于太康。念予麦之示异，或彼苍之降祥。悯无辜而受抑，示后路之犹长。

载观厥圃，有蔬殊类。落酥并结，寒瓜共蒂。触目骈繁，令人悦怿。迄今阅世，祸福聿彰。予年逾九，予后云翔。试问乡贵，家替身亡。孰得孰失，何否何臧。偶尔命笔，垂戒后裔。天道好还，万古不慝。不以弱凌，不以强畏。若福若祸，惟人自致。日检其行，日省其身。事悉遵夫天理，志莫摇于要人。

殄蚊赋[②]

王子于役荆楚，停楫江湄，骄阳煽焰，微风不飔，竟日扁舟，汗流浃藉，犹冀清宵，获安枕席，讵意白鸟，群然见亲，辗转不寐，自暮达寅，未明夙兴，楮墨在前，无术以驱，赠之以言。其辞曰：

嗟尔白鸟，赋形几何，视蝇虻兮远逊，较蠛蠓兮差多。物孰无首，尔首几许，仅具二目，未办只黍。物孰无羽，尔羽特廉，玄驹称巨，鲁缟让纤。物孰无足，尔足可嗤，长才逾分，细比游丝。物孰无腹，尔腹燕麦，为形虽微，为患则剧。

若夫勾芒谢政，祝融司晨。习习之谷风既徂，赫赫之烈日方新。石焦金流，山童泉堙。举首而炎曦焚和，触目而暑焰烁人。尔当斯时，引类呼朋，鼓翅轰雷，

① 来，本义为“麦”。

② 本篇原收入《剪桐载笔》，题作“蚊赋”。

肆虐实弘。有如骚人墨客，艺苑词坛，争妍竞奇，力匮才殚，细只字而修髯为枯，组一语而呕出片肝。唯尔一至，意乱兴阑，三寸之管屡堕，九回之肠几刓。又如名园胜地，王孙丽人，望水阁而却步，执纨扇以逡巡，假寐片晌，意念津津。唯尔一至，额蹙眉颦，惨朱颜而无欢，抱幽情兮莫申。[①]上之名公巨卿，高堂广厦，退食委蛇，优游潇洒，或延宾而清谈，或肆筵而称斝。唯尔一至，神惫音哑，主宾无欢，酬应顿寡。下逮草茅贱役，里巷单夫，凌冒乎红尘酷暑，奔走夫[②]绝塞长途，暂偷闲而息肩，冀片刻之休娱。唯尔一至，颠倒嗟呼，张皇四望[③]，竭蹶以趋。物皆好明，尔独喜晏，飞扬恍惚，视之不见。物皆好喧，尔独耽寂，隐觑微窥，惟意之适。

更有一族，厥名豹脚，黑质白文，为害更虐。当其初至，寂寂潜侦，譬彼劫寨之师，三军皆衔枚而无声。及其既饱，薨薨遐举，譬彼得胜之师，壮士皆长歌而振旅。投间[④]抵隙，入幕穿帏。人纵周防，尔善乘机。短吸长嘘，缘足及首。不思人苦，惟适尔口。痛痒彻骨，爬搔力倦。起视周身，神摇目眩。红紫陆离，烂若锦绮。又如珠玑，大小累累。

谁不爱身，谁不欲安，岂其七尺，供尔夜餐。大生广生，号物惟万，胎卵湿化，孰窥其畔。则有蚕蜉蜩蛈、螯蚘螽蚕、蟢蟩蟓蛆、蠠蛇蠀蝵、蝤蛴蠕蠝、蝬螺蟦蠽、蚋蟪蜱蜃、蜚蝫蚼蚿，列形虽渺，皆具灵性，与人无争，人亦不憎。惟尔此虫，为人之蠹，闻声触影，人有同恶。或化孑分，或生蔓草。或孕于木，而累累若枇杷之实；或吐诸口，而纷纷出青鹢之鸟。拟伦宿鸭，较捷花鹰。讵高邮邵白之独擅，翳江天泽国之同你。纵夙定夫轩窗，谅莫御其翻翁。人正悒悒，尔更营营，时方暝暝，尔独翃翃。帱开柏寝，昭君德之慈仁；庙启露筋，表女行之烈贞。皆尔虫之为祟，谅人心所共搒。

尔既有腹，胡不为萤，含光自耀，烛物呈形，隐囊照车胤之书，熠耀杂蒙雨之零。尔既有足，胡不蟋蟀，随时屡迁，促织戒佚，征岁序以知天，呼妇子而入室。尔既有首，胡不蜻蜓，翩跹水际，翱翔户庭，时点水以昭清，或瘗首而珠荧。尔既有羽，胡不为蝉，脱此重壤，陟彼树巅，嘒嘒乎呈丝竹之音，翩

---

① “有如骚人墨客”至“抱幽情乎莫申”，《剪桐载笔》文字顺序与此相反，作“有如名园胜地，王孙丽人，望水阁而却步，执纨扇以逡巡，假寐片晌，意念津津。唯尔一至，额蹙眉颦，惨朱颜而无欢，抱幽情兮莫申。又如骚人墨客，艺苑词坛，争妍竞奇，力匮才殚，细只字而修髯为枯，组一语而呕出片肝。唯尔一至，意乱兴阑，三寸之管屡堕，九回之肠几刓”。

② “夫”，《剪桐载笔》作“乎”。

③ “望”，《剪桐载笔》作“顾”。

④ “间”，《剪桐载笔》作“闲”。

翩乎证羽化之仙。胡乃任尔儇巧，恃尔利嘴，惟知咋人，贪婪不已。虱亦咋人，赋性特愍，彼方置喙，人即可扪。蚤性颇捷，跳而不飞，细心检点，一指可挥。蜂即有毒，蜜亦有利，利既可酬，人胡以忌。豺虎最凶，自有窟穴，人不彼膺，彼亦不啮。

嗟！肆虐夫衽席，特莫甚于尔虫。将受之而弗甘，欲殄之而难攻。曾闻张果，职列上仙，肇自陶唐，族类实延，高则倒挂，次有飞鼪，为人除害，以尔为饔。我招其族，百千万亿，啖尔支属，俾无遗匿。蝨贼既殄，区宇咸清，凡我生人，同享安亨。

诗

五言古风

言　志①

不佞策名三十载，中间为同乡权贵摈斥者居三之一。三承使命，两值家艰，其奉朝请修职业者，亦仅三之一。自顾鹿鹿庸庸，漫无建竖，蠹鱼公廪，实惭厥心。其欲栖迹长林，侣渔樵而友麋鹿，为念久矣。暇日偶拈数语，自表厥志云。

通籍三十年，息肩犹未得。静中自寻思，永夜劳转侧。来日苦无多，胡不惜筋力。富贵如浮云，百岁犹顷刻。世途多险巇，反复无终极。何不早挂冠，戚友相亲惬。西塾课儿孙，东皋艺黍稷。早毕公家赋，早完私家逼。浊醪聊适口，粗粝堪供食。八口可无饥，四邻好为德。时而曳杖游，时而曲肱息。一事不萦怀，两耳常紧塞。用以怡吾神，徜徉华胥国。

堪叹世间人，多为愚懵累。偶而值荣华，扬扬便恣肆。偶而值坎坷，戚戚思遁避。达人有大观，常变惟一视。譬彼暑与寒，禅代取诸寄。譬彼阴与晴，瞬息忽变易。造化本无私，赋予宁有意。此亦何所爱，彼亦何所忌。试溯邃古初，流览逮叔季。谁享无疆寿，谁免荒郊弃。贤愚总同归，彭殇有何异。藐兹七尺躯，乌能长适志。流芳饶修名，自弃甘匪类。圣哲与狂愚，总由人自致。扬扬固可嗤，戚戚亦足愧。何如饮醇醪，夷险任所值。

① 本篇其一收入康熙《新城县志》卷十四《艺文》，题作“二如亭题壁”。

怀李缮部使江南[①]

去秋送君行，夏至人不至。知君好壮游，此行有深意。南尽炎荒滨，西穷黄源溢。山行豺虎藏，水泳蛟龙避。负弩有殊仪，传餐饶佳嗜。长卿乘四马，题桥遂初志。子长历名山，诸史因成记。君夙秉高资，撰述应盈笥。文犀与明珠，总属达人弃。何如觅异书，相与探奇字。

耄年自嘲

我年才逾九，人言今罕见。面黑虽未梨，发白已同霰。头童齿久豁，耳聩目复眩。嗽响赛烘雷，痰胶等扯练。晚卧不秉烛，早起常日晏。白昼喜高眠，辗转偎枕畔。未寒衣先索，迎风泪如线。酒饮不盈卮，食罢旋呼饭。朝饔粥一盂，午食难胜面。把笔腕欲垂，举步足先战。下砌等临渊，登阶疑陟巘。侍儿步步扶，鸠杖时时盼。知交方聚首，转眼如隔面。事务正踌躕，倏忽已忘念。形骸虽仅存，精神多鹜乱。清夜试寻思，浮世难久恋。一切周身具，乘暇宜早办。夜卧勿解衣，用防宵寐变。高声呼儿孙，年少功勿倦。勤读功名早，勤耕谷粟羡。更有一要言，矢志行方便。戒任一己性，勿拂众人愿。念念勤检点，久久自应验。在尔积阴功，与我增寿算。孝为百行先，神明有洞鉴。

五言律诗

恭谒孝陵[②]

神圣功方奏，乾坤翳再开。百年驱闰位，万国庆春回。庙算谋何远，河魁手自裁。三呼瞻瑞霭，王气郁佳哉。

燕矶晓望

在江流湍急处，三面水激，一石屹立，形如飞燕，直探江心。极目临流，

① 本篇原收入《郢封里吟》。

② 本篇原收入《郢封里吟》，题作“谒孝陵恭纪”，前有小序：“五月望日暮，抵金陵，翼早夙兴，恭谒高皇帝陵寝，遥瞻瑞气郁葱，知皇祚万年未艾也。”

水天万顷，大是奇胜。

秀色郁穹窿，危峰亘碧空。涛惊三面崄，烟罩一帆风。名讵拟飞燕，势堪埒冥鸿。一时凭眺望，千载壮镐丰。

乌衣晚照

王谢勋名，几与东晋相终始，且子姓多贤，皆有建竖，若兴衰隆替，何代蔑有？斜阳野草，堂燕别飞，讵足为二氏訾累乎？诗以反之。

玉树何琳琅，枝枝擅国香。久看承旭日，宁用叹斜阳。余烈千秋在，流风百代芳。不须问堂燕，一任自翱翔。

花岩星槎

高僧懒融入定处，雪中开二奇花，有百鸟献花之异。岩外亭榭嵌砌壁间，回首林峦，宛如图画。

共说花岩胜，其如登陟艰。高僧何处觅，花鸟此时闲。云暗千山暝，枫秋绝巘殷。无生含密谛，何日一跻攀。

嘉善石壁

嘉善寺殿后石壁裂处，视天光仅通一线。前有观音阁，巨石中立，由傍径可登。四望峰峦，环拱堪爱。

幽径郁微茫，地偏兴自扬。平芜苔藓合，远岫薜萝苍。山罅觇天小，石梁引路长。嚣尘迥不到，仿佛在羲皇。

清凉环翠

南唐清凉寺也，在石城东，冈陇相接，寺后高坦，今于翠微亭故趾创一虚堂，深便眺望。

虚阁翠微敞，清凉鸟道开。松声疑唤雨，涛响似殷雷。举臂扪星斗，凝眸隔垢埃。炎歊倘可涤，揽胜日徘徊。

牛首烟峦

在城南，两峰相对，名以天关，则王茂弘所命也。回首金陵，台殿层叠，游人忘倦。

双阙何崔嵬，孤云任去来。千盘余鸟道，万壑响晴雷。洞古灵踪秘，山幽塔影回。郁葱佳气合，早晚荫香台。

东山棋墅

安石系望苍生，原非忘情当世。第江东当桓温黩武之后，民既不堪重困，心又不忍偏安。东山棋枰，倘亦遵养时晦之意乎？而世徒以流连光景目之，不则谓作东山以拟会稽，均未知公之心也。会稽不在天上，何事摩拟风流？脱洒如公，又岂膻逐京尘而恋不能割者哉？

谢公怀远略，微意寓东山。江左前筹少，中原角胜艰。引枰聊斗智，折屐已窥斑。借曰耽高隐，东阳指顾间。

桃渡临流

王献之爱妾也，尝渡此津，因以名渡。

桃叶步江湄，芳姿斗艳春。眉弯初月妩，面拟碧桃新。何用寻巫梦，偏宜赋洛神。一戈凌素渚，疑是捧心人。

梅花水①

水出石罅中，若散花，山多梅，因名梅花云。②

石溜日涓涓，微波生暝烟。暗香浮朗月，疏影自何年。未结罗浮梦，先征兜率缘。红英映碧水，疑是散花天。

① 本篇原收入《郢封里吟》。

② 此小序《郢封里吟》作“水出金陵崇化寺石罅中，水面若散花，然山多梅，水因名梅花云”。

九日登永泰寺谢吕益轩公祖二首 ①

阻风吉阳，同吕公登永泰寺，分得观音莲一株，归舟，承厚款，步韵以谢 ②。

风雨频相妒，帆樯阻去途。愁心惊巨浪，野兴寄荒衢。鸡黍羞清供，盘餐损禁厨。明年当此日，许佐麈谈无。

客舟虚令节，短发怯芳萸。遐瞩峰九子，平临山一区。登高卑垒块，涉险别江湖。大士应相念，灵芽锡一株。

悼兵变闻流贼掠新城，时予方督饷吴门

忽报兵焚惨，无家可奈何。路遥千虑少，世变一身多。且漫询儿女，宁遑问薜萝。故乡祠墓在，何日一经过。

哭完初弟

追忆共论文，惟君性更纯。抗珰昭劲节，丞保定，抗逆珰罢官。敷政总慈仁。官中州、保定，多惠政，民皆怀之。有子能绳武，子与夔领乡荐。乘城俱殒身。父子城守同日死难。棣萼遗恨在，一忆一沾襟。

忆邑侯含章赵公

遐想飞凫日，桓人亦快哉。恩膏同湛露，操履绝纤埃。大众归慈母，长歌遍草莱。流风今尚在，千载荫桓台。

次半边店买肉不得戏题

肉食非吾好，清斋亦自嘉。调羹烹瓠叶，供馔茁胡麻。滑腻青精饭，馨香紫蕨芽。腹兮吾不负，宁羡五侯家。

---

① 本篇原收入《郢封里吟》，目录题作“九日登永泰寺山岗奉谢吕公祖（二）”，正文题作“九日登永泰寺山岗奉谢吕老公祖”。

② “步韵以谢”，《郢封里吟》作“敬步来韵以谢”。

寿李云许年兄

有幸名同籍，况兼邑比邻。偕观沧海变，忽值艳阳春。[①] 松柏拟君寿，桑榆叹我身。何时携樽酒，千古共评论。

五言排律

祭灵泽夫人，和吕公祖韵[②]

夫人，昭烈配也。归吴省母，回至矶，闻昭烈讣，哀悼殒绝，遂葬焉。明兴效异，特赐褒封。

振衣探胜概，瑞日正东升。罨霭通灵气，昭回贲法宫。惊涛迷近远，飞鸟暗雌雄。乔木髡残叟，微峦浮稚童。地疑联阆苑，身恍驾天风。惠泽苍黔戴，威光覆载中。英风光汉帝，烈节冠洪蒙。效异扶明主，含生颂巨功。辉煌纶綍在，千载郁葱葱。

喜得玄孙

徵明九十得玄孙，诗云："百岁几人登髦耋，一身五世见曾玄。"予今九十一，得玄孙四人。长孙十六，四孙十岁，因赓其诗志喜。

曾阅文公帙，欣传长者言。几人登髦耋，五世见曾玄。操履公难继，遭逢予偶然。总缘怙先泽，何以答皇天。愿言崇善业，瓜瓞永绵绵。

应城王招饮郊园赋谢

地擅梁园胜，令当朱夏初。薰风时披拂，丽景正纡徐。忽奉仙人诏，来游帝子闾。殿阁云霄迥，阶除锦绣舒。苍松咸劲矗，紫竹郁萧疏。巧鸟调簧舌，文鱼戏碧渠。笙箫天际度，红紫画中储。玉斝倾琼液，芳筵丛绮蔬。大官频供旨，

① "偕观沧海变，忽值艳阳春"，后印补刻本作"神情时契合，丰采若为亲"。

② 本篇原收入《郢封里吟》，题作"祭灵泽夫人，和吕老公祖韵"，小序作"据芜湖《蟂矶志》：夫人，昭烈配。归吴省母，回至矶，闻昭烈讣，哀悼殒绝，遂葬焉。考正史，与此迥异。太祖龙兴，大彰灵响，昭回宸翰，炳若日星。夫人之灵益尊，夫人之祀当益永矣"。

百伎竞呈裾。四望堪游目，一身湛太虚。凌晨陪笑语，卜夜荷勤渠。雄辩屑霏玉，微言探美琭。芳馨盈案席，餍饫洽台舆。有幸承欢燕，无能赋乐胥。愿言崇屏翰，万载巩宸居。

五言绝句

守风十咏①

仪真守风七日，心殊闷闷。客举“潮平两岸阔，风正一帆悬”相期望，聊缀短章，用遣旅况。甫脱稿，忽报前舟已举帆矣。

潮流自长往②，风信故留连。遥忆江陵道，徒劳望眼悬。
平明启画舫，紫燕竞呢喃。何日江干上，轻飔动彩帆。
两岸众舟闲，江流空自泌。愿乘破浪风，千艘行如一。
岸上人如蚁，岸中水似镜。归舟何太疾，风急帆自正。
阔矣长江水，千帆苦滞艘。庐山遥叩望，好借擘流风。
风伯任迟延，长年频蹙頞。舟闲桡楫停，两岸自空阔。
正尔病炎歊，群舟兀若绊。暗中自踌躇，何日达彼岸。
一从苦滞留，终日理维桨。祈祷遍长年，三三共两两。
帆影飐轻彩，波光漾绿萍。冯夷今效职，风正浪痕平。
悬知风信驶，况值江水滲。莫道江陵近，还须趁蚤潮。

移竹戏题③

舟近铜陵，山头竹如猬毛，高不盈尺。命仆④移植数丛，舟人笑谓无足取也。书以解嘲。

俯首碧琅玕，无言心自欢。亭亭书榻畔，好看日三竿。

---

① 本篇原收入《郢封里吟》，题作“守风小咏”，诗前小序作：“仪真守风七日，客有举‘潮平两岸阔，风正一帆悬’相期望者，聊缀短章，用遣旅况。甫脱稿，忽报前舟已举帆矣。喜极欲舞，诗以志之。”

② “长往”，《郢封里吟》作“往返”。

③ 本篇原收入《郢封里吟》，题作“种竹戏题”，下原小注：“六月初一日。”

④ “仆”，《郢封里吟》作“仆辈”。

思　归①

日照吟眸豁，风吹绿鬓班。盈盈江上水，何日遂东还。

弹　琴②

窗静翻残帖，月凉鸣③素琴。烟波迷望眼，何处觅知音。

七言古风

谢来伯阳计部④

仲冬十日天欲暮，朔风猎猎生古木。急召圉仆整征鞍，我欲乘之清源去。高堂慈母寿七秩，一病八年今未已。昨夕一吐大郎当，夜不寐兮昼不食。闻道清源有异人，满腔都是活人心。那数朱张共刘李，一剂散作十分春。仆夫告我已束装，伶仃一剑马前将。午夜冲风犹在道，朝听寒鸡披晓霜。一朝走入清源里，莹莹关政清于水。争传不爱秤头金，轮蹄帆楫归如市。我亦无心听舆歌，遥呼津吏传我过。阶前望君首百叩，请君为母起沉疴。君心慈仁怜我意，为我亟发笼中秘。奔马归来奉母尝，一啜两啜心悦怿。数载沉疴一旦起，母身安乐儿心喜。愿效封人祝向君，使君富寿多男子。感君肘后如有神，活我衰颜鹤发之慈亲。数语赠君未写心，愿言毕世衔君恩。

赠米仲昭工部⑤

帝京城南一片石，巀嶪巍峨三十尺。玲珑岩岫古来稀，埋没尘埃人不识。兴云吐雾几千秋，野葛荒藤挂四周。山灵呵护应有待，不遇奇人肯暗投。米君仲昭性好奇，渴时当饮饥当食。断碣残碑存只字，不惜千金远致之。君今辟园

---

① 本篇原收入《郢封里吟》。

② 本篇原收入《郢封里吟》。

③ “鸣”，《郢封里吟》作“横”。

④ 此诗收入天启《新城县志》卷十四《艺文志下》。

⑤ 此诗收入天启《新城县志》卷十四《艺文志下》，题作“奇石歌·赠米仲昭工部”。

在城隅，古木奇葩难指数。洋洋一水卧长虹，歌台舞榭空中举。戚里园亭满畿甸，奇如米园能几见。峭拔杰观等仙都，逶迤茅屋类村店。米君好奇尤好石，小笼怀袖大为壁。或如彩凤翔高岗，或如怒兕当衢立。怪状殊形世莫拟，从君视之心若遗。安得奇石插天际，为我一发胸中奇。探奇采异遍岩谷，忽然此石动君瞩。忙呼匠石凿云根，为我速致山之麓。谁知此石甘石隐，根株矗矗排石笋。匠石敛手暗咨嗟，忖道此石心未肯。赖得山灵为劝驾，一宵贡在青山下。急整袍笏拜石边，奇哉此石真无价。千人邪许日屹屹，轮蹄绎络奔如织。铢移寸徙几经秋，终委道傍空叹息。借问此石重几许？君道此石重莫举。自我看来小似拳，为君举之轻一羽。倏然移致米园滨，磊磊群石谁与宾？非无太湖共灵壁，四傍罗列若儿孙。君不见泰山绝顶丈人峰，亭亭独立众所宗。又不见会稽山头岣嵝石，千山万山那敢比。二石真奇众莫班，此石今日参为三。君家与石真石交，前有元章今仲昭。元章爱石抱石癖，今日仲昭无乃是。挥毫为赋奇石篇，愧我思涩词未宣。何时烂醉奇石前，从君问奇共留连，君兮宝之亿万年。

莫愁湖

阅梁武帝《河水歌》，沈云卿七言《古意》，莫愁貌姣丽，十五嫁夫，十六生子。嫁卢，非姓卢也。想以夫久游辽，不无怨恨，名实不符，故勤诗人题咏耳。梁都金陵，湖在城闉，可为确证。图咏乃谓妓卢莫愁，则相传之误也。诗以正之。

傍湖绝代谁家女，皓齿明眸娇不语。十五嫁归卢氏郎，连枝比目俦堪侣。无端夫婿觅封侯，一去辽阳今几秋。玄菟白狼音信断，湖边遥望使人愁。

七言律诗

通州即事①

惠王承命赴国，予以职掌先肃事于通州。

圣世从来重剪桐，于今又见启图雄。煌煌宝册垂庥远，奕奕皇恩锡祚隆。楚甸喜传新保障，郢都无改旧提封。谫材谬忝明禋役，愿祝贤王效匪躬。

① 本篇原收入《郢封里吟》。

次通津寄诸年丈①

忝列簪绅二十春，偶追往事漫萦神。倦游司马心偏懒，济世皋夔业正新。竹帛勋庸归宇望，林峦风月属闲人。凭谁寄谢诸知己，我欲扁舟理钓纶。

寄诸寅丈②

南省同游秋复春，忽捧③使节逐征尘。茅分赤社逢殊典，礼秩精禋愧渺身。漠漠楚江乡梦窅，遥遥天阙宦途新。他时理钓烟波上，回首云霄忆故人。

舟中漫咏④

恭承纶命辞丹阙，漫驾偏舟趁晓风。夹岸旌旗迷叆叇，中流箫鼓间淙潀。牙樯锦缆晴光霭，凤艘龙航瑞气笼。一代贤王隆保障，万年圣主享熙融。

过天津祭天妃⑤

烟水茫茫舟楫横，天妃灵响逐形声。慈航到处施宏济，瑞霭沿流极众生。旷典千年舆论戴，惊涛万顷片时平。清醪恭酌祈神鉴，愿佑樯帆蚤夜行。

怀定宇弟待补国学⑥

为问广文旃若何，京华岁月易蹉跎。声名应共文名重，酒债何如诗债多。尔住燕台好振铎，我涉汉水日飞舸。烟波一望心先冷，欲向东山藉薜萝。

---

① 本篇原收入《郢封里吟》，题作“通津谢诸年丈”。

② 本篇原收入《郢封里吟》，题作“次通津谢诸寅丈”。

③ “捧”，《郢封里吟》作“分”。

④ 本篇原收入《郢封里吟》，题作“舟中偶述”，下有小注：“廿七日。”诗前原有小序：“天津军士来迎，旌旗金鼓，照耀原野，感而赋此。”

⑤ 本篇原收入《郢封里吟》，诗题下有小注云：“三月廿九日。”诗前小序云：“神之灵爽，无往不届，又无感不应，盖波涛间福曜也。奉命往祭，敬赋短章。”

⑥ 本篇原收入《郢封里吟》，题作“次天津怀定宇弟待补国子典簿”。

怀贞吾弟待补句肨[①]

一入春明景色新，日鸣珂珮近枫宸。望云先见天颜喜，议蕞方知帝范尊。藉藉声名尔自重，茫茫烟水我独亲。何当归隐桓台上，把酒敲棋坐绿茵。

和襄宪张公谒玄帝真形韵[②]

襄宪公记云：玄帝，北方天神，有其名，无其人。今世所奉玄帝，姓赵，号肖庵，四川中江人。幼好道，奉玄帝最谨。十九道成，募铁[③]铸像云台山，披发仗剑而逝，累著灵异，人皆神之，尊为玄天上帝。殿北一小阁，藏真形[④]，双鬓如生，两目射人[⑤]，摩其手足，无异绘塑[⑥]。

百神分职各分权，大帝巍然镇蓟燕。共仰明威同紫盖，自应显号揭玄天。念年精诣证完果，万国虔心奉法筵。闻道名山仙蜕在，何年顶礼[⑦]叩真诠。

四月朔，偶和张公韵，甫交睫，恍玄帝见临，张公恭侍，赐之茗饮，诗以纪之。[⑧]

中天精爽自依然，谁道灵威祗冀燕。道貌凛乎获[⑨]觌面，仙茗宛矣下诸天。心慈渐尔来神鉴，气浊何缘叩法筵。最喜先贤为介绍，恭承睿旨锡玄诠。

望祭东岳[⑩]

亲王之国，例祭所历境内山川，泰山遥祭于德州[⑪]。

五岳尤推岱岳宗，两间灵秀郁偏钟。秦松劲质依稀见，汉简祥云咫尺逢。

---

① 本篇原收入《郢封里吟》，题作“次天津怀贞吾弟”。

② 本篇原收入《郢封里吟》，题作“和襄宪张崌崃公谒玄帝真形韵”。

③ “募铁”，《郢封里吟》作“募铁数千斤”。

④ “藏真形”，《郢封里吟》作“真形在焉”。

⑤ “两目射人”，《郢封里吟》作“两目炯炯射人”。

⑥ “无异绘塑”下，《郢封里吟》有“世传某人针刺血出者，妄也”。

⑦ “顶礼”，《郢封里吟》作“顶理”。

⑧ 此小序《郢封里吟》作：“又四月朔，枕上偶和张公韵，甫交睫，恍然若睹，诗以纪之。”

⑨ “获”，《郢封里吟》作“如”。

⑩ 本篇原收入《郢封里吟》，诗题下原有小注：“四月初八日。”

⑪ “泰山遥祭于德州”，《郢封里吟》作“泰山离河滨远，皆遥祭于德州”。

岩岫巍峨碧落迴，烟岚罨霭翠华重。灵彻震旦难穷际，愿佑贤王福祚浓。

祭河神①

淙潨溯湃势难穷，浩荡洪流泄碧空。九曲汪洋衍地脉，千年润泽配苍穹。派分星海渊源远，波洒龙门气象雄。典重分茅良可念，帆樯千里锡祥风。

过宿迁怀霁宇长兄，时年八十二岁②

忆昔梁公逾八旬，名登丹阙兴方新。兄今年岁同梁灏，人道精神胜伯淳。虏使入朝频问姓，温公居洛久垂纶。圣王有日询黄发，应梦飞熊③渭水滨。

午日怀家中诸弟④

鹡鸰原上正和鸣，可奈孤鸿独远征。一色水天朝曙合，千帆楼橹暮云平。遥知黍角同高会，偶弋凫雏我自烹。何日芳园共携手，鲸吞百斗莫辞酲。

诸子应举，诗以励之是秋胤儿中第十名，次年联第⑤

头颅如许未知名，莫遣儒冠误一生。灿烂青箱原世业，馨香丹桂正芳荣。要将名姓魁桑梓，好把文章压俊英。寄语儿曹各努力，皇家罗网正恢宏。

祭江神⑥

大江发源岷山，合诸水入海⑦。波涛汹涌，弥漫无际。例设祭仪真江口。

① 本篇原收入《郢封里吟》，诗题下小注云："四月十九日。"诗前小序云："礼办自寿张县。一云即金龙四大王。"

② 本篇原收入《郢封里吟》。

③ "飞熊"，《郢封里吟》作"非熊"。

④ 本篇原收入《郢封里吟》，诗题作"午日怀家中诸兄弟"。

⑤ 本篇原收入《郢封里吟》，诗题下原无"是秋胤儿中第十名，次年联第"小注。

⑥ 本篇原收入《郢封里吟》，诗题下原有小注："五月初八日。"

⑦ "合诸水入海"，《郢封里吟》作"合湘、汉、豫章诸水，经金陵入海"。

璿源迢递发岷峨，万里奔腾放海阿。一曲云璈妃子奏，千层雪浪伍胥过，飞帆历乱菰蒲影，渔艇婆娑荷芰沱。一酹临流祈鉴照，江陵日夜望鸣舸。

钟阜晴云

山自东来，蜿蜒如龙，孔明所谓“钟山龙蟠”也。东南群山列峙，西南江水潆洄。今孝陵实钟灵秀，信瑞气有独钟云。

神皋遥望瑞烟重，王气千年此独钟。巽地郁葱排翠仗，坤维澄碧绕游龙。云笼剑履祥光远，岁荐蒸尝祀典恭。一自圣明绵历祚，万方玉帛永朝宗。

天印樵歌

旧名方山，始皇凿方山，疏淮水，泄金陵王气，不知正以培皇明亿万载鸿基也。

淮水西来势正滛，储灵天印毓岧峣。群山环峙如屏障，众水潆洄共拱朝。清泚龙池堪濯魄，微芒鸟道仅通樵。刊山谩费秦皇力，王气郁葱仰圣朝。

秦淮渔唱

始皇疏之以断金陵王气者也，襟带城廓，逾增形胜。

一天灏气迷山碧，几点渔舟逐浪来。榜枻声中喧欸乃，菰蒲影畔任徘徊。天钟瑞气须明主，地敞灵源傍廓隈。万世枉劳秦政计，咸阳三月已成灰。

白鹭春潮

近府治，西南控扼上游，太白所谓“二水中分白鹭洲”即此。

白鹭骞腾不记年，嘉名浪自谪仙传。中分二水芳徽远，势控诸山胜概偏。万里舳舻归禹贡，千帆络绎尽尧天。六朝遗迹今何在，渔火山光起暮烟。

平堤湖水

湖中有洲，贮民籍，筑堤以禁游人。芰荷散馥，绿柳垂阴，颇堪遥赏。

遥望重湖隔渺茫，版图郑重此中藏。香魂浥露红蕖润，翠带摇风绿柳芳。地近宸居饶瑞气，波连太液郁恩光。圣王远虑存根本，灵祚悬知万世昌。

清溪游舫

吴凿东渠，名清溪，流分九曲，联跨七桥，南朝甲族，鳞次溪上。今夹岸杰构交错，游船箫鼓，依然六朝风致。

疏分九曲自何年，溪跨虹桥据胜偏。六代风华同梦幻，千年佳丽缛遗编。荷香迷望迟游履，画栋联甍赞客筵。渔唱鸥鸣丝竹沸，鲸吞何惜酒如泉。

石城霁雪

孙仲谋当江岸要处凿石城，以控江流。至今居民繁盛，令人慨然起沧桑之感。

虎据孙郎意自豪，石城扼要插江皋。掀天雪浪排银甲，夹岸雄兵尽宝刀。烈烈壮怀吞瀚海，棱棱盛气渺刘曹。一从景运归明主，天堑于今险更高。

报恩灯塔

孙吴时，康居国异僧行道长千里，致如来舍利，建塔奉之。永乐初，赐名报恩塔。最高金碧辉煌，灯光照耀，称壮观云。

西来秘谛竟如何，万法惟心义不波。自有灵光诠上乘，何须烟焰惹群魔。晶莹舍利来西土，杰构浮图镇水阿。顶礼千年倾震旦，有人传得圣灯么。

祖堂佛迹

贞观中，懒融修道于此，为一代祖师，故名祖堂。石室中坐石，隐隐成佛字。

闻说心坚石也穿，至今灵迹尚依然。封苔洞古人游少，洗钵泉香水自旋。勇退急流聊度世，无瑕皓月挂中天。神僧飞锡知何处，独汲寒泉看暮烟。

杏村问酒

逼近城隅，颇称佳胜。

名园迤逦傍城隈，揽胜登临拂绿苔。桃叶何年迷渡口，杏花今日为谁开。枝摇艳质芳堪把，叶散清芬冷沁杯。剩有青蚨堪寄兴，莫教明月近相催。

冶麓幽栖

吴王铸剑处，今改为朝天宫。每风月澄清，笙鹤竞响，悠然有尘外之想。

干镆铸来雄列国，巍峨圣世启仙坛。侯门有客能弹铗，尘世何人解炼丹。闻说化龙疑杳杳，应知跨鹤自珊珊。好将跃冶摧锋意，碧落翩翩驾彩鸾。

幕府仙台

王茂弘开幕府处。渡江之初，劝帝首延诸贤，定都建业，江左基业遂尔大定。惟是裹足不敢窥江北一步，遂使中原陆沉，亦不能不任其责云。

五马南来帝业更，经营慷慨赖支撑。名贤折节鸿谋远，戎幕高张武略宏。地画长江崇保障，人联群策总干城。可怜满志偏安业，盼杀中原不举兵。

谢墩清兴

安石赌墅也。介甫欲改王公墩，太白欲营作圃，俱有诗在集中。暇日走笔戏题。

多年寄想谢公墩，今日遥瞻思转繁。四望山岚团若锦，几行药陇灿如璊。无端介甫频窥户，有意长庚欲灌园。何似还他仍赌墅，乌衣朱雀省嚣喧。

狮岭雄观

在城西北隅，形如狮子，因以得名。山形高耸，俯观雉堞，携酒登临，颇堪豁目。

老藤斜挂龙鳞影，怪石惊传狮蹲形。妄意当关拟虎豹，可能声吼似雷霆。毛披翠色松方稚，趾踞高墉势转狞。遥想雄心思逞日，纷纷狐鼠自潜停。

栖霞胜概

形如伞盖，旧名伞山。上多药草，可以摄生，一名摄山。齐时凿佛像千余，又名千佛岩。有志公塔、白鹿泉，洞壑横开，台殿互映，俯临大江，真胜地也。

绣岭崔巍半插云，纵横洞壑郁氤氲。台连宝塔开灵境，岩绘千灵散彩氛。异草菁葱堪度世，晴江潋滟映斜曛。餐霞吸露凭名胜，正好栖神白鹿渍。

雨花闲眺

高僧云光讲经此地，感天雨花，因以名台。台上细草如茵，登其巅，则山色江光、城廓亭榭尽在目中。

细草蒙茸高巘合，千岩紫翠一登台。天花昔向高僧落，胜地今为达士开。凭仗青樽消日月，寻常世事等尘埃。振衣绝顶闲瞻睇，四野烟岚入望来。

凭虚听雨

阁名凭虚，在鸡笼山最高处。结构虚敞，四远无碍，颇堪娱目。

高峰罨霭势岑嵚，杰构巍峨倍等寻。共道晴曦堪眺咏，忽逢阴翳一登临。滂沱大霈诸天泽，沾溉尤欢四野心。虚阁凭栏聊俯首，琳琅天际响瑶琴。

天坛勒骑

圣祖初郊天处。墙外坦夷，驰骤甚便。居人好种梅花，开时灿烂堪赏。

日华初上瑞昽曈，晴霭遥连照法宫。驰道昔年回玉辂，周行今日骋青骢。微飏缓鞚夸神骏，芳草轻嘶践落红。有道圣王方息马，世人何用诧追风。

长干春游

报恩寺前，大道直接山岗，楼台掩映，最称胜地。每春日游观骈填络绎，漏下犹启关以待。江东谓山陇之间曰干。

选胜追欢慕壮游，千年丽景一朝收。参差台榭云霞错，浓澹烟岚林麓幽。芳径飞驰矜骏足，新莺乍啭逞歌喉。严城幸缓金吾禁，遮莫灯光好暂留。

达摩灵洞

达摩北渡曾息此。北有夹萝峰，即折芦处。下一石塌，云是孙吴时故物。

古洞荒凉据胜偏，微茫曲径望中迁。藓封洞口佛光远，云暗床边履迹玄。悟彻无生情脉脉，想穷有始思涓涓。好凭谢屐探幽胜，莫遣霜侵两鬓鲜。

灵谷深松

塔藏志公幻体。寺前琵琶街，履之有声，鼓掌应若弹丝。万松罗列，群鹿遨游。真胜地也。

城边萧寺郁迢迢，宝塔巍然亘碧霄。十里长松迷眺望，千头野鹿任逍遥。曾闻古语传三籁，今见仙音自六朝。应为高僧遗蜕在，江灵常把管弦调。

凤台秋月

宋元嘉中，凤集此山，因筑台以表瑞，即谪仙题诗处。后为贵家园，颇华整。

在昔曾闻三凤集，至今灵响震江东。月横碧落辉光远，台枕高墉云雾崇。千古有人留郢调，故园无主走飞蓬。冯高多少兴亡恨，凄雨寒烟绕暮鸿。

龙江夜雨

蜀楚材木，经此北上，因设关榷之。江天空旷，商旅骈填，称胜概云。

龙江隐隐起春雷，鱼跃波心碧浪开。细雨空蒙生爽气，轻风披拂绝纤埃。久游估客难成梦，远浦渔人且纵杯。只为探奇诗不就，片云头上又相催。

弘济江流

在金陵东北，峭壁插天，玲珑奇秀。长江逼绕寺基，东流入海，允称大观。

浩荡长江来万里，玲珑峭壁倚长空。遥看比栉樯帆小，仰见微芒日影红。嵌石居僧分垒燕，绝流槎客等飞鸿。灵源欲溯难穷际，汗漫天风若可冯。

宿岩灵石

石为江水冲啮，玲珑奇秀。虞公允文破金师，题名岩上。江流虽徙，犹是奇观。

何年峭壁齿江流，漱出云根一段幽。响彻玲珑疑地肺，势冯巘嵲与天侔。吞鲸昔壮虞公绩，吊古今开达士眸。蹑屐登临遥眺望，千帆江上莫淹留。

新江口守风[①]

澄江咫尺望穿眸，况值滂沱卒未收。遥忆沙鸥皆泛泛，近看渔艇自悠悠。可怜负缆多鹑结，但愿行舟似鹢浮。安得长江如匹练，挂帆容易到荆州。

荻港阻雨[②]

停楫江头卒雨来，连天蒙雾几时开。声传远壑疑摧岸，点洒轻帆似振雷。黯黯乡思愁欲绝，萦萦清梦几番回。天公着意频相恼，遮莫闲情且举杯。

长桥艳赏

国初置伎馆桥边，以娱商旅。今台榭渐废，犹存佳丽遗迹云。

潋滟溪光足胜游，妖娆此曲更无俦。安排玉貌填金屋，剩有佳人佐酒筹。箫管铿锵堪系舫，歌喉宛转迓登楼。五陵年少君休讶，裘马翩翩乐正悠。

寄徐嵋云铨部[③]

忆昔滥迹侍承明，瞥尔相交意便倾。杯酒相[④]欢消永日，片言投合契平生。东山公系苍生望，南亩侬寻樵子盟。遥忆圣明常注念，共期早起翊升平。

闻钱少堂欲往荆州[⑤]

正虑旋舟独自行，忽闻有客下湘荆。怜君慷慨多侠气，老我衰颓暗世情。澹澹穷交今几载，炎炎溽暑共南征。扁舟并棹[⑥]归来日，一饮从君索百觥。

---

① 本篇原收入《郢封里吟》,诗前有小序:“十八日,发金陵,宿新江口。次日暄甚,至夜大雨如注,次日又雨，第三日始得解缆。诗以纪之。”

② 本篇原收入《郢封里吟》，题作“荻港驿阻雨”，诗题下原有小注 :“念六日。”

③ 本篇原收入《郢封里吟》。

④ “相”,《郢封里吟》作“通”。

⑤ 本篇原收入《郢封里吟》。

⑥ “棹”,《郢封里吟》作“驾”。

贵池和吕益轩公祖韵①

竟日无言画舫中，风帆翘首辨西东。苍茫波浪千层碧，收拾奚囊一寸桐②。未得飞槎同博望，聊将杯酒伴欧翁。庙堂计日求舟楫，寰海应知溥惠风。

惠殿下生世子志喜③

圣祖开天绵帝业，百灵衍庆裕孙枝。凝旒万祀传明主，祚土千藩壮帝基。共幸贤王隆燕翼，喜传喆胤产螽斯。振振从此知方盛，好咏周诗效祝厘。

寿吕益轩公祖④

六月八日为吕公诞辰，不肖生幸同日，敬上华祝。

丹凤扶摇万里飞，俯看鸱鹦一尘微。雝鸣自古夸灵异，翙羽于今识指归。出世公宁意雌甲，乘槎我幸傍余晖。海筹波润知相及，愿向公墙授法衣。

祭哪吒太子⑤

在贵池大江中，相传中有怪，皆望祭江浒。余意矶多伏石，水又湍急，故长年托言之也。

一峰突兀长江里，云是哪吒太子矶。怪石巉岩腾虎豹，惊涛喷薄迸珠玑。遥观顿觉精神耸，默忖应知形势危⑥。万派东来称砥柱，令人凛凛仰雄威。

---

① 本篇原收入《郢封里吟》，题作“贵池和吕老公祖韵”，下有小注：“六月六日。”

② “桐”，《郢封里吟》作“筒”。

③ 本篇原收入《郢封里吟》，诗题下原有小注：“六月初七日。”

④ 本篇原收入《郢封里吟》，题作“吕老公祖诞辰奉贺”，小序作“吕公祖诞岳良辰在六月八日，不肖生同日，使同□，心窃幸焉。敬步杜韵，用当华祝”。

⑤ 本篇原收入《郢封里吟》，诗题下小注云“六月念五日”，小序作“矶在贵池西四十里大江中，相传中有怪，难近，皆望祭江浒。余意矶边伏丛石，水湍不可泊舟，故长年托言之也。时驻贵池二十日矣”。

⑥ “危”，《郢封里吟》作“挥”。

荆州事竣赠吕公祖①

幸沐恩膏已有年，又随使节役江天。壮猷方叔应推独，后乐希文肯让先。久矣威名驰塞徼，于今经略寓藩宣。庙堂正尔虚前席，践斗调羹帝眷偏。

赠张震宇大金吾兄弟魏国、定国、吴良、吴祯，皆国初兄弟勋臣②

曾闻难弟与难兄，独羡君家双凤鸣。并辔趋朝今定魏，联舟出使又良祯。已钦石画堪调鼎，行展龙韬试请缨。云阁先猷方炳耀，更抒伟略佐平明。

赠归霖乔职方③

宿仰高华苦莫酬，偶分使节傍仙舟。谟谋卓尔能经世，盘错谁人解运筹。戡定殊猷知灿灿，张皇小试自优优。从今大展经邦手，好建奇勋答冕旒。

赠郑居易计部④

幸遇贤王启壮图，储糈端藉运良谟。持筹自昔夸经济，仗节于今裕转输。奕业箕裘原世德，传家忠孝有芳模。好将干蠹为谋国，邦计民生两俱苏。

赠伍任懋大金吾⑤

使节同分来楚甸，扁舟共泛渡江津。知怀猷略如观火，每对丰神胜饮醇。先世勋庸今尚烈，将来事业日方新。临岐不尽殷勤意，珍重相携汉水滨。

---

① 本篇原收入《郢封里吟》，题作“荆州事竣赠吕益轩老公祖”。

② 本篇原收入《郢封里吟》，题作“赠张震宇大金吾”，诗题下小注“魏国、定国、吴良、吴祯，皆国初兄弟勋臣”原无。

③ 本篇原收入《郢封里吟》。

④ 本篇原收入《郢封里吟》。

⑤ 本篇原收入《郢封里吟》。

题晦庵徐公庭训录

嵋云，尊人也。守贫乐道，一经教子，其高风可想①。

谁言天道果难明，善积从来②庆自生。皓首他乡甘檗守，青云奕业③振芳声。远绍绝学心千载，近启家传经一篇。未试经纶知有待，满庭槐荫正峥嵘。

中秋望日自荆州返棹志喜④

方欣鹢首旋湘水，更喜蟾光烛晚扉。春到凤城增炳耀，秋来桂影垂祥禨。因风呈霁光华远，助日为明魑魅微。回首仲宣楼畔望，一圆高照有余辉。

拟于九日登九华山，阻雨不果⑤

云际芙蓉叆叇浮，拟将佳景客中收。九华胜地逢重九，秋色撩人况暮秋。何必龙山堪落帽，曾于南郡一登楼。奋飞无翼空搔首，不及天边鸿雁俦。

登九华山谒地藏大士，步吕公祖韵⑥

入月多风雨，近重阳尤甚。十二日始抵贵池，次日登山，小径崎岖，微雨时零，漏下一鼓，离山尚二十里，泥淖至不可步。不得已，宿老淀吴黄门书舍。次日开霁登山，随吕公祖谒大士遗体，见群峰苍翠⑦，万木萧森，一水潆洄，众刹罗列，大快心目⑧。返登大雄经阁，对面一树，白云笼罩，倏忽黄云自下起，渐高渐广。一翠鸟自东飞翔而过。⑨已而黄云迷望，白云顿消，亦异事也。

---

① 此小序《郢封里吟》作“嵋云公，尊人也。守贫乐道，一经教子，其高风可想见云”。

② “从来”,《郢封里吟》作“由来”。

③ “业”,《郢封里吟》作“叶”。

④ 本篇原收入《郢封里吟》,题作“中秋望月”,下有小序:“是日自荆州返棹,望月舟中,书以志喜。”

⑤ 本篇原收入《郢封里吟》。

⑥ 本篇原收入《郢封里吟》，题作“登九华山谒金地藏大士，步吕老公祖韵”。

⑦ “次日开霁，登山，随吕公祖谒大士遗体，见群峰苍翠”,《郢封里吟》作“次日，忽开霁，比登山，见群山苍翠”。

⑧ “大快心目”下,《郢封里吟》有“及礼大士像，天开日朗，西北长江如练，澄滢滉漾”。

⑨ “一翠鸟自东飞翔而过”,《郢封里吟》无此句。

偶持使节傍台星，幸蹑仙踪礼梵灵。积霭久蒙群岫暗，乍晴已放数峰青。莲生足下看逾幻，龙在钵中嗅不腥。更有一番劳应接，淙淙泉韵响鸾铃。

千寻石蹬路如縆，一缕岷流逗目前。荫合松篁阴白昼，峰排屏障碍青天。黄云飘缈疑来佛，翠羽回翔恍欲仙。灏劫灵光如一日，万方顶礼遍人寰[①]。

龙　眼

来从炎徼登琱俎，满案芳馨总莫逾。崖蜜纵甘终带酢，湖柑虽美未全瑜。骚人赋就芳名远，汉帝移来贝叶敷。较烈侧生应不忝，何缘唤作荔枝奴。

何缘唤作荔枝奴，艳冶丰滋百果无。琬液醇和羞沆瀣，金丸玓瓅赛玑珠。好将姑射仙人产，供作瑶池王母需。应共荔丹称伯仲，况兼益智策勋殊。

寿巅斋司理李公祖

瑞霭充闾光德里，蟠根仙李下神州。寒宵映雪芳声远，高阁然藜景色优。丹凤冲霄呈丽羽，苍龙出海薄云浮。凭凌彩笔群英羡，高步瀛洲惬胜游。

驱车东海辔初回，老稚欣欣笑语开。品骘众材同皎日，谳拟片语似轰雷。当关虎豹踪皆远，鼓浪鲸鲵胆自灰。闻道庙堂征召急，喜看指日陟三台。

遥闻海岱万家声，共向公堂举寿觥。才贡椒花称献岁，旋呈柏叶助长生。九重今下征贤诏，双舄欣观汉殿行。触目台星光正耀，煌煌南极永同明。

寄李雍来大宗伯

当年结绶逐鹓列，自诧随行近玉珂。无奈槩阿远霄汉，有怀斗杓隔山河。飞函千里投琼玖，回首十年忆茑萝。谊薄云天隆古道，愿君鼎鼐永调和。

陪范济略代巡阅兵江上登金山次韵

一峰突兀大江分，峰畔钟声天际闻。遥望蓬莱郁飘缈，近瞻宫阙护风云。指挥虎旅三千队，静扫鲸波百万群。共羡使君饶庙算，喜逢胜地一开樽。

① “遍人寰”，《郢封里吟》作“自年年”。

登金山次范代巡壁间旧韵

万里洪涛泄地灵，中流一柱若为扃。凝眸浩荡连天碧，夹岸菁葱四野青。塔影垂垂堪试钓，山光叠叠恍疑屏。保邦谩说凭天堑，举世澄清赖法星。

同姚通所、朱伯泰泛西湖谒定光佛

放艇澄湖同揽胜，湖山胜概任淹留。双峰突兀云霄迥，三竺逶迤地界幽。碧水溶溶涵翠巘，贝宫烨烨映灵湫。多男争道缘佛佑，玉燕石麟任尔求。

再同姚、朱二公游集庆寺谒梓潼帝君

重蹑芳踪绩胜游，万山苍翠一帆收。三车喜际同文世，七曲因缘等佛修。灿灿奎光彻震旦，洋洋祠祀阅春秋。樵薪正尔劳宸虑，愿启人文佐大猷。

寄董思白大宗伯

皋夔事业翻胸久，羲献风流郁腕前。千古文章推独步，四朝勋德许谁先。庙堂正尔询黄发，薖轴宁容隐大贤。好劝舍人趋命驾，煌煌纁币五云边。

寄陈眉公

寰海当今第一流，姓名烨烨满神州。髫龄已诧文章伯，皓首咸推经济优。何日隆中来命驾，即今宇内望持筹。文孙更喜堪绳武，转盼奎光贯斗牛。眉公之孙发方覆额，已博极群书，因并及之。

杨仲子献美移荫阿侄赋赠

纲常万古一身肩，孝义于君得两全。洒血陈情来渥眷，因心友爱媲前贤。共推至性高千古，独把丹诚慰九泉。天道昭昭原不爽，应知后禄永绵绵。

恨登抚

虎狼久聚终吞噬，何事无端又即戎。十日焚燎六县尽，百年生聚一朝空。

盱衡东顾烦明主，结队南迁类转蓬。从古徙戎称胜算，令人千载恨难穷。

赠徐眉斋太守

方欣凤沼垂明范，忽驾熊车化夜郎。万里功名敦史在，一生清白庆源长。总缘先烈饶调燮，厥祖存斋世庙贤相。共羡流泽永炽昌。试看森森诸玉树，公年方四旬，已举八子。知君后禄正无疆。

入春多病愈后自慰

眼底流光讵易延，鸦翎鹤翼等闲迁。妄思来日同往日，忽讶今年逊去年。盼后追前皆幻境，微疡偶恙总堪怜。劝君早办长生计，好共高人炼大还。

寿乔白山太史

几年簪笔侍丹陛，大隐金门识岁星。自昔文章推模范，于今绅珮仰仪型。神怡蓬岛长生箓，名重熙朝著作庭。南极秋来方散彩，光芒常助酒杯青。

送李嶷斋公祖入觐

莹莹朗鉴九霄悬，浩浩澄川岱岳偏。六郡覆盆消蔀屋，一朝霖雨遍桑田。雍容奏最朝丹阙，绎络承恩下碧天。纶阁持衡应计日，含生沐德自年年。

赠赵叔喈①

仗策曾为五岳游，翩翩侠气傲清秋。一方秘谛长桑授，几载沉疴半匕瘳。潇洒仙姿疑玉削，霏亹玄义等泉浮。知君剩有长生诀，肯把愚盲度也不。

喜史明府重过新城

黄童白叟意津津，争迓慈祥旧使君。德政当年洒湛露，遗泽今日戴阳春。只缘飞鞚光仪远，致使衔恩梦想频。铁巘锦湖堪带砺，芳声奕叶永如新。

① 本篇原收入《郢封里吟》。

夏日小酌戏题

九十衰龄启寿筵，高歌豳饮百花前。花开花落同飞电，人是人非等曙烟。好把青樽延暮景，莫将炎态恼心田。漫思竹下风流客，携手狂呼恍醉仙。

考槃自适

一派清泉数仞山，几间茅屋任盘桓。盈眸桃李同铺锦，弥望云霞见远天。周易竹窗手自点，新茗活火侍儿煎。人生事事皆堪赏，何用烹炉炼大还。

杂　兴

小园载酒日经过，满目春光映绿莎。桃李含情呈笑靥，柳榆献媚缀晴螺。鸟穿翠柳簧调舌，鱼跃澄泉玉掷梭。莫讶老夫频命骑，忍缘皓首负阳和。

祝融司令继芳春，四望郊原乐事均。翠浪翻池荷盖绿，黄云布陇麦痕新。榴花焰焰红喷火，葵叶翩翩影应辰。偃仰茂林酷暑遁，呼朋酌酒莫辞频。

壮士常悲秋序催，我怜秋景更徘徊。清风静扫炎凉态，明月喜教天地开。禾黍满场堆玉粒，橘柚弄色挂金罍。况当紫蟹初肥日，敢惮浊醪罂作杯。

蜡祭喧喧土鼓搓，纷纷髦稚拥如波。咏豳自赋田家乐，布令行宣青帝和。冰箸迎阳辞碧瓦，梅珠散彩耀繁柯。春光积渐来茅舍，对酒能忘鼓腹歌。

七言排律

舟中四望水天一色，感而赋之[①]

凝眸遥望大江滨，四野汪洋纷成碧。[②]暮雨潇潇等涌泉，朝云惨惨如裂帛。[③]游鱼鼓浪沧海通，归客攒眉跬步隔。山[④]陇仅存禾黍踪，平原竟作蛟龙宅。凭谁一口吸上天，洒向八方作膏泽。

---

① 本篇原收入《郢封里吟》，题作“舟中四望水天一色，感而赋此”。

② “凝眸遥望大江滨，四野汪洋纷成碧”，《郢封里吟》作“画舫遥观情脉脉，那堪一派连天碧”。

③ “暮雨潇潇等涌泉，朝云惨惨如裂帛”，《郢封里吟》无此二句。

④ “山”，《郢封里吟》作“高”。

七言绝句

圣上步祷南郊恭纪

离箕离毕总难凭，才雨辄闻作恶风。共道孑遗勤睿虑，瞻云望汉几人同。

望祭至圣[①]

惠王之国，予职司祀事，祭设济宁南门外。[②]
俎豆宫墙隆万祀，精诚蘋藻竭今宵。贤王剩有无穷意，愿启人文佐圣朝。

祭大禹[③]

庙在分水闸，荒凉冷落，令人兴河洛之感。[④]
平成在昔功勋烈，俎豆于今礼数奇。杯酒殷勤酹祠下，令人遥忆过门时。

祭宋康惠公和丘琼山、谢木斋两公韵[⑤]

公讳礼，仕至工部尚书。治水有功，建祠龙王庙侧[⑥]。
一从南旺分流后，百万漕渠任转输。庙貌巍然临水畔，游人争说宋尚书。

---

① 本篇原收入《郢封里吟》，诗题下原有小注："四月念二日。"

② 此小序《郢封里吟》作"祭设济宁南门外，为□而□，以寓贤王钦仰之意云"。

③ 本篇原收入《郢封里吟》，诗题下原有小注："四月念一日。"

④ 此小序《郢封里吟》作"庙在汶上县南旺之分水闸，与龙王庙相望，庙貌荒凉，松柏零落，令人兴河洛之感"。

⑤ 本篇原收入《郢封里吟》，题作"祭宋康惠公和殿学丘琼山、谢木斋两公韵"，诗题下原有小注："祭日同上。"

⑥ 此小序《郢封里吟》作"公讳礼，河南永宁人，仕至工部尚书。治水有功，奉旨建祠龙王庙，侧以侍郎金公纯、都督周公长配"。

题《禅林四景图》①

白云深处扣禅关，补衲老僧意自闲。读罢《楞严》浇罢竹，对山遥唤鹤飞还。动。

幽岩藓径有僧家，万籁无声树影斜。独向蒲团支膝坐，却忘身挂旧袈裟。静。

古寺巉岩插碧空，烟岚缭绕有无中。老僧斜倚绳床坐②，谩拭双眸觑晓红。醒。

万木阴森一草堂，庞眉尊宿坐禅床。神如止水形如槁，几树梅花故故香。定。

宿采石矶③

飞楫同过采石矶，开平曾此破重围。氛祲扫尽波涛息，想见当年圣主威。

哨　风④

中途遇雨停舟⑤，二十日雨止，行至中流，舟人忽群然大噪，询其故，云哨风也，亦郁久志喜云。

一从兀坐群情郁，才得扬帆乐意匀。手把兰桡心欲舞，几声长啸向青旻。

烛　花⑥

过铜陵三十里，矶名良山，江中最险处也。急湍中，舟人弗戒。舟忽却下数里，旋转波心者数四。所幸天宇澄霁，微飔不兴，小舟微纤，忽而抵岸，更

---

① 本篇原收入《郢封里吟》，诗题下原有小注："登陆避暑，小憩萧寺，观壁间悬图偶题。"

② "坐"，《郢封里吟》作"卧"。

③ 本篇原收入《郢封里吟》，诗题下原有小注："五月廿一日。"

④ 本篇原收入《郢封里吟》。

⑤ 《郢封里吟》无"中途遇雨停舟"六字。

⑥ 本篇原收入《郢封里吟》，诗题下小注云："初二日。"小序《郢封里吟》作"过铜陵三十里，矶名良山，江中最险处也。当急湍中，舟人弗戒，舟忽却下数里，旋转波心者数四。所幸天宇澄霁，微飔不兴，小舟微纤，忽而抵岸，时已在未、申间矣。溯奔波犹行十里，更定追及前舟宿焉。甫秉烛，旋吐双花，圆晕光华，烂若合璧。细玩之，花□二瓣，中瓣直如盆蒲，外瓣圆如兰蕊。方圆大小，不爽毫发。背面又挺一蕊，黍米大。茎若抽丝，妖娇颤动，□然欲舞，大是奇观。岂孟公孟姥故发此以慰予耶？诗以记之"。

定追及前舟。甫秉烛，旋吐双花，皆四瓣，中二瓣直如盆蒲，外二瓣圆如兰蕊。方圆大小，不爽毫发。背面又挺一蕊，黍米大。茎若抽丝，长数分，夭矫颤动，大是奇观。

舟摇碧浪凌天堑，烛报新禧吐彩霞。[①]恍似云光演妙义，缤纷玉树缀天葩。云光高僧也，说法感天雨花。

诵岳武穆题贵池苍玉峡诗步韵寄慨[②]

十二金牌褫战衣，六陵风雨望中微。寸脔奸桧难酬憾，辜负黄龙痛饮归。

喜　晴[③]

累日霪霖苦未晴，惊传天外片霞明。欢声聒耳如雷吼，乱舞樯帆一任行。

莲花吟[④]

醉后偶以莲瓣投盂水中，见其动荡，恍然有会。

一勺清波一片莲，悠悠泛泛又旋旋。谩思世事原无定，何异莲花在水边。

一勺清波一片莲，不着方隅不难旋。人能剖破藩篱障，何异莲花在水边。

一勺清波一片莲，水自无心莲自旋。人能顿彻忘言趣，何异莲花在水边。

过淮安漂母祠有感[⑤]

时淮抚乃同年中颇契厚者，高自矜贵，因语及之。

韩子当年困陆沉，贤妪一见意偏亲。若教知得贵贱态，肯饭区区一饿人？

---

① “舟摇碧浪凌天堑，烛报新禧吐彩霞”，《郢封里吟》作“舟摇碧浪凌千顷，烛报新禧灿五华”。

② 本篇原收入《郢封里吟》，题作“吊岳武穆”，诗题下小序作“阅贵池《齐山志》，诵武穆题苍玉峡诗，敬步其韵寄慨”。

③ 本篇原收入《郢封里吟》。

④ 本篇原收入《郢封里吟》。

⑤ 本篇原收入《郢封里吟》，题作“过淮安睹漂母祠有感”，诗题下无小注。原诗有二首，《赐闲堂集》收第二首，第一首据《郢封里吟》补。

交契宁分浮与沉，鸱张气岸若为亲[1]。可怜也具须眉子，不抵裙钗一妇人。

荔　枝

绛袖冰肌画本难，骈肩含笑倚阑干。清霜且莫来相妒，闻道佳人不耐寒。

种　竹[2]

斸得江干老竹根，携归家去长儿孙。他年劲节干霄起，招得丹山彩凤骞。

戏答侯晋阳大参

问予何事容颜好，曾受高人秘法传。打叠寸心无一事，饥来吃饭倦来眠。

竹林避暑

凝眸四望翠筠绕，净扫尘氛清荫杳。散发披襟曳杖游，恍疑羽化炎蒸少。

七夕同客夜坐谈及时事漫赋

多难从来启圣明，无端小丑扰升平。何时得探支机石，立挽天河洗甲兵。

题万玉山居

森森碧玉压荆扉，艳冶浓芳避远碕。蛱蝶似嫌春色澹，傍人刚到又翻飞。

石　榴

翠叶参差瑞色新，棱崚老干拥祥云。无边生意包含厚，满腹珠玑取次陈。

① “若为亲”，后印本作“恍难亲”。

② 本篇原收入《郢封里吟》，题作“移竹”。

桃　花[①]

丙子仲春，金都阃邀赏桃花于武林之半山，小酌宠光寺，寺额题曰旧桃源。是日微雨。

曲径逶迤堪避秦，无边霞彩望中新。山灵似念春游客，故洒琼浆涤玉尘。

落　花

看花争看花含蕊，谁念花开欲尽时。不道好花飞片片，枝头结子正离离。

枣

蓐收司令岁功成，四望郊原万宝登。共讶仲思品味美，好同玉李贡神京。

园亭赏竹

小园绕砌皆修竹，冷冷清风来幽谷。幸有村醪可共欢，顿忘尘世相征逐。

阅　书

劳生九十精神惫，双目如蒙日益昏。尘世万缘皆可谢，无端蠹简苦迷人。

题休休亭[②]

世事堪休人不休，空教华发恋人头。等闲[③]悟得休休趣，把酒临江看白鸥。

独坐赠影

才瞻曦驭倏来临，又映寒檠不暂分。谁道年来多寂寞，喜君朝暮倍相亲。

---

① 此诗原无诗题，此据诗义及前后诗题所加。

② 本篇原收入《郢封里吟》，题作“题齐山之休休亭”。

③ “等闲”，《郢封里吟》作“有时”。

自　省

披阅旧编，多未寓目，则少年不读之过也。书以自悔，兼训后人。

前贤明训惜居诸，自省胸中一卷无。堪叹虚抛好岁月，何曾读得几行书。

白头方悔读书迟，此语分明不我欺。身值髦耋心力倦，清宵空想少年时。

世　情[①]

世态炎凉莫认真，升沉聚散总浮云。门前清净殊堪喜，来客何须问几人。

① 此篇底本无，据后印补刻本补。

赐闲堂集第二卷

赞

宣圣赞

生由天纵，学又多能，道隆一贯，圣集大成。

颜子赞

言无不悦，不违如愚。用行舍藏，与圣同途。

曾子赞

任重道远，履薄临深。三省功密，一贯传心。

子思赞

不睹不闻，戒慎恐惧。暗然日章，可赞化育。

孟子赞

愿学孔子，居仁由义。至大至刚，克塞天地。

寿星赞

按《天文书》，天狼比地，近地也。有大星曰南极老人星，一曰寿星，为人主寿命延长之应。以秋分之曙见于丙，春分之夕见于丁。王者承天，则老人星临其国。常以立夏之夜观之，明朗则天下治安，岁大熟。不见，岁灾。半明，小收。大暗，不收。

像参二火，光映三台。丰年显示，寿域宏开。

梓潼帝君赞

帝君姓张，讳亚子，越隽人。因报母仇徙居梓潼之七曲山。世著灵应。宋元祐中，封辅元开化文昌司禄帝君。

鼓世文明，立身忠孝。翊运维风，广嗣贞教。

老子赞

老子姓李，讳耳，字伯阳，楚苦县人。在母腹八十一年，生而白首，故号老子。为周柱下史。见周室衰，西游至函谷，为关令尹喜著《道德经》五千言。后世言道术者宗焉。

函谷隐君，柱下仙吏。《道德》一经，楷模万世。

弥陀化六贼赞

六贼戏弥陀一伎，世人多喜观之。然皆草草看过，未究作者深旨。大抵天地间何处无君子，何处无小人。小人之害君子也，千变万态，不遗余力。君子之遇小人也，如不闻不见，潜消而默化之。究竟君子永享泰宁，小人旋至消灭。孰得孰失，无烦再计。偶尔窥及，辄为拈出，凡百君子，敬而听之。

大造偶暂瞑，六贼偷逞势。礼义总乖违，全无逊顺致。或逞壮趾凶，咸云凶更剧。六贼合阴谋，时将弥陀戏。弥陀性静定，付之以不睇。顷刻六贼总消亡，弥陀嬉嬉方永世。乃知一正灭百邪，普劝众生各自励。

关　帝①

心扶汉帝，志剪孙曹。精忠贯日，万古为昭。

---

① 此篇底本无，据后印补刻本补。

文

重修大成殿上梁文

伏以运会离明，国脉与文风俱泰；黉宫鼎建，世教偕人事咸臧。道在格故维新，谋亦人协神告。维兹桓邑，地应须女[①]之躔；毓此人文，光映奎娄之府。夙称文物，独擅科名。虽由地气之灵，良亦神休之笃。历年已久，庙宇渐摧。天时既叶，人工斯举。璇题日耀，榱桷云飞。簠簋堪陈，精意潜通。对越溪毛可荐，祼将肃戒灵承。振海岳之文章，作士人之忠孝。当四月正阳之会，象君子道长之时，日维庚寅，吉临隆栋，敢申善颂，用当欢歌。

东，曈昽瑞蔼照黉宫，鸟革翚飞增气概，争夸四境剀文风。

南，彩凤丹山奋羽翰，每遇九秋丹桂发，高抟羊角震天关。

西，御墨淋漓湿紫泥，卿云遥映宫袍绿，一朝声价冠彤墀。

北，英豪济济文章伯，调和鼎鼐佐岩廊，勋名万古常烜赫。

上，灿烂文光齐鲁让，臣忠子孝俗还醇，传与寰中作榜样。

下，圣主当天六龙驾，泮宫文教怀飞鸮，会看异域归王化。

伏愿上梁之后，文明愈振，国祚弥昌。奠三才，正三纲，风俗浇而入朴；敦五典，庸五礼，圣道尊而益崇。由路入门，遵其矩度，升堂入室，乐有就将。凤起蛟腾，凡子午卯酉辰戌丑未，科不乏人，较戊子、壬辰益盛；山蒸云变，举《诗》《书》《礼》《乐》《春秋》《周易》，经必首选，与甲子、庚戌齐芳。庆际风云，羊角扶摇九万；光生牛斗，凤翮翔翥三千。

祭张仙祝文

惟神德本好生，功参司命。佐南斗而翊运，体上天化育之仁；判桂籍以宏文，广人世书香之泽。若二苏之应祷，真千载而流芳。凡百生成，均属陶铸。某等兹遇仲春（秋）之吉，恭申时祀之诚，伏愿益广圣慈，宏锡善类。雕弓动处，兆显示于悬弧；金弹飞来，祥蚤征于诞子。见以嗣而以续，俾愈炽而愈昌。永绵瓜瓞之宗，各叶熊罴之梦。

---

① “须女”，按二十八星宿，当作“虚女”。

建盂兰盆会祝文[①]

伏以佛天浩荡，帱庶汇以含生；法海湛深，纳万流而并济。盖无微之不囿，宁有感而弗通。矧际鞠凶，讵靳慈恤。

慨由丙辰仲夏，溯之乙卯季春，旱魃为灾，商羊罢舞。凝眸四望，黄埃障白日无光；倾耳一闻，抢地与号天共惨。三秋望绝，二麦苗枯。秉耒者怏怏而销魂，揭竿者狺狺而逞志。戕杀坌起，劫掠蜂行。饱半菽以无从，望长林而投命。父子兄弟，刃可剸而羹可分；夫妇友朋，弱者肉而强者食。或槁顶台背之老，横罹诛夷；或垂髫黄口之婴，旋遭屠戮。或身肥体壮，遽供枵腹之餐；或骨立形销，竟充灶头之焰。或气未终而刀斧已下，或家方就而肢体无存。或弃子抛妻，莫救沦亡之祸；或离乡背井，苟延旦夕之生。或丐食无门，鬼其馁尔；或阖室尽丧，祀终殄焉。或被贩鬻而客死他乡，望枌榆而惆怅；或遇寇贼而殒身岐路，企家室而酸辛。或青衿而毙寒窗，或缁黄而僵法席。或烈妇贞女，矢丧命于闺闱；或志士义夫，甘委身于沟壑。翔鸢聚啄，惨血肉之淋漓；猘犬群拖，叹骸骨之零乱。凄风苦雨，漂泊野磷起寒芒；衰草荒榛，黯淡游魂增阴曀。他如遘灾染疠，埋骨郊原，下至作奸犯科，骈首锋镝。虽云众生之定数，总属阳九之厄关。揆诸上帝之好生，宁无悯恻；准以阿佛之普济，谅切慈悲。

兹信官某等，觌目生怜，舍心普度。际中元之令节，集宝刹之高流，翻贝叶之雄文，建兰盆之胜会。丹诚默运，通一念于鹫峰；梵呗高宣，转双轮于鹿苑。伏愿广舒莲目，俯鉴葵衷，引西极之慈云，洒东陲以法雨。现一灯而明通三际，餐一粒而果遍十方。剖欲障于铁围，烦恼场一丝不挂；布慧光于泉路，逍遥境大众同登。

疏

纠正代藩疏代堂翁作[②]

为典制当明，周防宜慎，谨再陈奏，以祈圣明采纳事。

仪制清吏司案呈条议宗藩内一款：祖制，有嫡立嫡，无嫡立庶，庶必以长。

---

① 本篇收入天启《新城县志》卷十四《艺文志下》，题作“盂兰盆会疏”。

② 本篇收入天启《新城县志》卷十二《艺文志上》。

故庶子不得与嫡子论长幼，后生之庶不得与先生之庶论位次。限制森严，谁敢逾越？不谓法久弊生，隐妾冒嫡，废长立幼，遂稍稍见于藩国。夫名分下降，次第上紊，大纲且然，滥觞何极！今后如有指滥妾子为嫡子，夺庶长子爵与庶少，大乖国法者，或本部查出，或宗正参劾，或宗室亲识人等首告，除改正外，轻则罚禄终身，重则夺爵正法。臣见诡计幸封，以妾为妻，以少夺长，若鼎莎等犹然安恣，诚心愤之，惩一警百，不可不蚤定也。等因具题，于万历四十一年九月十一日奉圣旨：这所奏有裨礼典，俱依议行，钦此。

案查万历四十年五月内，该本部等衙门会题为藩封最系重情，臣部遽难轻议，乞敕中外详勘以慎典礼事，内称：代王鼒匀奏称于嘉靖四十四年内，蒙册封为新宁王，奏选边氏，于隆庆四年册封为妃。后病故，无出。继选张氏，封为内助。边氏在病，臣纳侍妾裴氏，于隆庆五年生庶一子，遂先边氏一年而故，臣兄代定王题作张氏所出。臣当时不敢违兄王之命，已蒙赐名鼎渭。后张氏于万历十三年间生第一子，缘前已报一子，故作第二子奏报，赐名鼎莎。后臣兄薨，蒙圣恩进封臣为代王，张氏随进封为代王妃。等因节经科道题参，又经本部题奏，钦依行文，抚按查勘，前来会同九卿科道公议。总诸臣之论，大抵谓无嫡立庶，立庶以长。鼎渭既先请名，委系庶长，张氏止系内助，不应称嫡。辩柝公簿可查。案呈到部，看得宗藩要例内开载：不经奏选，或增立陪从宫人名目，或入府在正配未封之先，方为滥妾。今裴氏乃已故，边妃陪从系额内人数，又在例前，原非滥妾之比。所生子鼎渭，久请名，称第一子，岂可附滥例而夺其封爵？又查得选娶继配一款云：亲郡王妃病故而未有子者，许奏请选继。如已有子，不分嫡出庶出，俱不许选继，止照内助事例，有妾推举一妾，无妾奏选一人管理家事，抚育子女，不许请受次妃封号。又查庶子袭封内一款云：亲郡王娶有内助妾媵，不论入府先后，已未加封，所生之子皆为庶子。今张氏原系内助，非奉奏选，止可称庶生子，鼎莎实为庶次，岂可假嫡生而冒封世子？孟子称五百盟会，首云“无易树子，无以妾为妻”。代王便首犯此二条，无俟群臣纷纷辩说，即以王原疏参看本末，而事情显然，本藩之罪，大不可逭矣。边妃病而纳裴，边妃故而纳张，其先后最明。宠妾则崇以次妃，亡妾则不登妾册，其昏淫特甚。嗣定王世受之王爵，废定王已立之长子，其悖逆殊不可言。请名于张氏未有子之前已十五年，而一旦夺封于张氏既有子之后，其残忍尤为可痛。总之，溺床笫之私爱，犯条例之明禁，紊乱天常，悖违祖制，无甚于此者。其鼎渭既紊伦序，又遭废弃，当人伦之大变，痛纲常之凌夷，安能默默而不一置辩？真所谓《小弁》之怨，亲亲至情也。夫人非伯夷，谁可遽责以让国之行；身为晋献，乃复陷子以不孝之科。是可忍也，孰不可忍！今本部条议已悉，圣明俞旨已行，代王即当照会题原疏，亟行改正，请复鼎渭世子名号，以承圣意。今天子量同覆载，念笃亲亲，或原其罪而轻其罚，亦未可知。倘执迷不悟，曲护前非，本部为朝廷守礼，惟知有祖宗大典、朝廷三尺，即当正以国法，据例罚治。先是五月十九日，本部具疏有云：代藩之立鼎渭、鼎莎共系庶子，长幼昭然。已经题明，胡不即下明旨，正其统嗣。夫嬖宠爱少，代王当受不父之责；以少干长，鼎莎当伏不弟之辜。不裁以大义，加以明法，而反为之濡忍不断。古云："涓涓不绝，漫漫若何？"万一诸王效尤而起，何以正之？夫纲常者天地所以生人，命讨者人君所以持国。有如爱少干长，大无礼，如代藩而不加训治，皇上独何以持天下？此臣所心忧而关治乱之一端也。此亦举世所共知，诸司百职所屡言者也。惟皇上断而行之，无俟臣复言可也。

启

寿李巘斋公祖启

伏以泰道方亨，五百载生名世；哲人笃庆，八千岁称大年。允开合德之符，快睹长生之箓。恭惟某官，瑞毓仙源，祥钟岳麓。凌云彩笔，腾五色之琼姿；掷地金声，重两都之珍价。彤庭射策，独占巍科；青社持衡，高出伦辈。鉴衡超骊黄牝牡，乐育群英；品藻辨麟凤豺狼，澄清庶位。恤民隐，轸天行，蔀屋咸濡膏泽；苏覆盆，严漏纲，苍黔均戴恩波。操凛四知，守严一介。岱宗溟渤，莫喻高深。白叟黄童，均切忻忭。恩洽四履，感奚啻于二天；眷笃九重，位行跻乎三独。当建辰之良月，正生申之吉期。添海屋之筹，遐迩共庆；歌日升之雅，大小同声。某等渥沾化雨，莫效葵忱，幸睹南极，愿申芹献。合绅衿与韦布，同摛下里之歌；愿富寿而多男，恭效华封之祝。

中举请县公启代

伏以仁风披拂，群黎怀孔迩之思；时雨烝濡，微生遂观光之愿。幸存神而过化，敬介寿以称觞。恭惟某官，玉尺清严，金茎朗润，道渎回澜，登岸争夸，陆海潘江，学山造顶，摩空不数，曹墙贾垒。振英声于艺圃，烘烈日而贯晴霓；敷瑞藻于词林，贲天球而灿玉屑。彤庭射策，名世无双；花县鸣琴，循良独冠。推心置赤子，袴襦兴谣；加意育青衿，菁莪率教。气运顿隆僻邑，人文丕变一朝。瀛海波澄，咸思腾跃，清秋桂绽，幸与跻攀。咸知推毂恩深，即拟衔环曷报。谨拟日之吉，敬扫蓬茅，肃陈筵几。缁衣之宜，缁衣之好，争快睹乎慈仁；薄采其茆，薄采其芹，用夙将夫明信。伏愿暂辍凤弦，蚤飞凫舄。朱幡映日，举潢流铁巘，胥沐荣恩；皂盖临风，将衡宇蜗居，顿生色泽。俯慰鹭伫之望，曷胜雀跃之欢。

答举之张亲家缔亲启

伏以叶两姓之好合，夙缘天定；联数传之姻眷，岂伊人谋。祥应牵红，欢腾倚玉。恭惟某官，扶舆间气，阀阅名宗。七步材高，迈陈思而超班马；五车学富，苞邺架而辟琅环。久期践斗，调羹伟烈，上绍世德，喜今诒谋，裕后芳谟，下衍孙枝。贤令侄孙，英伟奇姿，赋凌云行看指日；小曾孙女，庸愚稚齿，咏瑞雪敢望他年。因亲以缔亲谊，仰乔松俯垂清荫；继世而绵世好，喜女萝仰附高闳。戴硕德之不遗，幸弱息之有托。过蒙慈注，宠锡瑶章，诵以周环，感深奕叶。兆中鸣凤，羡目下贻厥孙谋；掌上祥麟，看来许绳其祖武。

记

甲寅异梦记

万历甲寅，予以秘书郎稍迁礼曹。时同乡二三要人，势烜赫甚，三事六曹而下，莫不奉命惟谨。一时附丽之者，蝇营蛆趋，竞相奔赴。予性迂拙，弗能知，即明示招来，又弗能悟。用是决计剪锄，而以其党某御史先为排击，羁邸中者数月。诸知交皆为予危，予犹不悟，且不知悔，时手一编，闭门听之。忽梦独游一所，四顾寥旷。迤北新房三楹，木已缔矣，土工未施。竹刀、铁刀皆长尺余，利如霜，交缚屋脊。刃皆上刺，每近尺，辄缚一丛，竟三楹如一。予赤体踞其上，自东而西，遇刃处双手撑拄而过，过既竟，不伤毫毛。旋从西南一楹而下。既至地，不知何以遂着衣冠，在予善人祖手植大槐树下，举目见关圣，顶将巾，着旧绿袍，面北立。予趋至其右，肃恭一揖。关圣以手掖予起，北诣一房，亦三楹，中置一几，上列肴酒。关圣南向坐，微近东，予北向坐，偏西南隅，相共饮食。忽而寤。夫此时诸要人大肆毒螫，恨不剸刃予腹。刀刃如霜，神固明示之象。乃关圣独扶掖予，饮食予，倘亦鉴予之无辜而默示保佑耶？敬书简端，用昭神贶。

丁卯异梦记

惠藩之役，予以执事随诸使臣后。舟中无事，时时与震宇、现嵋[①]两大金吾接麈谈。两公者，前大司马张襄宪崌崃先生孙也，每为予述襄宪逸事甚悉，因贻以襄宪所著诸纪载。阅其内有云："玄帝，北方天神也，无其人。今世所奉玄帝，姓赵，号肖庵，四川中江人。幼好道，奉玄帝甚谨。年十九道成，募铁铸像云台山，披发仗剑而逝，屡著灵异，人皆神之，尊为玄天上帝。建庙山巅，殿北小阁，真形在焉，双鬓如生，两目炯炯射人。岁既久，肤体为人所抚摩，滑如绘塑。"襄宪亲见之，因纪以诗。予亦步韵谬撰一律，有"共仰明威同紫盖，自应显号揭玄天"及"闻道名山仙蜕在，何年顶礼扣真诠"之句。时天启丁卯四月朔日也。是夜甫就枕，梦至一处，北房三楹，西房三楹。玄帝在北房前，南面立，躯干如中人，面色微黄，颇瘦弱，衣似道装。襄宪幅巾常服，貌甚壮伟，西向立。予亦常服，依西屋东向立。旧仆张强手执茶盘，自北房出，贮茶三盂。玄帝首取其一，次襄宪，次及予。因向予亹亹有言，大意若谓宜尚清虚，戒欲浊，惩暴戾，贵慈仁，隐然若悯予之迷而开之觉路者。予闻言亟顿首谢，玄帝及襄宪忽不见。既醒，再赓前韵，用志奇遇，因纪之于编。

乙亥异梦记

岁乙亥，叨典豫臬。孟秋六日，蒙恩转两浙右辖，于念日往谢两台。事竣，念六日返辔。离新郑尚十余里，天已暮，又雨，跋涉泥淖中，漏下一鼓，抵近郊矣。会山水涨不可渡，觅民房宿焉。房久无居人，仅一榻、一椅、一几，无长物，兼无饮馔。会倦甚，随就枕。雨声滴沥，竟夜不休。比晓，视窗无片纸。令人探涧，水势且益涌，遂旋辕诣长葛。两县相离一舍许，见雉堞矣，身觉寒，不意其疾也，犹命速具舆马，欲抵洧川。既入署，觉寒渐剧，胸中作恶，吐数口，益不可支。饮姜茶一二杯，汗出如蒸，衣尽湿，遂止不行。越黎明，身霍然矣。第恶荤酒，啜米粥一盂，遂登舆。时念八日也。次日停午，去祥符二十里，觉寒甚，因就道左僧舍益衣。僧进茶，手颤，几不能持。近汴城里许，舆中晕愦甚。至入宅，懵然莫知也。即酬应儿子辈，半呓语矣。八月朔，遂困床褥。至初二日，疾又当作，然觉少轻。夜，梦至一处，径甚狭，且泥泞不可乘舆，遂令人扶掖以行。越数里，遇一石桥，如新创者。桥下一石径，甚精洁，河水时溅其上。予由径上行，无沾濡也。既过桥，一衢宽仅丈余。左右皆茅宇，仅

---

① "嵋"，本作"湄"，据《张襄宪公远虑传》《赠张现嵋大金吾》诗改。

及肩，门皆扃，阒若无人。予命侍儿扶入衢北空舍中，因令呼舆人及各役，遍阅室中，见西南隅一木凳，辄置北墙下，少休足力。忽见面前木榜一，高二尺余，横长六七尺，素白无文字。已而忽易为屏，计八叶，金碧陆离，大约上段皆绘诸佛大士，下段绘诸变像。予从第一叶观之，举头见一胡僧，持屏首叶，高出人一头，通身黎黑，环目蓬首，须眉皆鬈，着皂丝衫，仅及膝，赤两脚，膝以下皆露。予阅竟一叶，胡僧旋掩一叶。至第八叶，佛像遍体金装，光彩夺目。忽闻人语，云此《观音救八难图》也。胡僧及屏倏不见，予亦随寤。时漏下五鼓矣。觉而遍体皆汗，心境爽霍，因命儿子辈顶礼大士，以答灵贶。时八月三日也。自是日见宣可，至十三日始能胜衣冠。因躬诣大士前稽首谢，遂援笔而为之记。

佛光记

天启七年丁卯，予以仪郎供惠藩之役。涉池阳，跻九华，谒地藏大士遗体。天清日朗，百步之内，可鉴须眉。礼罢，登藏经阁，遍礼法像。转身凭栏，见一树当前，白云弥望，倏忽一线黄云，起自埃际，渐升渐广，高逾寻丈，如绘璚枝于金简，而无边碧玉周匝辏砌。一鸟形如鸠，飞鸣东来，翠羽璀灿，拂树而西旋。见天宇澄霁，放大光明，不越一刹那，顷而恍惚幻化，不可方物。不觉神情开爽，诧为生平奇观云。

异竹记

甲寅夏杪，予为同乡要人所扼，捏词诬陷，势甚岌岌。方闭门省愆，偶货竹者过门，贸两丛，树之卧室前，日徜徉其侧，以资啸咏。不匝月，有笋生焉，叶犹昔也，而茎则紫矣。夫予之所贸，青竹也。青与紫，色有间矣。无论孟秋非茁笋之时，甫植无旋茁之理，乃以青植而以紫萌，此何以故？盖闻观音大士，日坐紫竹林中，普慈悲，救苦难，而予室中正供大士像，意者嫉诸人之诬捏，悯无辜之倾危，默为佑庇而示兆于竹乎？不然，胡两丛并茁，新茎皆紫？令人不可思议也。自甲寅迄今，廿余年耳，诸要人者骨已朽矣，木已拱矣。予犬马之齿较诸人差长，犹得偷视息于人世，岂非紫竹示兆而默佑之一验欤？方续《竹谱》，忽忆往事，因命管城用纪岁月云。

睦族记

义田睦族，千古以为美谈，乃从古亦不多见。非前人之力不给，则后人之行不继也。我祖忠勤公登第后，即思拯恤阖族，奈南北奔驰，殒身万里，不获如愿。我父大司徒公及诸叔诸兄相继登第，创为孝思一会，奉宣先志，登会试一人，置田若干，登乡试一人，置田若干，应贡一人，置田若干，共作一庄，以备周济。族人之用置田多者，举席酬谢，不及格者，罚树艺、税粮、秩祀、赈恤，皆有条理。掌管则我祖之后六门轮任之。行之数年，颇有可观。嗣是不无少陵夷也。及我父请告归里，思举旧约，而众多异同，势难复合。念我祖为国殒身，创祠崇祀，颜之“忠勤”，以戴君恩。即年逾七旬，一切祠墓祀事，必躬必肃。又推广遗意，模仿义田，出廪粟以资族人，视亲疏以为差等，酌冬春以为期日，垂训词以期永久，迄今六十余年，行如一日。则以先人美意，为子孙者乐为率循耳。训词末简云：“噫！斯举也，子孙贤耶，遵行之；不贤耶，不遵行之。吾安知吾之子孙皆贤而皆遵行耶，又安知吾之子孙皆不贤而不遵行耶，吾尽吾心焉而已矣。”追忆遗文，羹墙如见，而音容不可复亲矣。呜呼痛哉！若是，而忍自甘不孝，不为永久计耶？吾今年已逾八，势同风烛，恐此举或废，故撮其大凡，著之于篇，以便后人继举。凡我子孙，尚其阐绎祖德而遵行勿替也哉。

新城县重修四门记①

盖闻设险守国，重门御暴，自古记之。吾邑地瘠民贫，旧城以土，岁久倾圮，先少师每抱覆隍之虑。戊寅，转官过里，移书当道，若谓邑虽小，然而仓廪钱谷皆国储也，卑卑雉堞，跛羊可牧，脱有缓急，何恃不恐。抚台汝泉赵公、守道春门严公，皆嘉先君议，檄藩司致银伍百两有奇，府库致银八百两有奇，两院致赎锾四百两有奇，县令牛公又多方设处佐之，易土而陶，厘然饬新已。壬戌孟春，土寇披猖，人心大恐。邑缙绅鸣梧张公、华平耿公，聚族而谋，图所为守御之具。众佥谓城虽圮犹可资捍卫，而门皆朽矣，即金汤之险，孰与固保障而戒不虞？今邑无司牧，帑藏罄悬，岁比不登，闾阎枢倚，上之不能取必于官，而下之又不忍重困吾民，乃相与随意捐金，分土鸠匠，计图永久，材必精良。鸣梧董北门，华平董东门，家弟象壮董西门，而南门则以委之不佞。工始于仲春，迄季春，不匝月告成功焉。其于重门设险之义，亦庶几其有合欤！若夫时启闭，

① 本篇收入天启《新城县志》卷十二《艺文志上》。

谨伺察，使万姓无窥关之恐，而四境有泰山之安，是在贤有司加之意耳。[①]

桓台水灾记

岁值辛卯春，不佞偶过一及肩短墙，见群蚁上下如贯。近视之，墙顶一穴，巨蚁数头环立穴边，群蚁出入穴中相继。因思蚁能知雨，且新正四日为壬子，十五立春为癸亥，今岁其有水患乎？说向人，皆诧为诞。自春徂夏，雨无愆期，禾稼如云，数百里无隙地，远迩欣欣，皆庆有秋。不佞独抱隐念，私计群生福力浅薄，讵能享此大有？七月朔，天尚昧晦，忽大雨如注，竟日不休，不佞心益惕，薄暮，命仆人具插臿，戒徒众为深夜堵培计，人益笑其诞。夜未半，大水陡至，平地深至数尺，所过荡然。高地之禾虽披靡，未甚仆。低田禾水相荡，墙屋皆催。倏已抵城，城墙崩数十余丈。城以内墙房圮者十之三四，城以外白波靡望，生计一切沉没于流潦泥泞中。号哭四达，莫能为计。坏木败椽，顺流而下。不佞新伐木数株，围三尺，长逾寻，漂摇波际如浮芥。居人始信王生非诳说。嗟嗟，阴阳大数，天地且不能违，何论人物，彼营营逐逐，徒敝其神于渺冥不可知之乡，只足传有识者一噱耳。

传

于冏卿传[②]

于公讳璧，邑人，登天顺壬午科乡试。性资英迈，制行端严，廉以律己，直以处人，乡里推服。历官苑马寺卿，初授浑原州学正，擢东安令。当道交荐，擢福建道监察御史。按河南，宪体凛然，虽藩臬诖误，必裁以法。按楚，行至黄岗，有两蛇遮道。公命吏迹之，至寺塘中，汲水出二尸，知为僧所害。获寺僧，一讯即伏。湖湘传以为神。按浙，一县尹陆姓者，自恃进士，见公倨傲，公怒朴之。后陆升山东学宪，衔宿憾，甫履任，首莅新城试士。时公已家居，而在学子弟方盛。公语子弟以故，令各努力。及唱名，多居前列。陆公执属礼反益恭，更与公为莫逆。及试青州，一故人子考劣等，乞恩。陆公曰：“汝父与我甚厚，

① 天启《新城县志》所收此文，文末尚有“鸣梧公讳羽凤，华平公讳庭柏，一时捐金姓氏，及效劳此役者，皆得列名芬芳”。

② 本篇收入天启《新城县志》卷十三《艺文志中》。

而子不我厚。新城于氏其父不与我厚，而子弟却厚我，我亦莫如之何已。”竟不允。此与万历戊子吴中汇学宪事大相类，今附录于后。

吴公中汇讳同春，河南固始人。隆庆丁卯乡举，时中宇先兄令杞，取中式，相得甚欢。后以小嫌，必欲报复，屡形之语言间，知者甚众。时临邑某公有德于公，公曰:“吾异日倘督山东学政，必厚酬公。若王氏子弟，吾必有以相报也。”万历戊子，果升山东学宪。试新城，场中颇烦搜索。时吾家就试者众，唱名多居优等。秋闱，中式者三人。临邑某公之弟，夙号名士，反以小失受朴。某公有所请托，竟一无所徇。此与陆公事如一辙，因并记之。

耿太仆传[①]

公讳鸣雷，别号省亭，同县人，中万历戊戌进士。孝友坦夷，不阿不激。

初授永年令，视民若子。释冤狱，缓征敛，作兴士气，扶弱锄强，孜孜如不及。方秋，飞蝗蔽天，民大恐。公竭诚步祷，俄有群鸟飞集，啖蝗立尽。有解户亡金数百，欲自尽。公缓之，为祝于神。偶出，遇一羊，尺绳系角，跃舞于前。命吏随之，过一小巷，触户而入，搜得原金，盗名则杨绳武也。人以为神明。永宿号泽国，庚子、辛丑大水，公亟为蠲赈煮粥，村落所全活者数万人。甲辰淫雨为灾，城不沉者三板。公亲巡原隰，给钱谷，量灾多寡而轻重赈之，灾不为害。立社学三十三处，比屋皆诵读声。毁截河闸，而七闸并受其利。葺冉子祠，士人蒸蒸顾化。永之人戴若慈母，作为歌谣，汇成编帙。去之日，立祠尸祝者三，征名公文，以志不忘。乙巳行取，候命都门，感重症，昏不知人。忽若呓语曰:“永之人已为我祝吁神祇矣，必不害。”十日外，果有永人持簿至，修斋吁祈者以万计，病寻愈。非深仁厚泽，上通神明，讵至此乎？

丙午，授湖广道监察御史，立心一依忠厚，而议论侃侃，不阿权贵，连纠横珰，谏逐奸贪，章数十上，屡得俞旨。巡京通仓，加意振刷，条具十事，悉著为令。奏罢，总漕勋臣，迄今称便。按畿南，民瘼、吏治、边弊、官常，悉心筹画，申严条鞭、保甲二事，逐去墨吏若而人。巡青，汰老羸，严禁铺垫，金钱十八万，尽归实用。往年贵妃陵功费至百万，公司监督，一洗浸渔冒滥之弊，省费数十万。期日报完，内监毫不得干没。他如兼摄数篆，监临会试，巡视五城、芦沟、太仓、节慎等库，无不殚竭心力。丙辰掌大计，凡所殿最，皆秉公持平，中外帖服。察军政，首列大金吾李宁远子不职状，议褫。后夤缘起用辽左，失律，竟坐大辟，缙绅深以不早用公言为惜。戊午，升太仆寺少卿，司冏藏，积羡金三万，具疏备边，蒙旨嘉与。

① 本篇收入天启《新城县志》卷十三《艺文志中》，作“耿冏卿传”。

拮据载余，竟以劳瘁殒身。天子嘉其忠，诏赠太仆寺卿，盖异数云。

楚春元隐德传①

万历间，楚中一春元赴试，宿直隶之清丰镇。二鼓后，对门火。春元出门外观之，见一女年及笄，赤身来奔。春元曰："胡不衣？"曰："火起，方急救命，无暇觅衣也。"曰："我房在店内某处，可就被掩身，我必不入。"已而火息，父母觅女，春元尚立门外。语以女处，携之归，见其女赤身，又在春元房中，大不怿。是年春元未获隽。归过旧邸，闻是女已适人矣。

又三年，入闱，终日不成一字。午后，忽邻号大呼可惜者不绝口。潜窥之，北人也，年甚少。问何故，曰："我七作甚得意，自揣可必中。偶风吹卷落砚池中，污甚，见贴无疑，第可惜此数作耳。"因问："兄卷完未？"曰："今日文机偶滞，一字未就。"曰："兄可写此，高中后勿相忘，某且未归，俟出榜方束装耳。寓某所，报榜时可一见过。"

及揭晓，果第，旋往谢。春元②亟迎，问平日有何阴骘，以无对。固问之，曰："平生原无过人事，惟忆三年前宿清丰镇，对门火，一女子赤身冒火来，令至我房少避，我独立大门外，俟其父母至偕归，救得此一人耳。"春元曰："此奇遇也，成交乎？"曰："比时只怜其苦，无论邪行，即邪心亦不萌。"春元亟下拜，曰："恩人也。我之为兄中，宜也。此女即某之妻，娶三年矣，闻有赤身避火事，未尝以好语相加，妇即矢心自明，某不信也。闻兄语，今豁然矣。我之为兄中，宜也。"遂缔交如兄弟云。

王生曰：甚哉，名节之所关重也！楚士救一人，无妄念，可不谓隐德乎。以博一第，亦天理报应之常。乃困之于三年之后，又假手燕士而后第。且燕士者，号胡以比邻，卷胡以点污，心胡以信其必中如观火，文胡以授之果隽如探囊，机缘巧合，不爽毫忽，皆天也。使楚士发于三年之前，于报应之常得矣，彼燕女且抱丑终身，即九原莫白也。故楚士之迟隽，燕士之污卷，总之为此女白名节，而因为楚士表隐衷，故曰皆天也。彼饰昭昭堕冥冥，岂谓苍苍者果梦梦耶？《诗》曰："无曰不显，莫予云觏。"又曰："陟降厥士，日监在兹。"请以质之楚士。

---

① 本篇原收入《剪桐载笔》。

② 此"春元"与下文"春元曰此奇遇也""春元亟下拜"之"春元"，非楚春元，而是楚春元应试时邻号之北方举子。

王孺人再生传[①]

澄源张公，讳奇谟，予岳翁也。为予言，往岳母王孺人，生三子一女矣。及再产，以病亡。已而旋苏，自言摄至阴府，官人坐堂上，隶前禀逮某氏等至。回视被逮，果皆妇人，无一男子。官人曰："后堂见夫人。"至后堂，随众跪阶下，见稚子满丹墀，有周年者，有数月者，甚且有初生者，或男或女，或坐或卧，或行或匍匐，妍者丑者，嬉者笑者，怒者骂詈者，啼叫者，交相欧者，独自坐卧不言语者，任其杂沓，无一人为料理。隶禀如初，夫人目众妇，曰："令汝等来，无别事，儿辈待哺，为吾乳之。"孺人抗声曰："我以无乳，故自家儿倩人乳，焉能为人乳儿？"夫人问言者谁，曰："邹平东门外张秀才妻王氏也。"夫人检籍久之，曰："几误，渠尚有三胎，一长命者，最后一儿取之来，今尚未也，亟送去。"因得复生。后生三胎，二儿一女，果以产儿亡，其一儿亦不育。女为予妻，赠淑人[②]，即夫人所谓长命者也。然寿亦仅三十三[③]岁。

王生曰：世人言阴曹最幽，在恍惚有无间。今视孺人事，何明白较著也。儿既不育，即不生可已，乃竟生，生也而卒以夭死，何屑屑不惮烦若是，岂人生各有定分，即子母之存者殁者，皆夙缘不可强耶？不然，何定之生前，证之殁后，不差爽乃尔？世人诚察于前定之理，顺受而无妄营，即以称居易俟命之君子无愧矣。

阳邹生孝感传[④]

阳邹诸生某，事亲孝。母年八十余，病垂危，忽晕，几不可救。生具矮桌凳，置门后幽暗处，列酒肴，贸佳纸为钱，焚于篱，望空遥祝，愿少延母旦夕命。已而母果苏，语儿曰:"吾尚有数日，住勿悲也。"子问故，曰:"适鬼使见逮，已将行矣。汝焚纸钱后，鬼使大喜，谓予曰：'今一批所逮共五人，媪在逮数不可逃。吾感汝子意，既饮食我，又畀我好钱，我今先逮彼四人，事竣过媪偕行。媪与子尚可聚首数日，慰彼孝思也。'"越三日，忽谓子曰:"可备后事，鬼使来，吾行矣。"遂卒。

王生曰：尝谓贪贿舞文独世间胥吏辈，乃鬼使之感生亦以钱好故，岂阿睹中物固无间幽明者耶？若生以祈祝而延母数夕之命，孝哉生也，感彻幽冥矣。

---

① 本篇原收入《剪桐载笔》。

② "赠淑人",《剪桐载笔》作"封孺人"。

③ "三十三",《剪桐载笔》作"三十余"。

④ 本篇原收入《剪桐载笔》。

王廷尉平反传[①]

大廷尉左海王公，山东费县人。初任山西阳城令，政务慈祥，不忍妄入一人罪。一日，大风晦暝，境内大道边杀一人，投尸井中，莫知主名。公下令[②]严缉之。邑中一人素无赖，是日午后倦甚，向姊家卧，面色惨阻，意态仓遽，去杀人处不甚远。次日而杀人之事露，众遂疑此人，即其姊亦不能无心疑也。鸣之官，公再三研究，众证甚确。已问结牒当道矣，公心终不释然。异日偶讯一囚，自招平日恶迹，有杀人投尸井中事。问其日月，正大风晦暝日也。公心恍然，即欲鸣之当道，为前人地。刑胥再三诤，以为不可，公不听。刑胥曰:“刑者一成，不可易。今自讯而自反之，得无启上官疑，于己之官声不利乎？”公曰:“吾期使邑无冤民足矣，遑为己之一官计耶？即缘此而罢归田里，心甘之矣。”遂以后人抵罪，而力为前人昭雪。诸当道见公牒，交口叹谓，公不护己短，能重民命也。无赖子果得释。公声誉益隆隆起，后以循良高等擢台中，今为左廷尉。

王生曰：守令绾铜墨，统一方，民之生死荣辱，在一念转移间。彼暴狠恣睢视民命如草菅者，固无足道，即足己好胜，自雄己断，或作意低昂，矫矫为名高，贤不肖则有间矣。不知意见一差，死难复生，断难复续。同是含生，何忍以彼之叫呼痛楚为一己娱快功名地。即无论人非鬼责，而良心内省，吾恐食不下咽矣。孰与平心虚己，使小民无冤之为得乎？语云：“吾求其生而不可得，则死者于我亦无憾也。”仁哉斯语！吾愿持法[③]者三复之也。嗟嗟，于公高门，张公无冤，至王公而三之矣！

张襄宪公远虑传[④]

少保岷峡张公，谥襄宪，四川铜梁人。宦浙时，一同年与公同宦浙，相得甚欢。公偶谈及《清明上河图》，叹初本入禁中，无从复睹。同年公有临本甚佳，盖世所传第二本也，随饷公。公力却之，同年公必欲公受。公不得已，受而厚酬之，颇珍惜。及归田，虑后人以此贾衅，因手书垂戒:“此图颇为世鉴赏，以后凡宦吾土及达官贵人有求者，即与之，勿吝。”

公殁后，某公宦蜀。一日，具百金移檄铜梁令，索此图，且云:“价廉不抵图值，

---

① 本篇原收入《剪桐载笔》。

② “公下令”,《剪桐载笔》作“公下令捕役”。

③ “法”,《剪桐载笔》作“三尺”。

④ 本篇原收入《剪桐载笔》。

倘多索，县中暂借，当续偿也。”檄至邑，时已近暮，县令亲携檄诣公宅。公之第三子恩选公号蔡蒙者，念襄宪公遗嘱，亟向诸侄觅之，无有也。诸侄中有微闻在某房者，偕诣索之，譬以祸福，再三始获。令一见，抱置怀中，索酒饮三巨觥，始命几展卷。每阅一段，即大呼妙绝，饮一巨觥。比阅竟，东方白矣。以金付蔡蒙，公力却不受。令无暇入署，就公宅印钤并原金驰使报命。某公一见卷，大喜，亟加币若干并原金往，蔡蒙公坚不受。令不得已，置盛筵延公之子若孙，群聚尽醉而罢。世皆叹襄宪公远虑，而又服蔡蒙公之纯孝为不可及。予闻之襄宪公孙现嵋大金吾。

王生曰：襄宪公勤劳著宗社，利泽浃函夏，威望震毡毳，勋烈勒旂常。乃区区一卷，犹勤远虑。予于是叹公之精神如宇内元气，周流布濩，无几微之不贯也。世人耽于所好，不难驱身名以殉之，甚且遗殃奕世。万历初，山西某乡绅宝一古琴。及殁，县公向其子索之，弗得，逮以徽缠，泥首公庭。时其子已食饩于庠，称佳士矣，乃戮辱若此。夫非琴之为祟耶？若《上河图》，初本至倾其家，祸及数官，又其甚者已。嗟嗟，一身之外，总属长物，夜光弹鹊，何轻重倒置乃尔！乃知人能澹然寡营，岂惟保身完名，抑亦远害，贻谋之要也。噫，尤物移人，怀璧为罪，从古识之矣！襄宪公之戒，视平泉之戒，宁直庭之于径已乎。

王京卿义妾传①

王公，蜀人，官卿寺。因无子，娶二妾。未几，罢归。贫无以为装，因遣妾。二妾皆欲从行，公谕之故。其一长号去，一坚欲从。方商榷间，妾母适至，留妾甚恳，公许之。

既去，妾尤公曰：“从一而终，妇之分也。予母即有言，君以大义责之，何说之辞权顾在吾母耶？”公壮其意，然实不欲偕行，因诒之曰：“汝议最正，然吾怜汝母老且爱汝甚，不忍逆其意，汝盍自为谋乎？归以情恳之。母得请甚善，即不谐约，汝二姊及家人辈为助势，可必得。”妾许诺，因曰：“归而得请，从君终身，吾愿毕矣。倘母意不回，当以死谢君，必不忍偷视息人间，抱琵琶过别船也。今与君诀，见君止此耳。”伏案大恸，泪如雨，周案头下浃于地。公为动容，因令仆持嫁时衣送之还母家。

翼早使仆往觇之。妾闻仆至，欣然出问：“公夜来安乎？念我乎？亟归语公，吾旋至矣。”未几，果同母来。入门向公失声恸曰：“几不得见君，此一行何异

① 本篇原收入《剪桐载笔》。

再世。”问所以，不言。询诸侍婢始知：归，请之母，不听，谈说百方，又不听，恳二姊及婢仆辈劝解再三，卒不听。人定后，妾膏沐，易新衣，衿带间缝纴百结，遥向公再拜已，又潜向母拜，盖欲于是夕自缢也。偶一婢蓦见之，亟奔告母。母大惊，亟起慰谕曰：“痴儿何遽至是。汝欲从公，吾亦任汝，第吾爱汝甚，汝去吾何以为生。无已，吾与汝偕也。”是以得归。

公闻言感甚。顾邸中仅两舆，力不能再办一舆，且又无奈长途资斧何。不得已，乃以舆舁妾及妾母，而身策蹇以从。

王生曰：予在都门得交公，磊落光明，绝无世俗依阿态。闻其居官，慷慨洁廉，持身毫不苟，而体惜人情，悯怜物命，凡可开一面网，不难百计图之。妾之不忍舍公，岂徒儿女床第之私，无亦见公慷慨正直，可托终身，故不难一死以明志乎？即烈丈夫何加焉。且公仁人，尚未举子，或者彼苍将以此妾为公开绳振，亦未可知。夫君臣夫妇，皆以义合，皆以一终。彼巾帼笄珈之伦，犹然曙大义，秉贞心，等一死于鸿毛。每一披卷，令人凛凛起敬，矧须眉而称丈夫者哉。吁，可以思矣！

王宫詹侠仆传①

王宫詹非熊，四川重庆人。天启初，太翁太姆俱高年在堂，公乞差归为寿。舟离城仅舍许，是日奢寅反，公未知也。遥闻上流一人，亟呼舟勿前，城中反矣。仓卒返舟邻县，去重庆八十里。念两尊人吉凶未可料，心如割，莫知为计。

时公仆三人，平日以庸奴畜者，即同辈皆易之，忽前请公：“奴等愿入城奉太翁太婆来。”公叱之曰：“城中大变，尔辈何能胡言之易也。”侪辈多为揶揄，三人固以请，公亦任之。三人遂踊跃去。近城，见城中出者，皆髽髻不冠巾，白纸点数墨迹为髻缠。三人者效为之，得入城矣。翁与媪俱无恙。三人负以行，抵城门，阍者不令出。三人微闻某姓者与贼通，乃假为某氏仆，具词贼寅，谓庄有粟数千斛，两老人者庄头也，须共往验明，献为军糈。贼寅大喜，给照令往，翁与媪始得出城。三人仍负以行。甫数里，力倦不能前，少迟又惧有追者，乃以二人护翁媪，一人入村中买两椅，缚为舆，觅四力舁以行，抵公所。公一见，悲喜交集，慰安两尊人毕，设三座于堂，令他仆强掖三人，躬稽首以谢。

王生曰：公之得全两尊人也，纯孝之感也。虽然，三仆之功不可诬。予闻公长者，居家孝友，事两尊人无遽色，无疾言。事每先意以承，孝浃庭闱，神鉴之矣。彼三人者，素平平无奇。及犯大难，成大功，从容指顾，动合机宜，

① 本篇原收入《剪桐载笔》。

出入虎穴，如履平地，视赵厮养卒庾吴郡老兵何以异？岂冥冥中有相之者耶？世人谓建功立业，非有绝世之智、迈种之才罔克济，以观王公仆，竟何如也？嗟乎！不遇禄山，谁识平原？勿谓世无人哉。

姚孝子传

孝子名元吕，字仲宣，浙之慈溪人，以诸生游太学。仲宣有兄名元台，字子云，少负异才，试辄冠军，予兄霁宇延之家塾，予因得交子云。子云尝言，有弟吕，资颖而学博，台愧不如。予以是慕仲宣。岁戊辰，备兵邗水，晤子云于淮阴。子云向予握手，道故旧甚欢。已而双眸淫淫，泪随语下。予询所以，曰："不肖台与弟吕，譬左右手，侍奉两老亲，缺一不可。而今已矣，弟吕不禄矣。"予惊询所以。盖母冯太君病疡，势已殆，仲宣沥血祷神，愿代母死。已而神以梦告，冯延寿一纪，因示仲宣死期。仲宣寤，欣欣焉奔告姊氏，曰："吾母活矣，吾得请于神矣。"姊奔告父澹宁公，一家大哄。子云独茫然戚然，亦急祷于神，愿与弟分年益母算。已而太君日益健，仲宣则精神日以减。易箦之日，犹执子云手曰："吾家五世业儒，未食儒之报。掇巍跻膴，显扬二亲，是在吾兄，兄勉之。"时仲宣无子，子云又仅一子，不忍弟怀若敖之戚也，遂举其子置仲宣抱中，曰："以是为尔嗣，弟可无身后虑。"仲宣瞠目而视，为一解颐，已而息遂微。

呜呼，异哉！世之孝者，或割股，或剖肝，其事甚难，卒之病者生，生者不死。而仲宣何以独死，且不爽期而死也，岂冥冥中欲以仲宣诏世人，因以纯孝表仲宣耶？何死之奇也。仲宣之兆，邑之人皆闻。以故仲宣之死，邑之人咸痛，而况子云处骨肉之间，孝友其天性哉。无怪其泪随语下，讷讷不能出口也。世人之死，或上无所托，或下无所承，身虽死，目且不瞑。若仲宣者，慈母之寿又已延，二亲之养以兄代，百世之血食以侄续，俯仰回环，于心无憾。今子云且日走四方，求名公椽笔传其己事，使百世而后，知慈有姚孝子元吕，则百世而后仲宣依然在也。是仲宣者不宜死而死，死而实不死者也。噫，若仲宣者，可以死矣！

苍筤侯世传

自昔称耐岁寒者三：曰十八公，曰渭川侯，曰庾岭丈人，均之狎烈日、傲严霜、贯四时而调二气。顾挺然独秀者，或沦于孤寂；调和鼎鼐者，或流为膏润。至于劲节持身、虚中应物若渭川侯者，上溯乃祖苍筤侯，传世数千年矣。其丰格俨如一日，尤令人切高山景行之想。爰命管城，勒之汗青，俾后世有所考焉。

作《苍筤侯世传》。

苍筤侯姓竺，名钟龙，小字修之，别号翠�。黄帝时人，居嶰谷，肥遁自甘，不乐仕进，与伶伦为友。伦荐于朝，帝命伦偕将作大匠往聘之，三往始起。比至庭，犹偃蹇僵卧，不起拜。帝怜其强项，授太师，俾典乐律，素所好也，修之心调音韵，口叶宫商，声气协同，治化遐邇，宇内成太和之理，帝心大悦，赐爵苍筤侯。后裔有名簜者，有名箘簬者，皆以直节著名当世。当夏后氏时，用地方贡举，作宾于王。其后历数传，西徙玄池，穆天子游而乐之，为奏广乐三日，赐名乐池，后人遂多好音乐。孔子至淇，闻潇疏团栾之声，欣然忘味，谓弟子公孙青曰："子知之乎，人不肉则瘠，远此君则俗。"其见推重如此。汉武帝时，河决瓠子，大臣将军皆负薪塞决口，淇澳诸人多强力投身捍御，没顶踵不顾，决口旋塞。帝大加赏赉，就中渭川人名千亩者，功尤最，用司马迁荐，封渭川侯，食邑千户，续祖封，流传至今。西晋以来，人情放达，风流自喜，诸竺多相昵就。遇嵇、阮、山、刘，则林泉纵饮，遇王猷、袁灿，则促膝剧谈，洒洒然相乐也。其后族类益繁，散居四方，几遍海内外。或洞天时，或敦伦纪，或尚清修，或广利济，或富英华，或饶猛烈，或迈种标异，或耦众韬光，或丰伟修特，或短小精悍，森森楚楚，未易殚述。凯之作谱而弗详，山谷有志而未逮，良有以也。总之竺氏诸人，仰其高节可以持己，袭其凉荫可以庇众。睹冲襟之浩荡，鄙吝尽消；被清飔之披拂，繁华若扫。是以知与不知，咸切爱慕。即固僻如予，衰髦如予，斗室前时与数辈晤对，听其吟啸，以相酬和，抚其儿孙，以佐壶觞，博咨其宗族，以广结纳。虽言人人殊，皆时露头角，簌簌有林下风。竺氏之宗，盖方兴未艾也。苍筤侯之流泽远矣哉。

竹　名

洞天时四种：

四季竹，节长而圆，生山石者更嘉。

月竹，每月抽笋，丛生如箭，产嘉定州。

斑皮竹，月月生笋，他笋弗及，产湘源县。

十二时竹，每节生子丑等字，产蕲州。

敦伦纪九种：

思摩竹，自节生笋，既成竹，至春节中复生笋，如祖孙相续，产交广。

钓丝竹，如簜竹，深秋出笋，隔年成竹，笋过母时，稍极细弱，弯曲垂下，如护其母，产广右两江。

慈孝竹，长干中耸，群篠外护，栽向阳则茂。

扶竹，修篁嫩篠，对抽并胤，俨如兄弟，笋名合欢，产武林山西院。

天亲竹，双竹也，竹皆两岐。

合欢竹，笋独茎，及生枝叶，即分两稍，叶密细，产九疑山。

义竹，太液池岸有竹数十丛，牙笋未尝相离，明皇命今名。

相思竹，双生笋，如夫妇并立，产广东。

湘妃竹，即斑竹，世传二妃哭舜，泪点所染。

尚清修七种：

观音竹，每节二三寸，产占城。

仙坛竹，永嘉仙石山上有平石，名仙坛，旁四竹，葳蕤青翠，风来音成宫商，石上净洁无尘箨。

临贺东山有竹数十围，高数十丈，下有磐石，方正如棋局，竹屈垂拂扫，初无尘秽。离数十里闻风吹此竹，音如箫管。

高平县文竹山上有石床，四面绿竹扶疏，常随风委扶此床。

荆州天门山上特生一竹，倒垂拂拭，谓之天帚。

庐山出竹，茎大如指，竹杪细叶密翠如帚，彼人采为方物，名扫云帚。

僧海光梦一人衣绿，自称圆通居士，愿舍身为供具。俄窗外生一笋，花紫，其箨如梦者之衣。及成，竹高六尺余，无节，色黄绿莹净，光用为拄杖。

广利济三十六种：

甘竹，实闲闲真人致元帝，产天台山。

慈竹，夏月经雨，汁滴地生蕈，笋似鹿角，色白，食之已痢。

苞竹，堪作布，产广州。

淡竹，肉薄节阔，有粉，可烧竹沥。

苦竹，本大味苦，不可食，出江西及闽。一种肉厚叶长，笋微苦，食品最贵，不入药，产江浙。

箽竹，形坚而节促，体圆而质劲，皮白如霜，大者宜刺船，细者可笛。

舜竹，一节可为一舟，产附禺山。

沛竹，长百丈，围二丈五六尺，厚八九寸，可为船，产南荒。

南方弟竹，可为船。

云母竹，一节为船，出扶南。

猫竹，一作茅竹，又作毛竹，干大而厚，异众竹，人取为舟。《四明洞天记》：毛竹丛生涧边。又金庭山有毛竹。

簩梧竹，长百尺，径一尺八九寸，交趾作屋柱。

篃竹，宜为屋椽，叶大可衣蓬，产江汉。

筇竹，高节，状若人刻，可作杖，俗名扶老。出身毒国及南广印县。

方竹，体如削成，劲挺堪为杖，产澄州。

筜竹，南越之居，梁栋是需。

黄岗九椽，用代陶瓦。

湖湘间有径尺竹，可为甑。

汉竹，大者一节受一斛，小者数升，为榫榼。

少室山大竹，堪为甑。

桃枝竹，皮滑而黄，可为席，《尚书》所谓蔑席也，产蟠蒙山。

琼州出红簟，一呼为笙竹，亦名行唐，色殷红，莹而不垢。

蕲竹，可为簟，为笛，须者为杖，产蕲州。

柯亭竹，可作乐器，以七月望前生，明年七月望前伐，过期则音滞，未期伐则音浮，产云梦南。

江宁县慈姥山临江上生竹，圆致异他处，作箫管有妙声。

宜阳县金门山竹，可为律管。

篾竹，堪作笛。

桃竹，身如竹，叶如棕，密节而实中，厚理而瘦骨，天生堪为杖，出巴渝。

蜀江心翻石上有棰竹，可为杖。竹本中虚，此竹独实如木。

簩竹亦名涩勒，作矛，刺兽必死。亦可砺指甲。用久微滑，以酸浆渍过宿，快利如初。亦可作箭，产簩国，亦产新州。

篗竹，皮青，内白如雪，软韧可为索。

筀竹，宜为丝织器。

慈竹，内实而节疏，性弱而形紧，细可代藤。

利竹，蔓生，实中坚韧。

富英华十二种：

《礼斗威仪》：君乘木而王，其政太平。蔓竹紫脱，为之长生。

环佩竹，出区吴山，紫枝绿叶，坚滑如玉，风吹有声如环佩，花如海榴，实如莲子而小，服之肌滑体轻。

黄金间碧玉竹，青黄相间，出成都。

对青竹，半青半紫，二色相映可爱，出成都。

浮云簳，叶青茎紫，子如大珠，风吹声如钟磬，生蓬莱山。

云南有实心竹，文采斑驳，可为器物。

鸡颈竹，笋有青斑，色绿。

芦篾竹，大如脚指，虫食其笋，皮如绣，可爱。

崇阳县有龟纹竹，惟宝陀岩产，仅一本，制扇甚奇。

弓竹，长百寻，却曲如藤，得木乃倚，质有文章，须膏涂火灼乃见，出东方。

人面竹，径几寸，近本二尺，节极促，四面参差，竹皮如鱼鳞，面凸颇类人面，产剡山。

丹青竹，叶黄碧丹相间。

耽猛烈九种：

簟竹，大如戟，实中劲强，交趾人锐之为矛，甚利。

桂竹，一名筀竹，生小桂县，甚毒，伤人必死。

沙麻竹，一名苏麻竹，可为弓。

箭竹，通干无节，细小劲实，可为箭，产会稽。

射筒竹，细小，长丈余，无节，可为箭。

箘竹、簬竹，皆堪为矢，产荆州。

林箊竹，叶薄而广，越女试剑竹。

利竹，蔓生，实中坚韧。

迈种示异六种：

龙牙竹，长四五尺，稀节，取之必有大风雨，出永嘉大罗石。

司马公独乐园有竹一本，去地二尺，分为两干，并生六节，节间仅容一线，复合为一。洛中人呼为瑞竹。

东阳留道德家筋竹林，忽生连理。

百叶竹，一枝百叶，出南垂界。

濡州有扁竹。

丁香竹，荆南刘彧弃官远游，箧中收大竹十余片，客至，斫少许煎饮，辛香如鸡舌汤，出外国。

耦众韬光二十一种：

筑阳孤竹，三年一笋。

篁竹，似桂而概节。

交竹，产高平山。

竦竹，一名邕竹，一名刺勒。

箪竹，出建安。

异狗竹，有毛，出临海。

藤竹，出占城。

黑竹，如藤，长八尺，色如铁。

他如：桃笙、班弓、桂箭、缥箭、籧笛、篻簩、缃策、彤竿、鱼肠、笆箪、般肠、篩竹、篁竹，仅存名字，莫辩根宗。

丰伟修特十七种：

贞元中，番禺有海户，入罗浮山第十三岭，遇巨竹百丈者万竿，围二十一尺，有三十九节，一节长二丈，因破为篾挈归。人获一篾，以为奇货。

棘竹，长十寻，大如瓮，短者六七丈，皮薄，叶下有钩刺，或在条末，如芒针，出永昌县。

罗浮山有龙公竹，大径七尺，一节长丈二尺，叶若蕉。

岭南罗浮山有簕竹，大者围数尺，细者色如金，坚贞疏节。

汉竹，出永昌，围三尺。

筛竹，一名太极竹，长数丈。

隔州出方竹，大者数丈。

桃丝竹，产豫章，细文，一节四尺。

黎母山有丈节竹。

瓜州有无节竹。

通竹，出溱州，空洞，无节。

苏麻竹，修干平节，大叶繁枝。

篔筜竹，长数丈，围一尺五寸。

疏节竹，六尺一节，产乌番。

十抱竹，出临贺。

钟龙竹，大七八围，节长一二丈，产罗浮山。

大夫竹，凌云，围三尺。

短小精捍十种：

龙牙竹，长四五尺，稀节，人取必有风雨雷电之变，产永嘉大罗石。

凤尾竹，高二三尺，纤小猗那，可作书室清玩。

龙孙竹，高不盈尺，细仅如针，出辰州。

棕竹，有三：上曰箸头，梗短叶垂，堪置书几；次曰短栖，可列庭阶；次曰朴竹，节稀，可作扇骨。喜阴畏寒，冬月收不通风处，三月取出，见风不见日，浇用浸豆水。

越王竹，根生石上，状若荻，高不盈尺，土人用代酒筹，产严州。

蚱蜢竹，叶纠结如虫。

篱竹，细而多茨。

箄竹，丛生甚细。

绿衣侍儿传

乙亥孟冬，叨典越辖。衙舍东有园一区，一轩巍然，命名观我。翠柏拂云，青桂合抱，修株稚篠，森耸蓊郁。墙之南畔，甘蕉氏聚族而曹处焉，猥冗参差，殊令人厌。春初移植轩前，左右罗列，若参侍然，因命名曰绿衣侍儿。诸蕉氏亦若感予之培溉而欣欣并秀，柔泽媚人。公余时手一编，呼楮生白、陈生玄辈，徜徉其间，意甚适也。洎[①]夏骄阳肆虐，田稚半槁，民心大戚，予随诸大夫日走群望，当炎威烈焰中仆仆奔驰，而身病矣。少瘥，散步园中，抚侍儿而忧孑遗。方咨嗟叹惋，忽西北片云悠扬掣拽，须臾周天雾合，甘澍随倾。始则蒙蒙然，勃勃然，已而翻盆倒峡，汹涌滂沱，若横泄银河，九天乱落。诸侍儿欢然大哗，舞其长袖，跳掷于密雨泞泥中，叠唱互答，刺刺不休。或淅沥潇洒，如珠泻玉盘，或促节繁响，如丝竹杂奏，或悲壮激烈，如两阵初接，万马齐奔，鼓角钲镛，铿訇镗鞳。予莞然而笑，抶然而起，意念恍惚，莫能名状。因忆东坡有云：雨珠雨玉，不救饥寒，无麦无禾，忧先执政，惟大旱之候灵雨应时，夫然后忧者乐，病者愈，而从政诸人始得优游愉快以共享其乐。今四郊沦浃，万姓愉怡，予与二三大夫，庶几藉此优渥少酬其瞻云望汉之劳，不觉愁颜顿破，引满巨觥，而沉疴脱体矣。回顾陈、楮诸生，亦不惮濡首沾肤，颓然酣瞪于几案，若因予之乐而相与共乐其乐云。

① 本作“泊”，系误刻字。

赐闲堂集第三卷

序

大云轮请雨经序

神圣御世，贤哲燮调，祈天永命，愿得十雨五风，成万宝而谷士女。若乃尧汤水旱，天示灾眚，何代蔑有？卒之掘地祷桑，以人力干造化，则夫风雨愆期以及雨旸时若，未可委为彼苍冥冥之数，亦未可责诸无知小民听命彼苍，以九阍万里视头上青天也。每见方外人持祷雨术，不啻灵符，仗剑披发，屠狗唆空，间亦有验，往往以触秽干神龙之怒，或致狂风巨雹，反伤多稼，术之不可轻信如此。

岁甲戌，叨长豫臬，冬无雪，春将半，又苦亢阳。自两台而下，皇皇走群望，不啻救焚，屯膏犹昨。会巨岩马公以行河使入汴，一日，持《云轮请雨经》见示，盖蒲圻林令受之匡山上人者。真言秘谛，阐自译铎，贝叶珠光，翻从大藏，挽回造化，永参正觉，与治世诸书并悬国门可已。因推广德意，捐俸付梓，以公海内，使人知蕴隆之天未尝一日无云，缥缈之云未尝一片无龙，云龙氤氲未尝一息不与上天相映彻。此经行如阿佛，以亿万手眼遍洒甘露，普拯苦海，足国裕民，恒必由之，岂但我疆尔界报赛田事已耶。

金刚经直解序

《金刚》一经，普度万类，连篇累牍，溥示慈航，只字片言，洞开觉路，而究之不过两言：曰所有一切众生之类我皆令入无余涅槃而灭度之，曰如是灭度无量无数无边众生实无众生得灭度者。夫度尽众生，是如来之宏愿，无生得度，是如来之虚衷。宏愿欲满，即博施济众之谈，虚衷难惬，即尧舜犹病之旨。而究其第一入门、第一着力处，不过曰奉持、曰降伏、曰应住。唯知应住，斯知降伏，唯能降伏，斯能奉持。而总之又不过曰：完性体性唯一理，有何迹相，性原大同，有何人我。故曰：人人具有佛性，人人皆可成佛。可见佛性即人人之性，成佛即世世之人，原无幽玄渺冥之法，令人不可跻攀、不可揣度也。乃古今解释者同而异，异而倏同，论其人八百余家，论其文即八百余见，中间阐明经旨者固多高贤，各逞意见者亦多幻语。推其心，皆欲尊佛教，究其敝，反以晦佛心。遂使穷乡下邑初学小生，岐路生嗟，望洋兴叹，泛泛然如野凫漂泊中流，而莫知适从。有宋开国杨公，遴其大邕正宗者十有七家，汇而成书。其用心良勤，其有功于禅学者良博已，就中语涉玄渺、见相龃龉者，亦间有之。不揣固陋，略为调停，或录全文，或摘数语，或撮众说而少为融会，或外众说而谬为发明，总之平实可行，浅近易晓，期不悖乎宗旨，庶足裨于浅学，想亦如来普度之心所不弃也。自专自用，宁敢妄辞，知我罪我，一以听之而已。敬书管见，请正大方。

火经序

溯上古之世，处巢穴，啖毛血，几与鸟兽无别。燧人氏兴，始教火食。至周，设官分职，因时改火，而经制大备。嗣后王道废缺，火政不修，钻燧之法，湮灭无传焉。万历己卯，中宇兄自江西宪副归，携有《火经》一帙，首冠礼经，备考史传，使古圣美意良法，灿然复明于世，意良勤已。又十余年，予以寿梓而附以近所见闻。客有问予者曰：圣贤传心，六经炳于日星，帝王经世，九经布在方策，故足述也。火以经名，其义何居？予曰：经者，常也，谓与天地同不朽也。尼父有言，民之于仁，甚于水火，而子舆亦谓民非水火不生活。夫火与水并与仁相颉颃，而万世元元咸以寄命，世孰有常于火者哉！今世有《水经》，有《山海经》，下至《鹤经》《马经》《贝经》，皆得流传于世。矧火之于人，尤为切要者乎。是经也，与诸经并垂不朽可也。

灶经序

夫灶列五祀，载在秩宗，所从来旧矣。市肆所鬻《灶经》，鄙俚荒唐，大属不类。暇日游都门外，偶于道观乱楮中获一帙，题曰《司命灶君消灾保安经》，字画漫没，几不可辨。乃拂拭而徐译之，谆谆以忠孝大义为训，劝善警恶，义正词严，真堪淑世。遂为补其残缺，正其讹误，捐俸而付之梓人。因辑祀灶修灶诸条附之，以便览观。敬缀数语，用纪岁月云。

风纂删繁序

《易》曰：天垂象见吉凶，圣人则之。又曰：八卦定吉凶。夫吉凶之柄，诚宰之天，然天之道，维玄维默耳，吉凶于何而见？方隅之位，诚丽之卦，然地之道，维清维静耳，吉凶于何而定？至诚如神，前知诚属之圣人，乃圣人者不动不见，又宁事铢肖寸拟，仆仆焉揣摸臆度以为则效哉？总之，吉凶，数也，而理管之；趋吉避凶，人也，而识先之。明于理，则形相不能淆；澄于识，则疑似不能眩。天有四时，各司其候，地有八方，各奠其位。如温凉寒燠之异，性也，东西南北之异，方也，刚柔燥湿之殊，类也。相生相合则为吉祥，相悖相戕则为凶戾。因像识理，缘流穷源，此圣人所为前知也。《易》之道也。

风角一术，不知起于何人，惟唐之李淳风最著，推占吉凶，往往奇验。嗣是以后，没没无传焉。岁壬辰，塞上多事，蠡人马生承勋游塞上，因搜其笥中风角诸书，汇为一帙，以便简阅，命名《风纂》。大都以六十花甲为经，以十二时四正四隅为纬，而又间入四时以通其变化。日有日占，时有时占，人事兵事，该括殆尽。其与《周易》吉凶之旨，庶几其有合与！闲中取而参究之，中间有宜分也而反以合，宜合也而反以分，一段也不无复句，一句也不无衍字，一切悉为厘正，俾吉凶条分次第缕析。既便奚囊，又省观览，虽不敢谓有功修饰，其于审趋避而前民用，未必无裨益云。

重刻劝善录序

《劝善》一书，南冏寺旧本也。万历乙亥，先少师官南冏卿，抵任滁阳，予年十五，随侍之滁，见署刻中有此书，心爱慕之，贸楮墨印数十册，归遗亲知。用吾毕生，予甥也，少予一岁，以年尚幼，停父棺于家。感书内罗巩事，亟举葬。后举丈夫子五。今孙曾成立，书香相续。其他因而迁善者益众。比予谢政归里，简点旧籍，此书尚存一册于残笺败帙中，楮墨完好，不觉戚然动今昔之感。当滁阳随先少师时，予方总角，朝夕奉笑语，聆训迪，俨然如昨，倏已六十五年往矣。即欲侍晨昏如滁阳，乃音容杳不可即。当予童稚时，已知假是书劝化诸亲广善果，乃今齿已迟暮，须鬓皤然，而片善无闻，犹然总角时故吾也，不亦大负夙心哉！夫善，人性也。性，人所同也，何待于劝？第中人之性，不触则不奋。用是善根霾没，恶趣日增，岂非无所劝化致然哉？此《劝善录》所由辑也。倘亦善与人同之意乎？是书北地无佳本，即南冏旧版，今亦不知在否。爰付梓人，用广同志，且以寄予之永慕云。

涓吉便览序

术数之学，儒者不道。然而克择凶吉，世亦往往有验，乌可以小道忽之？大凡选择之家，当先明制凶之法。如欲用某日，既得紧要吉星，即微犯凶煞，宜作吉论。盖紧要吉星得地，便可化凶，而余不必忌矣。次之，即犯数位凶煞，但遇一吉星，亦可免凶。世人不知变通，见一凶煞，遂尔缩首。纵合格上吉之日，亦多弃置，良可悼惜。不知吉神一百余位，凶煞倍之，数既不侔，焉能尽避？即如嫁娶一事，凶煞最多，且琐碎易犯。如必一凶不犯，是终无全吉之日也，将世人遂不娶妇哉？虽然，言善而星退，德修而桑枯，天人之际，应若影响。他如玉高卑容，俯仰歌诗当否，古人且以卜休咎，意者吉凶祸福，即造化亦有不能自主之时乎？作善降祥，不善降殃，古训昭然，是在趋吉之士自决择焉而已。《涓吉》一书，向从友人杨终慕处获睹抄本，嘉其有裨于绅佩，为题数语而寿之梓，与筮仕者共焉。

王氏族谱序

王氏之徙新城，二百余年矣。琅琊公基之，植德公培之，颍川公始肇文脉，至我祖忠勤公，以匪躬大节，益阐扬而光大之。然而未有谱也。谱之作，始于乙亥之秋。盖我府君大司徒公，慨系牒之未章，惧伦序之或紊，博延族属，详咨故老，立例析[①]凡，诠伦纪系，而谱作焉。而又建家祠以报宗功，立族约以垂后戒，剂义田以赡族众，广赈施以惠闾右，自筮仕迄归田，约己省躬，无改寒素，而凡可以敦宗训族、济人利物者，孜孜不遗余力。总之，尊祖敬宗，挽浇漓而还醇厚，固府君夙夜所自矢耳。曾几何时，而弟袭兄名，孙蒙祖讳，已纷纷不可究诘。从兹以往，敝将何极！晋为此惧，于是广府君之意而再为诠订。首世系，明宗派也，次诰敕，扬君恩也，次世传记序表志等诸篇，详生平也，末复以手泽附焉。于以存往迹于十一，而诏来裔于奕世，使凡我族人以暨子子孙孙，永守敦睦之一脉，以无忝于祖宗垂祐之意，则是谱之修，亦庶几返薄还淳之一机哉。[②]

异梦记序

梦，幻境也。讵可言真？顾真与幻，亦何常矣。见以为幻，则触目皆幻也，而安知幻之非真？见以为真，则触目皆真也，而安知真之非幻？即如天之覆也，地之载也，日月之照临，山川之高深也，非世所称真实象乎？俄焉烟云闪烁，

① “析”，原刻误作“柝”，乾隆二十五年新城王氏家刻本《王氏世谱》作“析”。

② 乾隆二十五年新城王氏家刻本《王氏世谱》文末署“崇祯三年岁次庚午仲春吉旦六世孙象晋谨题”。

俄焉草木荣瘁，俄焉薄蚀见于层霄，而流峙失其故吾，则真而幻矣。俄焉烟云散，俄焉草木敛，俄焉悬象者复其贞明，而高深者安其流峙，则又幻而真矣。真与幻，何常之有哉？矧吾人藐兹七尺，偶寄两间，得丧升沉，各有定命，顾欲以百年有尽之身，营千古不了之局，合意则趋，拂意则避，营营逐逐，认之为真实而欲保之为故常，不亦大惑失当哉！不思天地一大梦也，古今一久梦也。世人之熙熙攘攘，驰逐而不休，皆梦也。梦，梦也。不梦，亦梦也。先醒者其谁耶？

予生平自试童子及登仕籍，往往有梦，亦往往有验。即怪诞不经及澹漠迂远不近事情者，事后一返照之，恍若筮蔡告而符契合。就中如梦关圣，梦玄帝，梦大士，皆非意想所及，较诸梦更异，而靡不桴应响答，验如计数。间尝伏而思之，鬼神亦大多事矣。举世人之遭际，万有不齐，莫不详为之摸拟，仿佛而预相播告，无乃太烦劳也乎。闻者哂曰：信如子言，诚痴人前说梦也。东莱不云乎：形接为事，神遇为梦。夫梦非外至也，人之得丧升沉，定之于命，而灵明觉照，统之于神。命有所遭，神先为告，善趋者不能迎，善逃者不能避，善荣辱予夺人者不能移。福而使之祸转，祸而私之福故。命值其否，则清白也而诬捏，安愈也而灾迍。命不终否，则握权之要人不能害，肆虐之疟鬼不能灾。总之，命为主，而营营逐逐皆妄缘也，幻想也，非梦而实梦者也。此知命俟命，尼父所为，拳拳与诚，能绝妄想，安素位，黜营逐之习，守宁静之轨，又何梦之非真而幻之不可为常哉？虽然，人各有心，人各有命，人之命安知其犹我之命？人之心安知其犹我之心？即剌剌相告，又安知斯言也非梦中语、幻中境耶？

重修新城县志序①

圣天子御宝箓之三年，京兆张侯以名进士来视邑事。甫下车，睹闾里之萧条，轸民生之凋瘵，念征赋旁午，疮痍未苏，慨然欲噢咻而衽席之。凡可为小民苏旦夕之命者，不啻痛痒之在躬，而调护抑搔之恐后。一旦，贻书不佞曰："国有史，邑有志，标懿纪慝，声往诏来，吏兹土者将借手法戒，以无秕政。新邑之志逾六十年矣，无论简编漫漶，字画鲁鱼，而近事阙如，安所按要领以施补救？杀青之役，敢以烦吾子。"不佞唯唯，谢不敏者再。已而思旧志之作，虽命自胡侯，采自前哲，时先少师大司徒公为孝廉，实董正之。嗣是一修于归安钱侯，再修于扶沟马侯。虽遍给笔扎，延历岁月，卒以涣而无统，未臻厥成，篇章散佚，即千百什一之仅存，以语全书无当也。讨故实而继先业，续断简以竟前功，

① 本篇原题作"重修新城县志后叙"，列于天启《新城县志》书末，篇末署"天启甲子长至日赐进士第奉训大夫礼部精膳清吏司员外郎邑人王象晋撰"。

予小子何敢让焉。于是黾黾孳孳，稽历年之宪典，探耆宿之帐秘，察陵谷景物之更变，究民风士习之隆污。封疆域民，厥有分土，故首《疆界》。疆界既正，营造斯起，故《建置》次之。宫室攸宁，生养宜先，故《食货》次之。安居粒食，教化宜急，故《典礼》次之。敦典善治，厥维良吏，故《官师》次之。建极作人，风化奕新，故《选举》《人物》次之。贤哲矜奋，天宠洊加，故《恩恤》《纶音》次之。探赜索隐，考异占祥，故《综纤》又次之。至于鸿文大册，贝帙珠函，洋洋纚纚，孰非造化之奇秘、川岳之英灵所藉以阐扬故实、昭示来许者乎？故以《艺文》终焉。为帙六，为图五，为卷十四，为纲十二，为目九十有五，上下数百余载，首尾十余万言，一切可颂可传、可劝可戒之已事，靡不备载，而吾邑文献大略可睹已。

夫当旧志之作也，时方国运恬熙，物力丰衍，号称我明中兴盛际，而胡侯业已致慨于户口之耗、力役之烦、经费之冗剧。矧至今日，羽檄风驰，征督电急，蕞尔弹丸之桓，亦且与通都大邑剔膏髓而供军需，能无颠连困惫而叹匪民乎？嗟嗟！予邑幅员非加广也，而赋日倍，土田素荒瘠也，而又重以频年之灾眚，丽土之毛，原无珍奇瑰异可开利于四方也，而俗尚侈靡。日新而月异，宜我侯当馈三叹，亟亟焉欲拯济而安全之也。侯留心民瘼，讵止一邑乘之为竞竞。凡我士民，尚其饬躬砥行，景前修，垂后范，无贻羞山川之灵，即所以为无负我侯者已。

祀先仪节序

《孝经》云：夫孝，天之经也，地之义也，民之行也。自天子以至于庶人，孝无终始。顾尊祖敬宗，人有同心，等则限制，国有彝典，镜古揆今，未有越斯轨者。自宗子之法不行，而庙祭之典遂废。其在北土，率多任情。夫情无穷，惟礼可以正之，情易流，惟礼可以闲之。礼也者，人情之标表堤防也。苟非秉礼以为之节，而惟情是徇，滔滔汩汩，究将何底哉。不思孝莫大于事亲，事亲莫大于祭。尼父至圣，祭称如在，子思大贤，事亡如存。从来祭不欲疏，疏则忘。祭不欲数，数则渎。忘非孝也，渎亦非孝也。究之淫祀亵神与匮神乏祀等，孝亲之义，几不白于天下矣。近世冠婚丧祭，率遵家礼。我国家敦典庸礼，笃亲教孝，尤重秩祀。载在会典，日星比烈已。中间品官家庙一节，仿宋儒采乡俗于人情，尤为体悉。诚千万世臣民所宜钦奉者也。

普渡慈航序

孟夫子有言：人皆有不忍人之心。又曰：无恻隐之心，非人也。不忍一念，是天地之生理，人生之根蒂。亘古亘今，沦浃遍满。第非上等根器，人不提醒则不觉悟，于是恻隐一念，日渐澌灭，沦于禽兽而不自知。颜壮其深抱此虑，《迪吉》一书，于善恶报应尤为详悉，其提醒世迷，婆心最切。第编帙浩繁，不便披阅。暇日稍加点定，分为款项，别其劝戒，而又益以傍所睹记，题之曰《普渡慈航》。果能逐事简察，随宜印证，庶无边苦海，在在津梁，普世善缘，人人济渡。此壮其拯救世人雅念，倘亦孟夫子垂训之意乎。①

佐济刑书序

自古言善治者，曰刑清，曰刑措，曰天下平。夫至于刑措不用而天下有不平者哉？天下之人有不各遂其生者哉？语曰：天地之大德曰生，曰：天子以好生为德。至孟子论人，总之曰人皆有不忍人之心，而推之至恻隐于孺子之入井。夫乍见入井之孺子而恻隐旋萌，此正好生之心，天地之大德也。天地覆载万汇，陶铸群品，泰启三阳，寖大九夏，太和鼓鬯，何物不遂其生成？至揫之为秋，终之为冬，天地闭，万类息，疑于杀而无生矣，乃一元之气潜萌于黄钟之宫，孕根荄培，性命默运其生生不息之化。故天地之好生，至秋冬而益见，仁人之好生，至用刑而益见。后世残忍刻薄之伦，淫逞其志，以诛夷立威棱，视民命如草菅。不思古之圣王，草木未落，不入山林，昆虫未蛰，不以火田。且仁周庶物，而岂靳于同类之人？八十曰耄，七年曰悼，耄与悼虽有罪，不加刑焉。且仁施有罪，而岂忍于无辜之人。总之体天地生生之心也，全一己不忍之心也。

嶷斋李公，司理济上，迄今四年往矣。爽朗恺悌，嚬笑不轻，事至理解，毫无留滞，举济上三十属之讼狱，炳如烛照，剖其枉直，生其无辜。至于武断者，豪横者，假势以凌里闬、倚豪吏以渔小民者，咸丽之法无赦。一时黄童白叟，靡不欣欣戴德。上台嘉其贤，凡六郡之狱棘手眩心者，一以委公。公旋至立应，洞悉底里，枉者为之申理，诬者为之剖白，锻炼文致者为之丝分缕晰，昭昭乎揭覆盆而耀白日，一念不忍之心，淋漓于竹书丹笔之外。一日，出其评谳诸语，付之剞人，予得而诵读之，曰：仁人哉，公之明刑也哉！昔东海于公决狱无冤，定国为丞相，庐陵欧阳为囚求生，文忠作参知。我公平情理枉，蔼乎二公遗烈，行将登文石之陛，握鼎轴之权，衡平九垓，绩奏刑措，以其仁二东者仁天下，殆参两公而三之矣。请持是书为异日券。

---

① 颜茂猷《迪吉录》该序文末署“顺治戊子夏王象晋荩臣甫题，时年八十八岁”。

重刻滑耀编序

盖自羲画既启，藻彩日富。豪杰之所感愤，贤哲之所宣播，忠臣义士之所敷陈，墨客骚人之所游戏，有昌言者，有觭言者，有放言者，有詹言者，有正言者，有寓言者，有寸草而化丈六、一粒而纳须弥者，总之皆言也，皆垒块瑰玮之气郁勃而迸露焉者也。顾波斯藏中，万宝毕列，人人称奇，不有碧眼老胡，连城夜光，谁从而识别之？吾乡石葵贾先生，少负奇颖，长穷缥缃，读书中秘，纳言青琐，一时制作，苞昆酉而辟琅环。间尝冥摭古昔，研味篇章，探指漆园，命名《滑耀》。一披阅，见其恢恑傚侻，洸朗幻怪，可喜可愕，可啼可笑，可发为指，可神为洽，洋洋纚纚，可令人目眩而不及瞬，舌翘而不能下。牛鬼乎？蛇神乎？龟呈乎？马负乎？盖举六极内外、千古上下殚精抽毫之杰构，洞心骇目之巨观，悉遴拔而类萃之，如球琳结绿，陆离几案，如木难火齐，璀璨筐箧。

予秘之帐中久矣，毛生凤苞索异闻于予，出以相示。生把玩不忍释手，请再付剞劂，用广流传。予重违其意，为题数语而弁之首，亦曰天下之宝当与天下共之云尔。

重刻诗余图谱序

填词非诗也，然不可谓无当于诗也。《诗》三百篇，郊庙藉以享祀，明良藉以唱和，下至学士、大夫、田畯、红女，藉以资献替而发纾性情。采之辅轩，被之弦管，靡不洋洋纚纚，可讽可歌。删定一经，炳烺千古，此与王迹为存亡者也。诗止矣，迓乎难继矣。诗亡而后有乐府，乐府亡而后有诗余。诗余者，乐府之派别，而后世歌曲之开先也。李唐以诗取士，为律为古，为排为绝，为五七言，为长短句，非不较若列眉。然此李唐之诗，非成周之诗也。

诗余一脉，肇自赵宋，列为规格，填以藻词，一时文人才士交相矜尚。或发纾独得，或酬应鸿篇，或感慨今昔，或欣厌荣落，或柔态腻理，宣密谛而寄幽情，或比物托兴，图节叙而绘花鸟，忆美人者眄西方，思王孙者怨芳草，望西归者怀好音，抱孤愤者赋楚些。譬照乘之珠，连城之玉，散在几席，晶光四射，为有目人所共赏，有心人所共珍，岂不脍炙一时、流耀来裔哉？然可谓唐诗之余，非周诗之余也。宋崇宁间，命周美成等讨论古音，比律切调，于时有十二律、六十家、八十四调，而柳屯田遂增至二百余调。总之以李青莲之《忆秦娥》《菩萨蛮》为开山鼻祖。裔是而降，递相祖述，靡不换羽移商，务为艳冶靡丽之谈，诗若荡然无余。究而言之，诗亡于周而盛于唐，诗盛于唐而余于宋。总之元声本之天地，至情发之人心，音韵合之宫商，格调协之风会。风会一流，音响随易，何余非诗？何唐宋非周？谓宋之填词，即宋之诗可也，即李唐、成周之诗亦可也。

南湖张子，创为《诗余图谱》三卷。图列于前，词缀于后，韵脚句法，犁然井然。一披阅而调可守，韵可循，字推句敲，无事望洋，诚修词家南车已。万历甲午、乙未间，予兄霁宇刻之上谷，署中见者争相玩赏，竟携之而去。今书簏所存，日见寥寥，迟以岁月，计当无剩本已。海虞毛生，博雅好古，见予雠较此编，遂请归而付之剞人，使四十年前几案间物，顿还旧观，亦一段快心事也。若曰月露风云，此骚人墨客之小技，无当实用，请以质之三百、四始。至于探词源、稽事因、编次岁月、举散见于群籍中者类而缀之卷帙之末，则毛生已先得我心，亦庶几博雅之一助云。

秦张诗余合璧序

诗余盛于赵宋，诸凡能文之士，靡不舐墨吮毫，争吐其胸中之奇，竞相雄长。及淮海一鸣，即苏、黄且为逊席。盖诗有别才，从古志之诗之一派流为诗余，其情郅，其词婉，使人诵之浸淫渐渍而不自觉，总之不离温厚和平之旨者近是，故曰诗之余也。此少游先生所独擅也。南湖张先生与少游同里闬，慕少游之为人，辄效少游之所为诗文，因取宋人诗余，汇而图之为谱。一时名公神情丰度，规式意调，灿如指掌，诚修词家功臣已。今观先生长短句诸作，命意摛词，俨然少游再生，岂天地精粹清淑之气，尽汇于长淮烟波浩渺间耶？何相肖之甚也？予不能诗，更不能词，而甚慕两先生之所为诗若词，特合两先生之词并而梓之《图谱》之后，使后世之攻是业者，知词虽小道，自有当行，无趋恶道，未必非修词之一助也。

重刻神应心书序

婴孺一门，医家称为哑科。语云：宁治十男子，不治一妇人，宁治十妇人，不治一小儿。言治疗之难也。至痘疹一科，尤婴孺生死之关。其蕴毒在有生之初，而其变化在倏忽之顷。或方吉而忽凶，或倏凶而旋吉。毋论主人无定见，即医家亦鲜成效，往往付危症于庸医，而轻性命于一掷，良可惋惜！

我家少师霁宇兄督黔蜀还，携有《神应心书》一帙，所言谭令子于痘为至危，于法为不救，乃刘医所为治之者，旋投旋愈，收成功如拾芥，于此见人生无不可治之病疾，而世医之以人命为尝试者，皆缘术之未工也。惜其书脱落二版，无从订补，而就中现在之方试之，多奇验。予欲出以公世久矣，会备兵广陵，乃蠲俸而寿之梓人，使世之有子者不殇于痘，世之病痘者不苦于医，其与吾兄万里远携之意，其无负哉！

卫生铃铎序

盖闻天地之大德曰生。生生一脉，固天地所以常存、万物所以不毁者也。顾人皆凭生而不知所以卫生。能卫其生，则能卫众庶之生，恺悌慈祥，一体万类，如阳和煦，育品汇敷昌而吉祥狎至。不能自卫其生，必不能卫众庶之生，惨贼毒害，凶恶自恣，如穷冬凛栗，萧条摧折而物亦因之以害其生。顾有全体之生，意则防护宜周，有偶值之危机，则省简宜慎。若非亟为唤省，鲜不以强梁为快意，慈柔为无能，犯造物之恶而不自知者。语曰：天道无亲，常与善人。又曰：祸福无不自己求之者。善卫生者，尚有味于予言也哉！

保世药石序

吾人处世，全要检点此心。大段忍耐之心不可无，贪饕之心不可有。远稽典籍，近考见闻，法戒昭然，最宜深省。外患之来，报复急也，于是乎述弥陀赞。内难之兴，忿激过也，于是乎述四君解。俭约持身，阴增寿考；蠲金济难，科第高登。扇父枕，弃祖婆，孝逆殊，祸福亦殊；赈饥岁，谋邻田，仁暴异，报应亦异。书生嚼笔遭阴谴，忌刻之心，其可存乎？安氏谗佞受天诛，阴险之类，可与交乎？封炉养火，将以求富也，而竟致破财，则丹客宜绝也；诵经讽咒，欲以祈福也，而反至招祸，则外道宜斥也。语曰：美疢腊毒，不若药石生我。以上诸款，皆保身保家之参苓、针砭也。凡我同志，其明辨而力行之。

还淳雅会序

年荒礼杀，从古为然，文省情洽，行斯可久。予邑地多瘠土，家鲜盖藏。犹忆童稚时，事事朴茂，有太古遗风。降至近年，不无少侈靡也。加之连岁以来，旱蝗叠灾，谷价涌贵，流离满道，捐瘠盈眸，诚目击而心恫，忍纵情而侈费乎！私计燕会一事，易至暴殄。能减席间一杯之羹，可活贫人一日之命。惟是习沿既久，骤返为艰，思止、季梁两弟，谆谆以崇俭乐施相勖，谓予宜有言以为族人倡。予惟崇俭之约，今邑侯史公顷已率行；真常之会，前邑侯赵公行有明效；文雅之社，文端沈相公业有成约。他如圣贤懿训，昭昭简编，旧章可循，遵法无过。予即有言，讵能加于往哲之外？是用遵三公之成宪，参前人之格言，条为数款，相约共行。果能齐心率由，其于敬天威而睦族众，挽浇俗而还隆古，或未必无小补云。

群芳谱序

尼父有言：吾不如老农，不如老圃。世之耳食者遂哗然曰：农与圃，小人事也，大人者当剂调二气，冶铸万有，乌用是龊龊者为？果尔，则《陈》、《豳》风者不必圣，爱菊、爱莲者不必贤，税桑田、树榛栗者不必称塞渊、侈咏歌哉？予性喜种植，斗室傍罗盆草数事，瓦钵内蓄文鱼数头，薄田百亩，足供饘粥，廓门外有园一区，题以“涉趣”，中为亭，颜以“二如”，杂艺蔬茹数十色，树松竹枣杏数十株，植杂草野花数十器。种不必奇异，第取其生意郁勃可觇化机，美实陆离可充口食，较晴雨、时浇灌，可助天工，培根核、屏菑翳，可验人事。暇则抽架上《农经》《花史》，手录一二则，以补咨询之所未备。每花明柳媚，日丽风和，携斗酒，摘畦蔬，偕一二老友，话十余年前陈事，醉则偃仰于花茵莎榻、浅红浓绿间，听松涛，酬鸟语，一切升沉宠辱，直付之花开花落。因取平日所涉历咨询者，类而著之于编，而又冠以天时、岁令，以便从事。历十余寒暑，始克就绪，题之曰《二如亭群芳谱》，与同志者共焉，相与怡情，相与育物，相与阜财用而厚民生。即不敢谓调二气、冶万有，其于天地之大生广生，未必无小补云。

余地说序

轮回因果，儒者所不道。然而惠吉逆凶，降祥降殃，从古颂言之，岂斤斤报施常情以利害祸福倾动世人也哉？良由圣贤如来，总一淑世觉人之隐念也。大抵吾人受生，莫不具有灵性。性字从心从生，明明说心有生意则为人，无则非人矣。古先哲人又谓心为方寸地，此地浑沦活泼，遍满世界，何物何我，何宽何窄，何等坦荡平衍，圣贤如来每自吾人本来具足处微一提醒，从此火然泉达，莫可遏御，可以杜非几，可以扩善念，可使悍夫村氓惕然警畏，可使英雄豪杰悚然却顾，其有功于世风名教，夫岂浅鲜？暇日取平素所经，并耳目所及，勒之成编，题曰《余地说》，盖取山谷老人所言“面前径路常须令宽”之意。于以超度群伦，长育庶汇，助名义之所不及维，佐法令之所不及捡，谓即圣贤如来淑世觉民之遗训，夫奚不可？独怪贾浪仙之言也“出门皆有碍，谁云天地宽”①。

① 此诗句出自唐孟郊《赠别崔纯亮》诗，非贾岛之诗，作“出门即有碍，谁谓天地宽”。

夫茫茫宇宙，有何挂碍不能自留余地，而顾致憾于天地，只见其心之自隘耳？欲留余地者，当自存方寸地始。

心赏编序

心，神物也，不欲其有所驰，而不能使之无所寄。世宙内可惊可愕、可欣可艳之事，杂陈于前，而耳目之变日新，人非木石，讵能一无萦念？予性迂，一切技巧玩好，既不解契嗜；予性钝，一切篇章藻翰，又无能撰结。时把一编，藉以遣日，而性又善忘，才抛卷，便如隔世。异日偶尔遭值，恋不忍释，如久游乍归，遇亲戚故旧，话生平契心事，依依不忍舍去。则心之欣艳在是，而因以寄焉者也。夫简编缃素，皆古人精神所寄，而予因之以寄予心，又宁忍轻舍去而不时一晤对哉？暇日撮其素所欣艳，汇之于编。即语不必自己出，而时时相观，心心相印，是亦足以满志矣。世有心予之心者，请共赏之。[①]

剪桐载笔序

夫士自燥发业儒，俯首朝夕，萦神千古。上之欲藻润皇猷，黻黼帝治，泽溉地轴，声敝天壤；次冯三寸柔翰，创千秋大业，藏之名山，自成不磨；下之即稗官野乘，片语单言，聊足劝惩，亦快心目。岂其浮生浪死，泯泯莫莫，与草木同朽腐已哉？昔杜征南至咨嗟叹羡留遗迹于岘山之片石[②]，其欲流景耀于当年，垂休声于来祀，意固殷[③]也。

不佞通籍以来，遇同乡要人斥逐，家食者逾三之一，中间侍交戟，逐京尘[④]，不满五稔，而又冗散栖身，优游卒岁。朝政国纪之大凡，石渠天禄之秘文，既无从窃窥，兼之赋材驽庸，学植陋劣，又不能网罗百氏，熔铸一家，心窃愧之。荆州之役，自春迄秋，日月既赊，阒寂又甚，间操毛颖，用祛睡魔，乃举数年来耳目之所睹闻，友朋之所传说，撮而录之于简。其有荒唐不根、劝戒无裨者，置勿论。虽蝉噪蛙鸣，无当钟吕之奏，而褒善戒恶，聊以备谕俗之资焉耳。不

① 《清寤斋心赏编》该序后署“癸酉上元济南王象晋书于万卷楼之清寤斋”。

② 此句《剪桐载笔》序文作“张季鹰有言，千岁名何如一杯酒，而杜征南至咨嗟叹羡留遗迹于岘山之片石”。

③ “殷”，原书序文作“均”。

④ “遇同乡要人斥逐，家食者逾三之一，中间侍交戟，逐京尘”，原书序文作“乘使槎耽家食者逾四之三，中间侍京尘”。

贤识小，博弈犹贤，盖亦窃附于孔氏家法云。[①]

金陵像游序

金陵佳丽，冠冕寰中，世人皆艳言之。若灵秀攸钟，郁葱磅礴，至烦秦帝南巡，刊凿疏浚，其胜可思已。窃冀乘一日之便，获一览观。今岁丁卯，偶以使事，道出金陵，恭谒高皇帝陵寝，仰瞻钟山郁霭景象，不觉欢呼踊跃曰：我明亿万年无疆之鸿祚，此实孕之。秦皇刊浚，得无为我国家培植地耶？惟是游览未畅，不无觖望。偶少司马益轩吕公以《金陵图咏》见贶，亟披之，知辑自兰隅朱公景，初以八，继以十六，至广为四十。自兰隅公始，且绘之以像，标之以说，韵之以声诗，洋洋乎大观也哉！而又辑诸公之篇什，以资吟咏，搜名人之图说，以便考据。文献足征，巨细毕举，遂使金陵形胜，历历如在目前。披诵玩味，不啻登眺而沉酣其中。古称卧游，今且像遇矣，诚生平一大快事也！暇日随其意兴所及，间一搦管，言不计烦简，调不论工拙，聊以抒其沾沾庆幸之衷焉云耳。若曰铺张藻绘，标胜概而摸前贤，则吾岂敢！

郢封里吟序

天启丁卯，圣天子肇修旷典，并建三藩，树屏以巩金瓯，笃亲而锡茅土，德意蒸蒸甚厚。惠殿下遵成命[②]，建国荆州，陛辞之国[③]。不佞叨典祠祀，自饰俎豆、洁牲醴、遍礼群望外，了无事事。顾盛暑修途，饱食永日，讵敢甘自旷废？跋涉既久，阅历渐多，揽金陵之壮丽，溯江河之浩瀚，则思皇祖缔造之艰辛；睹送迎之绎络，见供亿之烦丰，则仰朝廷一统之全盛；奉贤王之靖肃，抚徒役之暇整，则颂庙堂法纪之森严。间摛数语，敬为扬厉，置诸案头，任其聚散而已。客有见者，劝予付之梓[④]。予曰："唯唯否否。巴人下里，属和郢中，混俗同尘，自适己意耳，讵堪贻灾梨枣，传示人人乎？"客曰："不然。敝袴遗簪，古人所靳，矧是副墨之遗，亦吾子精神之寄也，直敝袴遗簪已耶。"予重违其意，乃稍诠

① 原书该序后署"新城王象晋荩臣甫题"。

② "遵成命"，《郢封里吟》原书序文作"遵神祖成命"。

③ "建国荆州，陛辞之国"，原书序文作"建国湖广之荆州，以三月廿二日陛辞之国。诸凡职事，各有司存"。

④ "付之梓"，原书作"寿梓"。

次而付之。至于揩案覆瓿，惟人所命，非予之敢知已。[①]

桐封楚游序

此吕益轩大司马笔也。郢藩之国，不佞以执事从吕公后，续食皇华，颐指群吏，称壮游矣，公处之淡然无喜色。即雷霆乍轰，风雨狎至，百怪千妖，当者辟易，公处之坦然无惧色。今读《桐封楚游记》，言言实录，恍如前日，而公之心固已揭日月而行，公之文亦若调宫商而奏矣。不激不随，则古大臣之风；可群可怨，则昔风人之致。若夫遇漕谘漕，遇河谘河，遇民间利病谘利病。蒿目而忧封疆，抵掌而筹军国。在公之暇，状山川于笔端，勇退之思，怀哲人于梦寐。诗以言志，情见乎词，读者展卷，当自得之。不佞以昔日同舟之雅，得附名不朽。生平向往之念，庶可少效万一乎？若曰为公玄晏，则吾岂敢！

举业津梁序

科第一事，士人本业。世有孜孜黾黾未易成功者，非艺术之难工，则门路之未正也。因思少年习业，备闻庭训，笔之于册，用示后人。良以祖宗世业，至近岁几成一厄，思欲振家声，绵世泽，非提醒后人共延文脉，何以见祖宗于地下？故拭目搦管，勉书数语，使后人有所遵循，以仰副式谷之厚望。就中皆家常语，只可自观，勿以示人，恐贻笑大方，谓平平无奇也。[②]

字学快编序

滕洗马有言，字之大体曰形与声。自《说文》作于许慎，而形以类分。自四声作于沈约，而声以类别。自魏用翻归字母，而字有统摄。同文之化，庶几可见于后世。无奈世人惮于考稽，因仍谬误，遂令古人作字之意湮没无存。夫读书不识字，古人所病。家居无事，取古今字书纵观之，见其规模形像，微有差殊，义意音声，遽尔迥别，乃知一举笔一运腕，胡可草草也。因举诸字之易淆者，少为厘正。虽龟呈马负，未会河洛之大全，而钩勒点画，或可少免鲁鱼之讹误矣。

---

① 《郢封里吟》原书该序后署“新城王象晋荩臣甫题”。

② 《举业津梁》原书该序后署“辛卯季秋九十一岁赐闲老人荩臣甫书于丛桂山居”。

词坛汇锦序

盖尝横览苍宙，逖稽前闻，垂训立言，龙吟蝉噪，亦各从其适也。顾凭己见则多臆言，骛洽闻则饶羡说，以至银字艳靡，铁骑英猛，漆园齐谐，恣汪洋灏渺之情，赤绨玄綦，鲜近蒂着肤之旨，一任挥洒，尚费平章。迩者家食，恒多暇日，时取架上诸编一探讨之。虽妍媸并陈，雅俗杂奏，而中多确据，足豁蓬心。爰命管城，题诸侧理。持以裕酬应，恍获一壶于中流；藉之摛报章，不减七襄之织女。繻繻数款，纵未殚武库之藏，片片吉光，已足觇才人之致矣。命曰汇锦，岂溢美乎。

扶舆间气序

功名富贵，冠盖显荣，世人艳之，不啻飞仙绝景，然而反之，身心竟何裨益？衡门茅宇，箪食壶浆，人所厌薄，而清夜省巡，乐莫大焉。暇日披览载籍，见勋业赫奕者，指不胜屈，而寥寥数子，或视侯王如脱屣，或等世味于鸿毛，千古而下，令人不胜健羡。因掇拾遗编，间缀俚语，敬付管城，用娱老眼云。

日省格言序

语曰：学于古训乃有获。又曰：君子多识前言往行，以蓄其德。良以前人谟训，后世楷模也。夏禹至圣，尚惜寸阴，曾子大贤，犹切日省。矧吾人鱼鱼鹿鹿，可自安聋聩、虚付光阴于一掷哉？长夏无事，日手一编，择其有裨日用、切近易行者，时为拈出，渐积之久，不觉盈帙。遂略为诠次，而命之管城。敢云学古之获，聊备书绅之助云尔。

赠邑令陈公德政序

两汉人主加惠元元，首重吏治。黄霸以独尚宽和，征入为丞相，卓茂以视民如子，征入为太傅。守令之关于治道，如此其重也。邑侯陈公，以两浙高品登制科，分符于桓。下车以来，视小民疾苦如其身恫，凡可为民计生全者，不啻慈母之育赤子，邑之人无不爱戴而亲附之。

一日，霜鬓鲵齿之老以及垂髫黄口之孺，踵门而请曰：比岁邑遭不辰，豺狼肆虐，水旱为祲，民几无生矣。我侯濡沫卵翼，纤悉周郅，迄今野无吠夜之尨，家有安巢之鸟，皆侯赐也，敢求一言以宣感戴之悃？予自惟素不能文，而今老矣，不胜笔扎之役矣，其何所称说以塞诸人之望？于时诸人各以其党奔趋而前曰：

乡鄙愚氓，无所知识，每闻之道路传语，有谓我侯严一介，凛四知，濯其身于冰壶玉宇中，一切酒浆薪粟，不烦里巷，世有如其清者乎？轻徭薄敛，救灾轸荒，不难扣上台冀拯恤，而又厚农劝穑，济乏振滞，追呼系累，绝迹于途，世有如其慈者乎？钱神金夫不敢请谒，当途要津不敢干泽，佞夫足恭不敢关其口，假狐冠虎不敢为奸利以鱼肉小民，世有如其公者乎？两造既陈，片言立折，止水可鉴须眉，秦镜可洞幽隐，如鬼如蜮者无所匿其奸，儇巧谲诈者无所展其技，世有如其明者乎？雅度冲襟，乐善好问，一切利弊，上自绅衿，下逭耆宿，无不广询而酌布之，世有如其谦虚好礼者乎？有一于此，阖邑受庇。侯一身全备，其造福宁有限量？乌可无言以扬盛美？

予不觉作而叹曰：有是哉，公之备德全美也！计日执斗柄，践文石，以其宰一邑者宰八埏，如黄、卓两公勋烈，吾邑其肇基矣。乃诠其伦次而少为删润，以表我公善政之符。

董漕副墨序

不佞材本朴鲁，性复戆愚，一奉简书，四新岁籥。上之念五位焦劳，廪庾告匮，则虑先国储；下之念三吴氓庶，杼柚其空，则忧切邦本。催科抚字，交运而交相成，其素心也。受事以来，一切催征、催兑、催银、催船，晷刻弗遑，俾夜作昼。夏秋则扬帆而北，暑雨之备尝；冬春则鼓棹于南，风涛之时惕。计四年中，督白漕二粮共七百四十六万余石，轻赍等共一百六万余金，而吴侬之力，亦既殚矣。

夫以三吴赋额甲宇内，所冀天心降康，时和岁稔，庶袯襫而缘南亩者，犹得共输将而给事育。乃辛未之岁，商羊舞庭，壬申之秋，旱魃为虐。一则流潦浩荡，田卒污莱，一则东墙雕胡，焦而堪爇。不佞单舸而涉松陵之津，蹑跷而陟玉峰之顶，回头四望，五内恫然。亟延合属郡邑守令，相与核荒熟，权本折，时其缓急，而轻重布之。用是幸竣岁事，三蒙纪录。顾辛未虽涝，而高阜之地犹获有秋，壬申虽旱，而低凹之区犹堪刈获。逮至癸酉，所遇益艰。初则风灾告矣，油油稚苗，委泥沙矣。继则虫灾告矣，芃芃嘉禾，果螟螣矣。凡我小民，殚心车戽，竭力梳搔，亦几幸万一，拾蠹残之余粒以糊其口。乃季秋一飓，栋宇倾圮，禾稼摧残，致使已成之颖栗，不以谷士女，而①以饱禽鱼。嗟哉，黔黎胡使之至此极哉！

① “而”，本作“不”，据原书序改。

两台闻之，痛心疾首，亟具疏为民请命。奈四郊多垒，大农仰屋，圣主深抱如伤之心，难下蠲租之诏，疆域下吏，敢复浪言抚字而缓催科？于是再三斟酌，多方劝谕，思京坻百万，岂小户所能完纳，则亟劝大姓以输田租；思公私交责，岂细民所能供办，则屡劝富室以缓私债。米色三奉严旨，样米屡经题奏，则潮湿有禁，糠粞有禁，而官民粮里毫无假借；运官时肆苛勒，奸旗多方需求，则耗赠必平，斛概必平，而弁旗纲识倍为觉察。他如杜籼米之请，驳滥佥之牍，革话会包揽之弊习，严押单领兑之烦役，凡可少裨运事者，靡不事为之制，曲为之防，敢曰寓抚字于催科，聊以自供其职业云尔。

顾私债缓则巨室必且心非，田租输则豪民必且巷议。禁潮湿，禁糠粞，则恨刻核者在纳户；平耗赠，平斛概，则恨持平者在运卒。以至杜籼米，驳滥佥，革话会包揽、押单领兑，则灾黎棼弁仓棍衙蠹，无不怀怨而丛谤。由前言之，言言皆苦心也；由后言之，言言皆罪案也。知我罪我，亦付之无可奈何而已。

间为掇其梗概，付诸剞劂。一披阅间，而地方甘苦、运事难易，尽在目中矣。[①]

救荒成法序

语云：救荒无奇策。自此说行，而世之秦越其民者，既膜外置之，任其沟瘠路殍，毫不动念。即间有存心体恤，而任之非人，行之无法，恩未暨而害已先，民之饥而死也，岂尽天行之数哉？予以为救荒一事，要在实实轸恤，平平做去，原无奇，亦安所事奇为也。阅颜壮其《迪吉录》，于救荒尤为注念，陈说古昔，备列法戒，尤令人跃跃兴起，仁人之言哉！予略为增损而付之梓人，使人手一编，无论居乡莅官，总此不忍之心所盎溢，其于拯济含生，岂曰小补？成法具在，是在仁人君子实心力行之耳。噫，策无奇也，无平也，用而当，平即为奇，用而不当，奇于何有？吾求有益于民生，有当于实用而已。平与奇，勿计也。

保和庵砚田序

昔人有言：耕尧田者有水患，耕汤田者有旱忧，耕心田者无水无旱，日日丰年。有味哉，其言之也！夫水旱，天行也。数值其艰，即圣明且奈何？若夫心，敛之藏于方寸，扩之横乎四海，自修自证，他人无所庸其增损；可常可变，造

① 《董漕副墨》原书该序后署："时崇祯甲戌上元日，赐进士第、湖广布政使司右参政、兼按察司佥事、奉敕分管漕务、督理苏松常镇四府粮储、兼巡视漕河济南王象晋书于常熟公署之恒足堂。"

化无能为之顺逆。是在人耕之者何如耳。顾心无可见，惟词章可以寄心，心无可耕，惟修词可以验治。余生也椎鲁，于修词一事，毫不敢问，惟日取古人论撰，蠹鱼其中，意有所当，辄付管城，久之成编，旋授剞劂。即寥寥数册，皆数十年来精神之所萦注也。而今且髦矣，笔砚事恐无能再为整理矣，遂诠总平日所撰集者，合为一编，命曰“砚田”。若曰此吾之田也，而即吾之心也，倘亦可无虞水旱也乎。他如《请雨经》等编，皆前人成书而予为重梓者，因并附之。

日省撮要序

圣门论学，本重修身，葩经贻谋，教先式谷。老老垂言于孟氏，保家致颂于周诗，寿考以保后生，敬信可行蛮貊。人生要务，大略可睹矣。第简帙浩博，既难究于髦年，字画细纤，又最苦夫老眼。暇日撮其简要，缮以朗书，庶昕夕几榻，披阅为便已。思娱情遣日，大众一心，讵可匿诸枕中、秘为一己私有？爰付梓人，用公同志，且以传为家训云。

贺邑侯陈公元子游庠联科擢隽序

盖闻文武宪邦，吉甫扬芳于周雅；象贤继世，伊涉播誉于商书。惟善作斯有善承，能经邦贵能戡乱，于今为烈，兼美实难，乃今幸见邑侯陈公云。公发迹制科，握符桓邑。下车之始，悯灾眚之频仍，痛萑苻之多警，凡可为民求苏息延生命者，不惮蚤夜图之。一时声闻四达，诸当道谂知公贤，秋闱文武二试，悉以委公。公严行厘剔，加意搜罗，得文士七人，武士六人，皆英英二东隽士，而长公游泮之举适与期会。一时邑中老稚，皆欣欣色喜，额手称庆。余家诸子侄辈，谓余宜有言以扬盛美。余思从来辅世匡时之彦，必藉甄陶；从来缵绪亢宗之英，皆视模范。譬之竖表，形端则影必直；譬之浚泉，源深则流自远。我公禔躬训后，应物化俗，粹然一轨于正，毫无越轶，取士而众正星罗，传家而贤哲凤翥，固针石自然之符，非幸致也。指日绾纶扉，调鼎鼐，远媲阿衡之休烈，长公暨文武诸士，联袂登朝，互相翼赞，父作与子述交辉，儒术偕韬铨共济，国家重熙，累洽之治，永永无极。从此造福函夏，洒润苍黔，宁独吾桓一邑蒙休袭荫已耶？余何幸躬逢其盛！

赠夏邑令夏公秋闱选士序

自古国家登闳上理，其匡襄在庶士，而其纲维在主者。元恺岳牧，奏时雍风动之勋；疏附后先，翼宇宙太和之化。而揆厥渊源，则典秩宗，选贤能，论秀辨官，夔契诸人，实司陶铸，乃今再见夏公云。

公寿春名族，先世肇基儒业，科名济美。公起家制科，作牧于鄃，实相辉映，操履介洁，可矢天日。至与人则又恺悌温文，遇之者如游春风。鄃当乱离后，户不满百。公加意绥怀，不期月，遂盈数千。至于造士，则又严为董正，士皆蒸蒸顾化，文风蔚起。今岁东省抡材，台使者首以公校艺帘内。公仰体德意，力行澄汰，一切唊蜡之空谭，刍狗之弃余，悉摈不录。所取士皆宪先猷，黜靡习，意想超迈而一出于驯雅，才情郁勃而悉范乎规绳。即各秉师承，各守专门，而沛然之气，苍然之光，如出一轨。异日者公绾纶周鼎，巍然为一代元臣，诸门下士接武同升，共翊太平之治，以远媲唐虞成周之盛，此举其前茅矣。公举士七人，予侄孙士誉、幼孙士禛，皆滥与简遴之列。诸生欲展谒公庭，请一言为介绍。予不闲艺文，而今且髦矣，愧无以应已。思公起衰济弱，比绩昌黎，可不使世人共见？乃撮其梗概，命之管城，倘亦公维风翊运之素心乎？即不文，何暇计也。

艳雪集序

上天之变化亦靡穷矣，上天生物之德意又浩瀚溥博而不可限量矣。是故雨以润之，风以燥之，日月以照临之，雷霆霜露以震荡而敛藏之。然而日月风雨、雷霆霜露，皆滞于迹象而不足以呈天巧。夫惟雪，发于阴阳搏击之余，而妙夫飞飏鼓动之势，五出六出，随气化以变迁；纤罅微纹，即雕镂而莫肖。一段轻清飞舞之态，正如瑶林琼宇，令人心爽神豁，尘滓顿消。此非庵吕先生类萃韵语而独取艳雪以名编也。

予观往籍如《韵府》《事类》诸书，备而弗精，久之易厌。求于古文词中具有足色奇丽之语，曰古，曰新，曰妥，三者合而后称当家。古如商鼎周彝，青翠透骨，血斑无痕；新如水心之鉴，发硎之锷，神色耸人，终日摩索千回而不倦；妥则更难言之矣，徘徊顾瞻之下，苟非天成辐辏，如龙津一跃，故物乍逢，则终属龃龉牵合，而乏自然之趣。间取是三者衡决之，不古则不典，不新则易厌，不妥则纵奇丽惊人，而取舍殊途，人各异见，亦不足信八方而行来裔。乃若选言奇妙，属对精工，沁肌肤而耀睹闻，仅见《艳雪》一书。

先生吴下异才，唾世俗一切浮靡垢腻之语，根柢《尔雅》，标出藻艳。或拨换一字，或错落四言，或拣玄妙奇绝之五七言诗，或摘句协宫商姿含变态之俊语，萃金石之骚屑，掉陆离之辞赋，犹夫掇墨迹而寻颜筋柳骨之奇，观画法而得顾虎由龙之妙，间缩寻丈为尺幅，时从尺幅而见万重。会心在有意无意之天，领略在声色尽捐之后。恍若坐藐姑射山，侣神人而饮沆瀣，即南面百城，曾有如此娱快者乎？夫大地尘土中，得一清冷韵语，令人口颊皆芬，心骨俱乺。顾此等语，皆古人颔珠，散之则泥金在砂，合之则明珠在贯，自非旷代逸才，博极群籍，独出新裁，彼杂芳兰于万卉，其孰从而识别之？

予读先生自序，云缉此定本，备极苦心。始于庚戌，迄于乙丑，凡四易稿，十有六易草木。以先生敏妙天才，犹不轻下一字，而是书之迹象，都融天巧耀露，如雪花舞空，万古同赏，良非偶已。予幸从先生游，间出是本，属予为序，梓而布之学宫。予不文，亦尝好著农圃医药诸书，聊以自娱，视此则沟浍行潦，深渐同云之普被也。诸子班联玉笋，桃李公门，行见霏微瑶华，缀五色光艳于绛帐之下。

古今绝好议论序

有天下之大文章，斯有天下之大人品。有天下之大见解，斯识天下之大文章。何者？人品者，文章之所自出，见解者，文章之所由取衷也。往予欲取古今著述，远自汉、唐，近迄隆、万，凡有关于君德治术、理学节义、人品事功者，汇为一书，以训子姓而资麈谈。缘仆仆吏事，志竟不果。甲戌秋，视篆豫臬，会非庵吕先生来董学政。一接谈，见其霏亹涌溢，如万斛珠玑，愈扣愈博，不觉恍然自失曰："今天下乃有如此渊源学问哉？元美琼山，何幸身亲见之。"一日，出其《绝好议论》视予，凡如干卷。予捧诵再四，不觉击节叹赏而自愧弗如。顾议论亦多岐已，有千古不易之议论，一人倡而万人守，不失为绝好议论，一人开山，万人赴壑也；有一人独到之议论，万人执而一人破，亦不失为绝好议论，万人胶柱，一人拣金也。先生上下千百年间，于参错揉杂中，字比句栉，而一归于黎然至当。勿以炙毂雕龙而弃菽粟布帛，勿以挥麈清谭而废功成樽俎。探玄珠于冈象，添颊上之三毛，大海而观回澜，浮屠而登绝顶，折衷千古，取裁寸心。如大将提百万之师，登坛指挥，操纵如意，又如战合平原，整我六师五花八阵，把持在我，任人之攻击冲突，而无隙可乘。萃古今得失之林，采至当不易之论，天人一贯，妙有的本观止矣。常见世儒无根学问，谬执硁硁之论，或泥古而非今，或蹈今而薄古，皆起于见解不定，较雠不精故耳。先生自做秀才时，便有小范老子之志。其所采之议论，皆其欲见之实事者。逮夫南宫射策，中土衡文，一变轧茁椎鲁之习，而垂江河云汉之章。乃出枕中鸿宝，梓而公诸同志。顷《艳雪集》成，予业已谬为数语，弁之简端矣。是集告竣，又以序文见属。予重违先生意，故不揣不文而再序之如左，亦以见予二人之有同心也。

祝来仲芳春馆制艺序

不佞不娴于文，而甚异夫今世之所以为文。每拈一艺，意不必圣贤有，旨不必经传合，斤斤焉取昔人已陈之刍狗，日尸而祝之，步而趋之，字比而句栉之。甫脱颖，辄欣然自快，谓得古人三昧矣。不思人自人，我自我，古自古，今自今，不相蒙也，可神遇未可形模也。模之而肖，仅叔敖之优孟；模之而不肖，直邯郸之步矣。夫烟云草木，亦天地之至文也。烟云之幻化，草木之夭乔，日现于吾前，万变而未始有极也。曾谓今之天地，有异于古之天地也欤哉？曾谓今之天地，有模于古之天地也欤哉？人人具一灵窍，奈之何一操不律，辄斤斤焉古人之模也？有味乎，袁中郎之言也“莫将古人来比我，同床各梦不相干”，此深于谈文者已。

不佞薄游三吴，延祝生来仲授敕儿课业，而以龄、朋两儿暨孙士瞻，资其提命。见其外冲粹而内端方，衙斋三载，曾无片语只字相干谒。间取其制艺读之，体裁纯雅，藻采鲜妍，能言圣贤所必言，能言己心所欲言，绝不屑言昔人之所已言。其视近日轧茁饾饤之习，不啻污秽臭腐，亟于推远之为快。予既懿其人，而又心折其所为文。间尝自语，以生之文券生之人，则其人古也，而非今也；以生之人吐而为生之文，则其文亦古也，而非模之古也。嗟嗟，祝生其殆以神遇者耶？圣天子加意作人，厘正文体之诏，日炳于宇内。操是以往，吾知其必有合已。夫士者，民之标也，文者，心之精也。精之所注，形必赴之，标之所建，众必趋之。主上劳心焦思，宵旰靡宁，亦曰期得贤士共襄太平之理耳，祝生勉乎哉！一旦奏对承明，绾半通之纶而食大官之奉，无改素心，无易故步，无阳模古人而阴负其所学，不佞昕夕望之矣。

简便验方序

予性最懒而耽。披阅生平，幸鲜疾病而好蓄药饵，不谙医术而喜集成方。弱冠以来，一切稗官野史，断简残编，见一方靡弗录也。高贤续论，单夫俚谈，闻一方靡弗识也。间以授人，多奇中。人有求者，辄录而畀之。相知者怜予之仆仆也，曰:“曷梓之乎？”予谢未博。曰:“举尔所知，尔所不知，人其舍诸？”予豁然有当于心。会春曹事简，春日多暇，乃略为简汰而付之剞劂。随所探先后为甲乙，无伦次，便续增也。方多单简，药多寻常，便穷乡也。已尝验者，人共称者，亟收之。否者，暂置之，便应用也。其他伤害物命者，虽效弗录。倘此帙行，而方因病投，病随方愈，共食天和，无罹患苦，庶几诸君之意不虚哉。若夫分门别类，厘为成书，此予夙志而今未能也。请俟异日。

增定简便验方序

苏文忠公有言:“他人得药,吾为之体轻。”此真当家之言也！人生群萃州处,谁能无情？值呻吟痛楚之态当吾前而漠不关切，必其残忍寡恩而后可，一引为一体痛痒，即草木禽鱼无不欲去危即安，以遂吾性天之生意，而矧夫戴发履武之群乎！余在春曹，曾辑《验方》一书，博传远近，冀畅余咸有一体之意。每更逢人探讨，得一验方，为之陶然弥日，不忍释去。日积月增，渐近富有。乃复分别门类，梓之维扬署中。苟有利于当厄，梦寐中念想，恒自悯恻，况缘面相觌，饵或有不施，方禁有不吐也乎？好德示我，谅有同志，民物春台，永与大地共之。此书行，今而后觉痛痒，果不啻在吾躬己也。

三补简便验方序

此予旧刻《简便验方》也，稿今三易矣。初梓于万历甲寅，随所取效，旋付枣梨，期与人人共之。再梓于崇祯己巳，剖判伦类，次第卷帙，庶几披阅为便。逮壬午季冬，吾桓忽遭焚掠，旧版沦于灰烬。知交相求，愧无以应。于是穷搜旧本，类附新知，两阅岁华，始克就绪，不觉忾然太息也。嗟嗟！自甲寅历甲申，寒燠频迁，庚甲叠禅，予且由少而壮，由壮而老，皤然称髦耋人矣。惊世态之日异，悼病疾之踵承，安得邑置一仓公，家延一越人，相与斸沴涤疴，曁吾一体万物之怀哉？若夫调元斡运，挽二气之醇和，霈膏苏残，拯万姓于困厄，使寰海熙熙，脱烦恼而登仁寿，于长人者有厚望云。

广爱仁术序

盖闻怵惕恻隐，因乍见而旋萌；堂下觳觫，以不忍而辄易。此何心哉？仁心也，天地大生广生之心也，亦人人同具之真心也。第常人之性，不触则不兴，于是慈祥日锢，残忍渐生，即同类同气，且等胡越而操戈戟，无问庶物已。不思天地生生，本同一气，何彼何此？何我何物？试静中一思，有不一体万物而注念痌瘝者乎？顾蛸翘蠕动，皆足轸怀，而就中马牛，尤为关切。小之而备驰驱，任恳辟，大之而供庙祀，振国威。可任其凋毙而不一拯救乎？偶得《马经》一帙，于病症治疗，颇为详备，第稿脱自庸人，重复鄙俚，不便览观，暇日略为点定。又得《牛经》一帙，合作双璧。因付梓人，用广传布，题之曰《广爱仁术》。谓吾心之爱可因此渐广，非谓只此遂足广吾之爱也。是乃仁术也，傥亦可通之民牧也乎。

操弧剿说序

射何昉乎？男子生，桑弧蓬矢六，以射天地四方。天地四方，男子之所有事也。则射，男子之事也。古者诸侯之射，先行燕礼，卿大夫之射，先行乡饮酒礼。燕以明君臣之义，乡饮以明长幼之序。故曰为人君者以为君鹄，为人臣者以为臣鹄，为人父者以为父鹄，为人子者以为子鹄。鹄者，正也。君臣父子正而天下定矣。夫射，男子之事也。孔子观乡射，则以修身不失正鹄归之贤者，习射矍相之圃，则谓幼壮孝弟，耆老好礼，不从流俗，修身以俟者，宜在射位。射之义，顾不重哉！后世王道废缺，礼教凌夷，小学之制不存，而五射之教不举，乡饮之礼不讲，而五物之仪不闲。缙绅学士，视张弓挟矢为介胄之事，置而不道。即介胄之士，亦多鄙薄决拾，雍容而谈铅椠。不得已登场，操半石弓，执纤镞箭，一扣弦，矢跃无迹，穿鲁缟之不能，何望其惟敌之求？武功不竞，良有由已。暇日偶披武籍，摘其有关射法者，类而萃之于编，使有志穿杨者得步趋焉。若夫三箭而定天山，是所望于世之奇男子。

髦年呓语序

年来心思日耗，耳目不灵。少年之故业既多遗忘，时彦之新裁又难披阅，笔扎一事，拟付之来世矣。间一操觚，语无伦次，颠倒错乱，恍惚如梦寐中语。投掷箧笥，不复铨次。暇日偶尔瞥见，不觉忽生怜惜。念老人精神有限，语即不文，皆精神之寄也，忍覆瓿弃之乎？爰命掌故粗为料理，拂其尘垢，付之管城。良以堕履遗簪，曾寄慨于往哲，岂曰康瓠敝帚，妄冀享于千金也哉？

贺耿公祖转大银台序①

自古平章宁一之化，必始于间阻之销融；自古雍熙靖穆之风，必本于情谊之旁畅。盖君门万里，兆姓殊情，孰能联上下而强之合，总遐迩而使之一？国家建官莅政，内则三事六卿携其纲，外则方伯连帅宣其化。唐虞三代而后，未有易斯轨者。方伯耿公，以二东左辖迁银台总署。予东人也，沐公之泽最深，敢无言而处于此？予惟三事六卿，所总理尽域内，然而职有专司，不能少越，方伯任在一省，乃其统辖，兼总六卿。甄别群吏，抵昂在手，则冢宰之任也；钱谷出入，剂量惟意，则司农之事也；奉宣德化，作养英贤，则宗伯之教也；

① 本篇初印本无，据后印补刻本补。

鸠工酌饩，度地受廛，则司空之秩也。至于防意外之变，则虑巡徼无宿饱，念民命之重，则恐囹圄有覆盆，兵刑二事，无一敢膜外，视六卿之任一身，实兼总之。大银台职司封驳，凡六曹庶府，内外诸司，一切章疏，此官为枢纽。宣九重之德意，达万姓之隐情，所关实为隆重。我公旷度虚衷，绝无城府，赤心白意，可贯幽潜。至其体国恤民之隐念，则又天日可鉴，屋漏无惭。东土数年来得安耕凿而忘帝力，孰非我公之所培育？其与联上下之情，登太和之理，绰有余裕。从此建旄秉钺，四郊无伏莽之奸；掌铨持衡，群哲免向隅之叹。司调鼎，佐垂衣，庙堂有雍熙之化，环宇享安澜之庆。砺山带河，兆卜年卜世之长；累洽重熙，歌来享来王之盛。于此行卜之矣。不腆东土，固世世在荫庇中也。何幸躬逢其盛！

赐闲堂集第四卷

说

维世经世说

万古一纲常也。圣贤立论，要在扶植纲常，维持世道，正一时之伦纪，培永世之人心，而区区事功不与焉。重纲常，则虽肥遁之中，有包括万古之概；重事功，则虽奠九有之鼎，不关性命之微。伊尹之一犁春雨，太公之万仞洪涛，方之夷、惠，何所多逊。迨后竖有截之勋，建鹰扬之绩，名图鼎吕，功载旂常，其视首阳饥夫、厄穷小官，不啻泰岱之视培垒。何夫子津津于夷、惠，而于伊、吕置而不论，子舆氏尊夷、惠为百世师，而伊、吕不与焉？此何以故？千古分义，原自凛凛，叩马一谏，闻之有不汗流浃背者乎？夷齐逊国，下惠三黜，胸次宕旷，原无功名富贵之想，故能各行其志，合乎天理之正。师夷、惠不得，不失为灌园蹈海之高人；师伊、吕而不得，则君臣堂陛之间祸有不可胜言者。信乎，纲常为重，而圣贤微意未易使浅人解也。

四君优劣说①

梦醒子舟泊蕲阳，觞虚清圣，方炎歊之是虑，聊散步以自娱。客有扣航而请者曰："不佞江干下士，荒徼鄙儒，窃慕往古之高风，愿就达人而请正。盖闻魏有信陵，赵有平原，齐有孟尝，楚有春申，要皆权倾四国，名震七雄，翩翩称佳，赫赫耀世。孰优孰劣，先生其有定评乎？"

梦醒子曰："太上考德，其次伦才。语权势则究遭逢，征心术则察际遇。慨自宗周不竞，列国分争，慕得士之易昌，率聚徒以夸众。椎埋不弃，珠履席荣。或弹铗同跃冶之金，或虚左奉夷门之彦。才虽跨世，德皆渺闻，势虽同曹，心则异轸。夫假妖姬以媚主，潜遗孽以篡君，国祀既倾，身名并戮，此操懿之不伦，穿窬之丑行也。鄙哉黄歇，无容牙颊矣。无已，则孟尝乎？分三舍以招贤，倾食邑而享士，齐国藉其威焰，秦主慕其荣名。然而艳心秦相，昧明哲之几先；

---

① 本篇原收入《剪桐载笔》，题作"四君孰优解"。

侥幸出关，仗鸡鸣以脱难。即今薛邑之壤，犹存笃骜之风。罪浮于功，得不偿失。无已，则信陵乎？救赵一旅，却虎踞之秦兵；思魏南还，全卵危之旧社。庭多贤士，门鲜杂宾。然而窃兵符于卧内，不思瓜李之嫌；殪大将于疆场，殊倒冠裳之制。偷生赵国，绝意魏君。倘非苦口之药言，将遂忍心而屋社乎？无已，则惟平原而已。本手足之懿亲，托股肱之重任。悉心谋国，先事防危。义激信陵，巩危疆于磐石；谋伏秦境，察较猎于棋枰。功实昭然，过则蔑有。"

客曰："以平原而视诸子，信为巨擘之雄，以鄙意而律平原，殊乏纯臣之概。当其信任方笃，诚忧社稷以忘身，及夫嫌衅渐开，遽纵酒色而殒命。贵戚之义其然，兄弟之情安在？"

梦醒子曰："子以大义责平原，即平原其何辞？予以际遇论平原，则平原固可原也。夫平原所处之地何地？所际之时何时也？兄弟虽曰一体而分，意见每因形骸而隔。心既疑则谗[①]易入，谗[②]一入则心愈疑。狐媚者方掩袖而攻，蟊贼者又[③]设罪以待。胜于斯时，将剖心自明，则充耳莫入，将遁迹长往，则天亲难遗。罔[④]生怨尤，徐俟悔悟。佳丽在御，暂付理乱于不闻；樽罍时陈，庶几饮醇而自醉。此则所遇之不臧，非故忍心而负义也。九原可作，千古执鞭。较烈数君，吾终醉心平原矣。"

客遂唯唯而退。

四公厚德说[⑤]

耐居士支梧习静，掩荆远嚣，忽闻剥啄之声，遽惊扬栩之梦，乃拭目整冠，辟关延客。见一人伛偻委蛇，伏俯而前，曰："不佞姓慕，名忍别，号忍生，夙抱葵倾，窃思荆识，望祥风而冀琼尘，积有岁时矣。"耐居士三肃而入，因语生曰："闻子名姓，知无凌竞之心，接子形声，复饶巽顺之致。有何高议，愿佐下风。"于时舌华方启，牙慧毕陈，酬应片时，扬抡千古。论金缄则考水鉴于汉末，语山纳则探唾面于唐初。饮仆通宵，冠心恻怛，学忍以渐，夏量恢宏，是四公者孰堪法程，讵无轩轾乎？

耐居士曰："善哉，子之问也！括囊不议，卿言复佳，雌黄浑忘，物我共适。

---

① "谗"，《剪桐载笔》作"言"。

② "谗"，《剪桐载笔》作"言"。

③ "又"，《剪桐载笔》作"且"。

④ "罔"，《剪桐载笔》作"冈"。

⑤ 本篇原收入《剪桐载笔》，题作"四公厚德解"。

卓哉，德操品之尚矣！始焉色忍，久则心融，物有兼容，犯而不较，浑乎夏公，抑亦次乎。若夫蜂虿逞威，世方视为得计；睚眦必报，众兢夸其不挠。彼美君子，独异恒情，唾面听其自干，纵雠任之长往，岂其懦质，谅有深情。夫平陂往复，天且弗违，出尔返尔，语有明戒。若此也瞋目而语难，彼也逞臆以返戈，虽云报施之常，实广葛藤之累。遍地荆棘，孰为措足之区？满目戟矛，宁有怡神之日？娄、寇两公，虑此独审。虽当横逆，辄暗销镕。推原其心，岂不曰横逆之来，亦大不侔矣。其有形迹易疑，雌黄偏听，彼既无心而妄发，我何萦念而袭非。他如我有小嫌，彼特过当，虽曰迁怒，抑亦世情。至若平时原无夙嫌，返躬亦鲜隐慝，忽焉越礼而肆虐，或亦前世之沉冤，彼虽逆来，吾当顺受。譬既偿夫宿债，自绝累于来生。再如三生无染，一意相干，造业自彼，业积而彼自担当；忘情在我，情空而我无挂碍。岂特无子孙之顾虑，抑且免累劫之牵缠。岂不磊落光明，从容脱洒乎？二公之意，良在斯矣。”

忍生曰：“审如斯言，诚涉世之津梁，祛累之宝筏也。第恐水柔多狎，枝嫩易攀，招衅启侮，靡有宁宇。”耐居士曰：“不然。杨氏黄雀，犹显报于衔环；毛宝介龟，尚阴兆夫纽印。岂伊人貌，反逊物灵？矧彼苍苍，讵终梦梦？夫刃心为忍，当其始受，诚哉浑化之难！人七名化，勉强渐镕，良由隐忍而致。子患忍之未至，勿虞刃之频加也。”

于是忍生肃容再拜，稽首飏言，愿服膺以终身，敬书绅而触目。

改过说

人不能无过，过而改，则复于无过。故曰：过也，人皆见之，更也，人皆仰之。此圣人提醒世迷一大关键。

昔建安丁湜，少年俊爽，酷嗜博。南省奏名，游相国寺，访一相工。相工曰：“君气色甚佳，便当大魁。”大书其壁曰：“今年状元丁湜。”时同榜两蜀士多赀，皆嗜博。湜于博有奇法，勾致之，羸[①]六百万。翼日复诣寺，相工惊曰：“君气色大不佳，魁选岂复敢望得，非设心谋利得罪神明乎？”湜语之故，曰：“然则悉反之可乎？”工曰：“果尔，尚可居五名下。”湜尽还所得。及唱名，果居第六。

隆兴癸未试礼闱，江阴顾待问梦入仙府，见放榜末印有己名，墨涂去。询其故，一真官曰：“以子好食牛姑示罚。”谢曰：“今后不敢再食。”曰：“果不食耶？”曰：“然。”遂取笔复注。观榜，友人葛楚甫又在后。及发榜，果如梦。

---

① “羸”，据文意当作“赢”。

龙舒刘观子尧举，买舟赴试，与舟人女通。观夫妇梦黄衣人驰报，郎君首荐。忽一人掣去，云刘尧举近作欺心事，天符殿一举。觉，言其梦同，大惊异。及尧举归，诘其故，不敢言，誓改行自励，次举首荐。

李登十八为乡贡首，至五十不第，诣叶靖法师问故。法师叩梓潼帝君，命一吏持籍示之云："李登生时赐玉印，十八魁乡荐，十九作状元，五十二位右相。缘得举后作恶不悛，已削其籍，终身不第。"法师语登，一夕愧恨而死。

历观诸人，乃知匿非文过，饰己欺人，自甘非类者，皆自贼者也。语云："作急回头，犹恐其晚，痛自猛省，亦不为迟。"若与圣言相发明云。

处世说

世人多言处世难，非世果难处，无所以处之之方耳。如我好胜，谁甘处其败？我好富，谁甘处其贫？我好自是，谁甘处其非？我好安逸，谁甘处其劳碌？常将己心向人一忖量，损人利己之事毫不敢做，将心心相信，人人相安。孰谓世果难处也？

斗鸡者说①

丙寅秋杪，杜门养疴，药裹暂闲，牙签时御，偶披《袁中郎集》，不觉欣然一快。中郎之邻有畜斗鸡者，两鸡相持，胜常在巨。童子恶其横也，执巨鸡而掌之，又纵他鸡啄者数四，意犹谆谆不置。两书生见而哂曰："鸡，畜也，汝乃人也，我未见人而与畜搏者也。"

嗟夫！童子之用意谆谆也。抑强耶？扶弱耶？激于义气耶？动于客气耶？举无足论。予深有味于书生之言也。夫畜也而可与搏耶？人也而可与畜搏耶？知其为畜，则亦畜视之而已矣。有味哉，书生之言也！童乎犹然有童心矣。

二士谒选说②

万历中，有二人同谒选。平日皆有名文场中，数奇不售，遂应选贡。

时某公署铨部。二人，其一年家子，其一介一馆中，求拜门下。临考选，皆以县令为恳。某公托之选司一主政公，二生又各以平日字为符。榜出，皆得

① 本篇原收入《剪桐载笔》。

② 本篇原收入《剪桐载笔》，题作"二士谒选传"。

州佐，怨望甚。即某公亦不解所以，询之主政公，始知二生者，其一字欠端，比入试，故矫之使正，阅卷时适有一字欠端者，大类生笔，遂拟县令，而实非也。其一人已取县令末名，将登榜矣。州佐首名，本部司务亲也，司务向选君乞县令，言之再[①]四，选君大不怿。司务见时渐迫，力恳曰："此生为某至亲，考非其意，某实强之来，倘考居州佐次名，某亦何敢言。今一转移甚易耳。"选君意勃然，取县令末名作州佐第一，而抑司务之亲为二。司务遂无颜去。比气稍平，始悟所抑者，即某公所托也，而势已无及矣。

选司公又言："某月当大选，杂职内一缺较他缺稍优，每选例止五人。"诸公怜此辈日暮途穷，又多远方，遂将优缺多入五签。既竣事，五签俨然具在。至下选，又加入，而卒无得者。因大骇，后不敢复加入。

王生曰：二士负夙抱，纵无引援，以博一令何难？乃一则自改其字，一则佹得而佹失之。即秉铨者无能为力，且卑卑一散秩，何关利害？然亦不能强也。因忆赵宋时，二内竖相竞，一谓人之禄位君主之，一谓天主之。仁宗畀以职，令默探，乃竟属之言天者。孰谓君相能造命哉？世人不察，多自雄其材智，谓富贵可以力致，功名可以智取，营营逐逐，为造物笑。吁，亦愚甚矣！

异术说[②]

大司马怀棘王公，直隶广平人。为予言：

先人宦游几二十年，官至王相，然而贫甚，不能具朝夕。为诸生时，家惟一凳。诵读则以展册，试文则以藉卷，食则以盛撮盐当盏碟。然而发愤自励，不以贫故少休，试辄前列，声誉日起。

万历丙子，赴试北闱，此时家有一仆矣。携之赴京，寄居观音寺。临入闱，仆病痁，不能给薪水。初场罢，大雨，泥没胫。跋涉归邸舍，仆呻吟卧榻上，不能起。釜中仅冷饭一盂，自爇火温之。心焦甚，食数匙，辄罢去。次早诣庙前檐下，就日色立。忽一人至，视久之，因前曰："公今年决中，可惜额上梅花纹未全。若纹全，当发解。今虽中，但少低耳。"予忿然曰："今岁事事不如意，止一仆，又病，给薪水者尚无一人，何言中也？"其人曰："我许公中举，便尔忿忿，若许公中进士，将打我耶？我秦人，王姓。公来岁必联第，当得京衔。即官至巡按、巡抚，亦不访公，俟作总督时，方见公耳。"言罢飘然去。

时以为术士常态，不信也。已而子、丑果联第，自行人历按台开府，此人

① "再"，《剪桐载笔》作"数"。

② 本篇原收入《剪桐载笔》，题作"异术记"。

声响窅然。每思岂神仙者流耶？何验之奇也？及升总督，节制宣云。一日，大司徒蒲坂杨本庵公郊荐，相与言及生平异遇，以此事告。杨公曰："公欲会此人乎？今在敝寓。"亟令延之，果其人。相与大欢，携之而北。

王生又自言：游蒲坂时，韩象云相公为诸生。一见，遂许高中。向太翁言，来岁秋，吾当早来痛饮公酒，听公子高魁喜报也。次年果来。比报榜，无相公名，太翁使人诘[①]之。王生曰："岂惟中，定不出五名，当是报榜人误耳，吾言必不谬。"薄暮，省中走录送该道，相公果中式，魁其经。一时蒲之人皆惊诧，以为神。其子亦传父术，兼谈星命，然而不逮乃翁远矣。

王公又言：丙子秋，场前偶一日，出寺东行，至街口，遥见一应试者欧一人甚毒，其人喧辩不置。微闻云："此自公事，与我何干？乃打我！"忽见予，遂亟言："若此位相公，我敢言其不中乎？此公今年必中。若公像，于法不应中，乃毒打我，岂我能令公不中耶？"应试者惭而去，市人哄然大笑。第未询其姓名，亦不知为何许人。

铨史奇遇说[②]

万历初，月峰孙公掌选司。当考绩时，徽人江某为令史，向公索五金。同事者共劝止之曰："孙方掌选，奈何向之索贿？"江曰："喜钱也，谅亦不较。"卒索如数。后江选山东滨州州佐[③]，又数年[④]，孙公开府二东。一日阅文移，见江姓名，曰："此棍尚在此乎？"遂驱之去。

近日一甲科谒选，选司当该顾某向之索贿。傍一人劝之曰："君不日当铨除，焉知无相值处？而乃谋[⑤]此阿睹中物，不可已乎？"顾不听。后甲科公授山东一节推。未几，顾得山东一簿正，某公属县也，遂弃去，不敢赴。

又王怀棘公言：丁丑会试，赴部投卷，见一吏窘一孝廉公，不平甚，大叱之。吏踧踖不敢复肆，孝廉得解去。及登第次当守部，一日，见一官捧茶至，俨然辱孝廉人也。因问之曰："汝非前礼部辱广东春元者乎？"此人大恐，因反复辩非己罪。已而公总督宣云，出巡属邑，见一卑官奔走尘埃中，大类前辱孝廉者。召询之，果是。因念此人辱孝廉之始不及知，而其后颇恭谨无过失，不然竟斥

---

① "诘"，《剪桐载笔》作"让"。

② 本篇原收入《剪桐载笔》。

③ "州佐"，《剪桐载笔》作"州同"。

④ "又数年"，《剪桐载笔》作"逾年"。

⑤ "谋"，《剪桐载笔》作"谆谆"。

之矣。

夫江史以五金之索，受报于十年之后，顾史之报则又速矣。辱孝廉者遇王公至再，倘所谓天道好还非耶？不然，宇宙宽矣，何相遇之奇乃尔！所幸三公皆端人，非硁硁于必报者。乃顾史预避于未任之先，王公宥过于再遇之后。即孙公之斥江史，亦虑贪黩之遗民害，非私怨也。不然，讵止一斥耶？人不德是务，滋而威是用逞，亦未以三史观之矣。

燕妇奇妒说[①]

浙医刘君芝溪，奇士也。技艺精良，胸怀磊落。性好饮，见酒辄醉。酒后耳热，语剌剌如涌泉。然操持谨凛，不与外事，予甚重之。

壬戌仲冬，偶延之，值其他出，停[②]午方至。问之，曰："适为一家治病，今始归耳。"问何人，曰："某家内子也。""愈乎？"曰："一剂而愈，且得重谢。"予曰："妙哉，技至此乎！彼妇何病，而子捷效若是？"曰："妇，某家女，嫁某人，舍比邻耳。今日少暄，坐屋檐下，偕婢子暨仆妇辈，笑语甚适也。呼茶，婢捧至，方入手，闻街头鼓声喧，令仆妇往侦之，回报某家娶如夫人也。言未既，茶杯堕地，齿噤手握，两目瞑，涎出颐颔间，首倾侧不可俯仰。诸人大惊，亟延其父。父亦适过门，入视为痴。曰：'昨夕无恙，何疾而遽至是？'诸人对以故。父怫然曰：'死生任之，留之何用？'遂毕去不返顾。其夫延予治，得复生。"予曰："此于理宜罚，而反得谢。予方以是为子过，而子顾夸为功乎？"刘愕然，问所以。予笑曰："此等奇妒，死恨不早，子乃活之耶？无论其夫怨也，乃其父亦恨子深矣。"相与拊掌大笑而罢。

容忍说

语云："有容德乃大。"又曰："小不忍则乱大谋。""容忍"二字，若不可须臾离者。何哉？人不能容，或以褊衷而基隐祸；人不能忍，或以燥发而酿危机。往圣垂训，总之提醒人心，维持世道，非漫语也。

予生世不辰，横被捏构，使骨肉一气如参商两星。四十余年来，见其中一人则深自震惕，闻其人一语则默自揆度。事事如履荆棘，念念如防虎狼。孟子有言："其操心也危，其虑患也深。"予盖身历而备尝之矣。怀之至今，未敢一

① 本篇原收入《剪桐载笔》。

② "停"，《剪桐载笔》作"亭"。

字语人，即儿孙中亦无一人知者。今予年逾九旬，曾、玄五世，连年相继有登科第者。其揑构诸人，小予有至二十余岁者，皆归冥籍，强半绝灭。自思平日无甚济人利物事，惟存心谨凛，不敢凌人害物，不敢报复仇怨，意冥漠中阴赐佑庇乎？乃知害人者只以自害，而为人谋害者未必人果能害也。恐后人恃门第，逞机智，思害人而招幽谴，故强拭老眼，呵冻而著之篇。凡我子孙，宁勉强容忍，学予作无用人，勿学诸人作阴贼人，将门庭袭庆，福禄绵长，以永延其生脉。予昕夕望之矣。

行状

少参凤台张公行状

万历庚戌九月廿二日，山西右参议凤台张公卒于正寝，将启杨恭人之窆而合葬焉。礼也。先期，公季子阳武令爝踵门稽颡而请曰："先大夫不禄所藉以不泯其懿行者，惟墓道之片石在。今将乞铭大方，敢以行状累吾子。"予惟。张与王谊比朱陈，少参公兄弟与先大司徒公最契厚，阳武君与不佞同峰于乡，相与莫逆，知公家世者莫予若，谊不可辞，乃三肃受命而为之状。

公讳希稷，字于田，别号凤台。先世有爵万户侯者，相传为留侯子房后。汉唐以来，世为苑墙人。有名仲安者，为公五世祖。至赠公琊，以季子希召贵，赠户部郎中。初配、继配皆陈氏，副室董氏，皆封太宜人。赠公举四子，公其仲也。生而颖秀，十一补弟子员。为文多独创，绝不剿袭人一语，督学王公遵岩试而奇之，以冠多士。公益自奋，与季弟太仆公希召刻苦淬励，治举子业，无间寒暑。嘉靖己酉举于乡，壬子，太仆公亦举于乡。己未成进士，壬戌，太仆公亦成进士。兄与弟盖竞爽云。

公授钱塘。钱塘为东南剧邑，辅轩鳞集，供亿烦费，官民苦之。公一切皆从省俭，即丛怨不避也。倭寇闽，羽檄狎至，多挟伪符冒廪饩，公严为盘核诈伪，坐如律，奸猾顿革，驿传以清。邑有土豪，强霸人妻，公绳以三尺，豪右敛迹。民苦库役粮长，公为申请裁革，酌丁田以均役，民赖以苏。三年中，修废举坠，扶弱抑强，嫩政未易仆数，贤声茂著，剡荐者屡矣。计内召当不次，会织造愆期，藩司为当事者所庇，移责于公，竟从改调。行之日，士民攀卧，延数百里，哽咽不忍别。

乙丑，补河南鄢陵。城北有双泊河，当溱、洧下流，民田数百顷，悉为沮洳。公下令疏凿污莱，变为沃壤，岁收谷稻万余石。邑民感德，为建祠勒石，以识不忘。

邑苦萑苻，公选良家子充牙兵，俾司警察，不半载，获巨盗数十人，流劫远遁。邑中赋役岁增，其尤病民者，无如解京阔布。公具文当道，力为民请命，方伯赵公感公意，悉为裁缩，岁省邑人二千余金。他如兴学校，恤困穷，厘弊剔蠹，斤斤不遗余力，一如治钱塘。惟是生平株守，耻为巧宦，以是丛怨。丁卯，仅迁廷评。行之日，士民依恋，犹之去钱塘也。

廷评职评驳，公阅招拟，殚心平反，少廷尉王公竹岩雅器重之。

庚午春，擢山西佥事，分巡冀宁，兼职屯田、水利。公筹画有方，地方宁谧，上下赖之。壬申，升右参议，守冀北道，建牙朔州城。以外虏时出没，又值岁歉，军民数万，嗷嗷无所毕命。公多方拯恤，通商贾贸迁有无，岁不为害，边陲晏然。时虏方款贡，开马市，公布威敦信，加之以振饬，一时将吏奉约束，罔敢侵渔，即虏首亦凛凛慑明威，无敢要求于额之外。甲戌，当大计。旧例，公所辖应处八十余人，公念边吏寒苦，且无大不肖者，具揭两台。是岁保全四十余人。平朔兵寡，孤城斗悬，数中虏。公修堡，新介胄，选将练兵，靡不心计而擘画之。会上遣使行边，公所部城堡军实，独甲诸路。乙亥，满三年，绩当课最，缘为令时以争地界有所忤，时方当道，嗾其私人中伤之。议罢，众论啧啧，为公抱不平。公坦然毫无芥蒂，谈笑以归。

筑别业，日游息其中。故旧至，则呼酒为欢，竟日相对，绝口不谈时事。延师课子，夜伴诸子读，恒至夜分。季子熠遂领甲午乡荐。报至，进诸子若孙训敕之曰："吾家世积德，自乃公为诸生以迄归田，昕夕以济人利物为急。季子登贤书，不可谓非积善之报，尔曹勉旃。"季子屡上春官，不第。丁未，复当计偕。公命之曰："功名在此一举。倘徼天之灵，博一第以绍箕裘，幸甚。即不然，当谒选。人在自树耳，资格何足限！吾今春秋九十有一，光景无多，恐不及见尔头角峥嵘也。"季子奉命谒选，得河南之阳武。将行，诲之曰："邑有令，民父母戴之。为令而秦越其民，父母之谊安在？顾令之职在爱民，尤以洁己为本。子勉奉职业，无堕家声。"季子跪受命。为令三年，悉遵公明命，竟以循良课最，复公官。

庚戌孟秋，偶病，旋愈。至九月，忽进诸子若孙，命之曰："我实不德，藉先世余泽，自宦游以至今日，乐林泉，无灾患，得天独厚，日来觉气不充体，吾殆将归乎？"念二日，呼衣冠，再进诸子若孙，命之曰："尔等各勤所业，无忝前人，即为肖子。不然，是自弃也。"语毕而逝。时季子方在宦邸，闻讣绝而复苏。左右以公窀穸事劝，乃稍就饘粥。

杨恭人者，公元配，邑贡士瑀女。生而端淑凝静，言笑不苟。及笄归公，克闲妇道，奉舅姑饔飧，必手调而进。当赠公及崔太宜人殁，一切送终之具，皆躬自缝纴。公之未第也，笃志力学，焚膏继晷，恭人从旁治女红对之。已而登第，游宦所至，以勋猷著，内助之力居多。恭人虽都贵盛，而性爱俭素，居常训子，惟以约己惜福、笃学励行为首。其训诸妇，则勉之和睦，阃以内毫无间言。诸庶出子女，爱护无异己出。癸未夏，忽病，医药罔效，七月廿一日，竟不起。先封孺人，后以季子考绩，加赠恭人。

公丰颐修髯，巨耳伟貌，两目炯炯，望之若神仙。为人倜傥刚毅，人有过，必尽言规正，凛不可犯。然中无町畦，坦夷可亲，以故终其身，人多敬惮，无怨尤者。春秋享祭，泣数行下，谓牲鼎虽丰，不若菽水供也。友于昆季，分俸为置田宅无吝。亲故有缓急，不难贷缗钱。会岁荒，遂焚券不责偿，乡人咸诵德焉。殁之日，邑里莫不流涕，若丧所亲。非厚德乌能感人若是？杨恭人又以令淑佐之。今公之子孙，绳绳济济，继阳武君而起者未艾。公与恭人之后，福远矣哉。

公生于正德丁丑七月十六日，距其卒，享年九十有四。恭人生于正德戊寅正月初七日，距其卒，享年六十有六。男六：长烨，廪生，娶莱芜训导孙永寿女；次灿，庠生，娶真宁训导万信女；三燏，阳武县知县，娶镇平训导王光启女，赠孺人；四煖，青州卫指挥佥事，娶两淮经历焦世美女；六焞，儒士，娶溧水典史王璒女；七爔，儒士，娶滨州赠户部郎中杜继业女。女四：一适庠班王士尚；一适儒士李扬休，奉旨旌表烈妇；一适四川按察司副使韩一右子贡生孝；一适予弟临清守备象丰，为浙江按察使家叔讳之猷子。孙男九：曰城方，儒士，娶予兄举人象泰女；曰城谢，庠生，娶昌邑训导王节女；灿出曰城周，儒士，娶淄川廪生韩朝阳女；燏出曰城齐，庠生，娶庠生孙槚女；曰城楚，庠生，娶青城庠生韩和女；曰城晋，聘廪生孙万禧女；曰城曹、城燕、城丰，俱未聘，煖出。孙女十一：一适予侄官生与籽，为总督蓟辽右都御史予兄象乾子，一适太常寺少卿耿庭柏，一适长山廪生裴云栋，俱烨出。一适青城儒士韩元恒，一适乐安儒士蒋禋，一适淄川举人王我锡，俱灿出。一适予邑廪生王标，一适监察御史耿鸣雷子廪生庭栻，一字滨州庠生杜若昧，一未字，俱煖出。一未字，焞出。曾孙男六：曰继甫，曰绍甫，齐出。曰缵冕，方出。曰绳冕，曰纉冕，谢出。曰立竹，楚出。曾孙女六，俱幼，齐出三，谢出一，楚出一，周出一。

忆不佞垂髫时，公与先公宦都门，不佞与阳武君兄弟共笔研。每过公邸，登其门，僮仆各守其职，凛凛如也；升其堂，器物各安其所，井井如也；入其室，兄弟各循其序，妯娌各勤其业，无疾言，无谇语，雍雍如也，穆穆如也。迄今想其光景，如在目前，则公之家范严，恭人之壸政肃也。恭人怜予幼，亲为绾发整衣袂，抚摩而饮食之，不啻属毛离里。及公与先公俱归林下，时相过从，不佞司樽罍，侍几筵，见两尊人引满浮白，握手道故，留连竟日，恋不忍别。比甲辰，不佞成进士，谒公，时公年八十有八矣。见予欢甚，觞予于庭，立饮甚久。予恐劳公，公曰："吾乐此不为疲。"以手把予臂，痛彻骨。予因叹公盖天人，何禀赋殊尤若是，此其寿殆未可量，曾几何时而遽溘焉长逝！往闻公有秘术，不以示人。意者公盖蝉脱去，故坦然示化乎？不佞于公及恭人，盖重有慕云。

小序

县　志

方　舆

先王体国经野，画土分疆，因原隰而正经界，明分守而课职业，考沿革而知兴废，察淳漓而卜民风，以至星宿躔度，山林薮泽，孕秀毓奇，总关风气，胡可遗也？作《方舆志》。

建　置

自昔诛茅胙[①]土，爰建邦基，凿斯筑斯，高深是冯，堂隅屏奥，所南面临民也。宫墙美富，文教聿崇，庙社坛壝，旱溢允赖，旌庐表里，观法攸资。至于一介行李，亦惟视馆候，以无戒心。堤梁村落，陇亩里闬之政具矣。他如丛祠塔院，乞灵者往焉。岂徒为观美哉？作《建置志》。

食　货

割庐制井则壤成，赋垦田用以稽吏治，而土地不辟，无佚于严罚。三代而下，盖其重哉！厥贡赋篚，各视其方色。我青田惟上下，赋惟中上，计里近在侯服，即不纳总而刍粟并输，征徭互急。矧今国家多事，功令严督，即欲缓催科，其孰从而信之？顾新邑人贫土瘠，家鲜盖藏，迩来征赋繁多，民不堪命。所赖贤令尹察缓急而轻重布之，庶民有瘳乎！今将阖邑额赋，汇为一编，用备参考。即有乡书飞洒，里排规避，一展卷而黎然在目，亦裨益仁政之一端也。作《食货志》。

典　礼

尼父有言："人之所以生，礼为大。非礼无以事天地之神，辨君臣长幼之位。"又曰："治国而无礼，譬犹瞽之无相与？伥伥乎其何之？"我太祖高皇帝御极之初，首命儒臣定拟三礼。明年，再命集议。又明年，遍征草泽道德文章之士，

① "胙"，本作"昨"，当系误刻，据天启《新城县志》改。

相与参订，为一代之制。今布在郡邑，可考镜也。公式以尊君而肃臣，祠祀以报功而崇德，宾兴以抡秀吁俊，而饮射以尚齿序贤。凡皆礼之大者，夫巨典昭垂，炳焉星日，臣民观法，奉若筮龟，可弗纪与？作《典礼志》。

官　师

剖竹作宰，上应列宿，守令之于民，最称亲近。凡邑中教化风俗、刑名钱谷，及一切米盐零杂琐屑之务，令实司之，宣德意而致之民，簿暨尉与有劳勚焉。若夫胥教诲，勤督课，使青青子衿修德砺行，处席珍而出国宝，职教铎者乌可自菲薄也？作《官师志》。

选　举

君子得时则驾，风虎云龙，虽运气哉，亦自所树立也。国家重制科之选，喉舌卿贰，下至郡邑，岂异人任。明经高等，实古里选遗意，桓桓纠纠，干城赖之，入赀助边，卜式足术已。内有所负，孰甘老死牖下？苟焉一露，宁以刀笔奔走为羞乎？桓邑先哲懿美，略具简端。其生存者行谊不载，俟论定也。作《选举志》。

人　物

人材盛衰，总关气运。桓邑科第彬彬，亦既家握随卞之珍，人际风云之会矣。他如行孚舆论，谊笃天经，树卓轨于当年，垂景耀于奕世，即编氓片善，嫠妇寸心，皆足砥柱狂澜，纲维颓运，令人穆然动[①]仰止之思焉。作《人物志》。

恩　恤

崇德报功，国有彝宪。光前裕后，家有令图。既贵其身，又上溯其身之自，下逮其身之贻，而被及焉。芳腾令甲，荣暨没存矣。七品而上，例得推恩所生。至貤封王父母、王大父母以及祭葬特典、录荫鸿恩，非官阶崇隆、功德表著者莫与焉。感殊异而戴高厚，凡我臣子，宜何如图报也。作《恩恤志》。

纶　音

昔人有言："王言如丝，其出如纶，王言如纶，其出如綍。"正考父之铭曰："一命而伛，再命而偻，三命循墙而走。"良以君恩之重也。一芥韦布，袭宠枫宸。诰敕褒嘉，则光生里闬；祭葬享祀，则恩被泉扃。荣遇一时，华衮千载。古人于君恩一饭不忘，而矧其昭昭然播在琬琰者乎？作《纶音志》。

---

① "动"，本作"勤"，据天启《新城县志》改。

艺 文

龙负龟呈，辟经天之秘藻；班书马记，阐绘世之瑰辞。事贵有征，文斯行远。吾桓建邑，肇自近代。宋元而上，漫没无传。皇明以来，名硕蔚起，彬彬质文，于今为烈矣。兹志首载疏奏，次述传序，以至赞词、诗文，门区类别，歌吟记咏，缕析条分，一展卷而文彩烂然。使观风采俗者不苦于藉手之无地，亦庶几治化之一助也。作《艺文志》。

综 纤

志名《综纤》，言纤琐必书，以志变也，变则非常矣。禨祥眚异，诚玄穹之示变。古迹丘墓，不载《方舆》而载《综纤》，何居？世远而人亡也。世远人亡，可以已矣，而必志之者，何故？往迹备兴亡之鉴，丘墓动[①]慽怆之感，亦仁人君子所不废也。他如仙释幻冥，旧事奇异，总皆博物洽闻之资。作《综纤志》。

群芳谱

往哲芳踪

谱既就，两间菁英亦几收而罗之楮墨中矣。间披往藉，得超然物外、不染世氛者三十余人，逸韵高标，芳留千载，其视予谱群芳之指暗相符合，遂欣然执管而勒之卷首。虽今古明哲讵止数人，即诸公懿媺讵尽数语？然而吉光片羽，昆冈寸玉，亦足窥宝藏之一班，垂历劫之永慕已。语不云乎：“高山仰止，景行行止，虽不能至，心向往之。”予于诸公亦云。

天 谱

予谱群芳，谱谷，溥粒食也。谱蔬，谱果，谱茶，佐谷也。谱木棉，谱桑麻葛，广衣被也。谱药，谱木，谱竹，利用也。谱花，谱卉，傍及鹤鱼，资茂对、嘐天机也。而又冠以天者何？礼云：圣人作则，必以天地为本，以阴阳为端，以四时为柄，以日星为纪。天地者，群物之祖，万化之枢也。亭之毒之曰唯天，消之息之曰唯天。语物而不求端于天，是自绝其本、自杜其枢机也。作《天谱》。

岁 谱

谱首天，溯其源也。继之岁者何？管子有言：“唯圣人知四时。不知四时，乃失治国之基。不知五谷之故，国家乃路。”天不能冬燠而夏寒，圣人不能冬

---

① “动”，本作“勤”，据天启《新城县志》改。

播植而春刈获。治古之世，观日月星辰之运，察分至启闭之几，调寒暑凉燠之变，循浮沉升降之节，承天顺时，阴阳薰栗，而百物以生焉，以成焉。不则刑德离乡，时乃逆行，作事不成，必有天殃。时之所系，顾不重哉！作《岁谱》。

谷　谱

《说文》曰："谷，善也，养也。"谷以养人，较蔬果尤为切要，故诸谱以谷为先。《尔雅翼》云："粱者，黍稷之总名。稻者，溉种之总名。菽者，众豆之总名。三谷各二十，蔬果之属助谷各二十，是为百谷。"《孝经援神契》曰："黄白土宜禾，黑坟宜麦，赤土宜粟，污泉宜稻。山田宜强苗，泽田宜弱苗。良田宜种晚，薄田宜种早。"良田非独宜晚，早亦无害。薄田晚种，必不成实。诚能顺天时，因地宜，相继以生成，相资以利用，又何匮乏之足虑哉？作《谷谱》。

蔬　谱

谷以养民，菜以佐谷，两者盖并重焉。菜名曰蔬，所以调脏腹、通气血、疏壅滞也。壅滞既疏，腠理以密，可以长久。是以养生家重之。不宁惟是，纵天之水旱不时，五谷不登，苟菜茹足以疗饥，亦可使小民免流离捐瘠之苦。树艺之法，安可不讲也！第为民上者，使民以菜茹疗饥，三年九年之蓄谓何？真西山有云："百姓不可一日有此色，士大夫不可一日不知此味。"《鹤林玉露》云："百姓之有此色，正缘士大夫不知此味。"旨哉，言也！作《蔬谱》。

果　谱

周官备物，实边必藉夫干橑；卫侯兴邦，树木不遗乎榛栗。盖先王制礼，本人情，尽物曲，不贵异物，不重难得，郊庙以广仁孝，燕享以示慈惠，下逮郡邑闾里，交际往来，莫不惟礼是凭焉。果蓏二十，用佐五谷，载在方册，千古不易已。苟品物弗具，即诚敬，其奚将？若物性未达，即培植，其奚展？勿曰吾不如老圃，君其问诸圃人也。作《果谱》。

茶　谱

茶，喜木也。一植不再移，婚礼用茶，从一之义也。虽兆自食经，饮自隋帝，而好者尚寡。至后兴于唐，盛于宋，始为世重矣。仁宗，贤君也，颁赐两府，四人仅得两饼，一人分数钱耳。宰相家至不敢碾试，藏以为宝。其贵重如此。近世蜀之蒙山，每岁仅以两计。苏之虎丘，至官府预为封识，公为采制，所得不过数斤。岂天地间尤物生固不数数然耶？瓯泛翠涛，碾飞绿屑，不藉云腴，孰驱睡魔？作《茶谱》。

竹 谱

《鹤林玉露》云："松柏之贯四时，历霜雪，皆自拱把以至合抱。惟竹生于旬日之间而干霄入云，其挺持坚贞与松柏等。此草木灵异之尤者也。"是以名人达士，往往尚之。自一竿以至千万竿，自潇湘、凤尾以至毛台、海桃，多寡巨细不同，趣味则一。子瞻云："宁可食无肉，不可居无竹。"有味乎言之哉！作《竹谱》。

桑麻葛绵谱

《易》云："黄帝、尧、舜，垂衣裳而天下治。"而条桑载绩，刈获绨绤，诗人不惮详言之，岂非衣被之利资于含生者要哉？顾衣取诸帛则桑重，衣取诸布则麻葛绵重。桑有桑之利，麻葛绵有麻葛绵之利，则艺为尤重。树艺无法，捋取不时，无怪乎诗人怆恍心忧而致慨于瘼民也！《月令》："季春，后妃斋戒，享先蚕而躬桑，以劝蚕事。"《周礼》："宅不毛者有里布。"重其礼，严其罚。此老者得以衣帛，黎民不至号寒，而太和在宇宙间也。作《桑麻葛绵谱》。

药 谱

语云："为人臣不可不知医，为人子不可不知医。"昔范文正愿为良医，而陆忠宣罢相，日惟闭门集古方书。岂非以医也者，死生之系、人鬼之关哉！每见世之俗医，且不知有《本草》，无问《难经》《素问》矣。间取诸药形性及所疗治而著之册，即不敢妄拟二公，或亦二公之遗意也。作《药谱》。

木 谱

昔人谓一年之计树谷，十年之计树木。而子舆论故国，至举乔木、世臣相提并论。即濯濯之牛山，拱把之桐梓，辄津津谭之不置，何若是郑重哉？盖得养则长，失养则消，间不容发，而雨露萌蘖、斧斤牛羊所关于树艺，良非细也！夫惟顺其天，致其性，不害其长，则橐驼种树之术，固孟氏勿忘勿助家法已。作《木谱》。

花 谱

大抵造化清淑，精粹之气，不钟于人即钟于物。钟于人则为丽质，钟于物则为繁英。一切朝华之敷荣，夕秀之竞爽，或偕众卉而并育，或以违时而见珍。虽艳质奇葩未易综揽，而荣枯开落辄动欣戚。谁谓寄兴赏心无关情性也？作《花谱》。

卉 谱

盖闻窗草不除，谓与自家生意一般，而折柳必谏，岂为是拘拘者哉？古先哲人，良有深意，非直为一植之微也。试睹勾萌之竞发，抚菁葱之娱目，有不欣然快然如登春台、如游华胥者乎！感柯条之憔悴，触生机之萎薾，有不戚然慨然如疾痛乍撄、痌瘝在体者乎！此何以故？自家之生意也。既为自家生意，而忍任其摧败不为滋培，岂情也哉！然则培之植之，使迺茂条达，正以完自家之生意也。作《卉谱》。

鹤鱼谱

鹤，羽禽也，鱼，鳞虫也，于群芳何与？然而羽衣蹁跹，锦鳞游泳，一段活泼之趣，亦足窥化机之一斑，动护惜之一念。书窗前间一寓目，何减万绿一红动人春色。夫闻野闻天，在渊在渚，诗人与园檀园谷，并侈咏歌，安见鹤与鱼不足偶群芳也？作《鹤鱼谱》。

快　编

开　天

马负龟呈，两间之鸿蒙始判；动天泣鬼，万汇之光耀斯开。八方尽焕文明，万古不终长夜。凡兹搦管之士，永宜笾蔡之尊。于是乎纪开天。

广　嗣

鸿荒既辟，文教繁兴，云灿星罗，恍天葩之四射；洞心骇目，讵人巧之能工？哲人之肝肠几呕，后世之藻彩日丽。启后承前，厥功匪浅鲜也。于是乎纪广嗣。

明　宗

冥究神理，明泄灵秘，慈航万年，脍炙群生。字之所系岂微哉！乃局俗见者，既难窥其意象；迷日色者，又莫辨夫鲁鱼。不知形像点画，各有部分，一按偏旁，灿如指掌。于是乎纪明宗。

运　毫

字画先后，自有法程。遵法挥毫，动中矩矱。如大人揖让容与，举止端庄，见者凛然，谁敢轻忤？于是乎纪运毫。

摹　古

古人六书，各有取义。迩来日趋简便，古意荡然。概遵古恐与时尚龃龉，且生今反古，圣训谓何？然而典刑不可废也。于是〔乎〕纪摹古。

释　难

字所习用，一见了然。稍涉疑难，未免目逆。使握管之士临文却步，则平日讲究之功疏也。于是乎纪释难。

标　异

霁月光风，见者心悦。魑魅网两，遇之目骇。然而常变迭呈，亦世道之恒也。彼其形迹虽异，意义讵不常乎？于是乎纪标异。

类　同

一字也而二之，而三之，而四之，即就二三之间，有横叠，有竖叠。形既不同，义亦各别，胡可概视？于是乎纪类同。

剖　似

一点一画，至微渺矣，而声异焉，而义异焉，而用异焉。郢书周璞，毫厘径庭，是乌容无辨？于是乎纪剖似。

偕　俗

村谭巷议，固无当于大方；庄语雄文，亦难偕夫俚耳。从古察迩，言询刍荛，即大圣不废，顾可以其俗也而摈置之乎？于是乎纪偕俗。

转　声

字有本体，呼有本音，天下之通义也。乃论形体俨然旧观，听音声忽成别调，不几悬羊头卖马肉乎？然而习俗久矣，难骤更政。于是乎纪转声。

晰　义

字缘义制，义以字传。有一字自有一字之义，盖相藉以阐明者也。苟习其字，不探其义，即汗牛充栋，土苴何殊？于是乎纪晰义。

小说

邑　志

形　胜

深山大泽，实生龙蛇，草木茂而灵秀钟，惟高邃也。今夫循培塿于境上，而且髡之，且兀之，曾不足以给樵苏，何云钟灵秀？若乃盘岱宗而亘地脉，嵚岑峻矗，作镇离巽，安可谓非文明之助？邑彬彬膴仕，武接肩随，酬南山而答贶，宜勿后焉。

建　置

班椽有言：宫不新馆，而亦无堕其故。探丸、草窃，所时有也，惟吾金汤足恃耳。素王之宫辟矣，而庋经之阁未讲，宁无缺典？以厉以揭，安忍听其濡足？蕞尔硗土，濒于激湍，堤梁其所急也。封树表里，令黔首式敬而知兴，顾可缓与？仁政所被，宜无一物失所矣。方袍圆顶之伦，佩箓核玄之辈，讵可使无归栖乎？勿勤改作，颓者饰之可已。

典　礼

古者神人杂处而民用惑，故秩祀有恒，非礼不享。有土者祭其封内，肥腯丰洁，而祝史正词，无有谄也，无有渎也。第不爱牲玉，令鬼无馁而不为厉耳。国家祀典，首重先师，次坛壝，而捍患御灾，以次及之。至于祝厘宾兴饮宾观德，厥有常典。倘礼之弗讲，使闾里之间不闻忠义孝慈之教，安所称崇化导民意乎？欧阳文忠所为致慨于虚文也。禁乱所由生，止邪于未形，使教化行而礼教兴，非司牧者责与！

官　师

绾绶握符，倏更仳禅，无论期可，即三年有成，立而待耳。孰勤孰窳，孰循孰酷，闾阎寸舌，较岘首片石，不啻过之。国朝邑令，无虑数十，其昭昭在人耳目，惟杜河阴、颜永新、牛滦州、赵任县寥寥数人止耳。其他甚至不能举其邑里，无论绩效矣。阳曲一丞，乃能抗疏请命，豁不毛之赋邑，至今享其利。苟有图民之心，安在非其任也！至若稚齿穷经，皓首司铎，诚慨骐骥非少壮，三鳣之兆，其验有几？苜蓿味淡，广文毡冷，胡可不为之地？迩者文行蔚彬，师承匪易，虞城、盱眙、掖县、莆田，亦铁中铮铮者与！

选 举

往哲垂范，后人为模，所为彰轨物而诏来许，岂繄纡青拖紫，累累若若，夸闾左，骇牧竖，为一时荣观已哉？无亦勋猷足以经邦国，懿行足以挽颓靡，故足术也。桓虽瘠土，代不乏人。模范非遥，丰神如在。仰高山，行景行，后之君子，宜何从焉！

人 物

语有之：一夫善射，百夫决拾。言贵渐也。桓之名公膴仕，代不乏人，高贤卓行，从昔已然矣。续道转经，则万、辕擅其烈；安贫尚义，则颜、鲁建其标。处世而好施乐善，居家而孝亲敬兄，以至闺阁笄帼之伦，一死靡他，九重悯恤，千载而下，凛凛犹有生气也。流芳遗臭，是在人之自决焉云耳！

纶 音

士君子怀瑾握瑜，跧伏奥渫，孰不思自耀于光明，以图表见？一旦赍躬事主，而漫无建竖，幼学壮行之谓何！今颂敕谕之森严，则当思官当[1]之不可旷；观殁有之荣宠，则当思君恩之不可虚。砥节服官，尽忠体国，是在吾曹自淬砺焉而已。

艺 文

桓邑艺文散佚，捃获无从。即间有存者，仅仅近日高贤之撰集，名流之题咏，业已什汰其五，犹然累牍连篇，翻阅难竟。良以奕奕邵德，树骏流鸿，烨烨名章，雕龙绣虎。他如片鳞只羽，日丽云翔，靡非泄灵源而关理道，方虞漏万，敢曰夸多！探遗璧而绪鸿编，是在博雅君子加之意而已。

风 俗

防民如川，匪堤则溃。唐虞之世，比屋可封，感于化也。高髻一尺，大袖匹帛，有由来哉！宋司马温公有言：上行下效之谓风，薰陶渐渍之谓化，沦胥委靡之谓流，民心安定之谓俗。夫教化薰陶虽系于上，若夫不沦胥于敝陋，不委靡于颓波，安乎忠孝，定乎礼义，俾风不愧古，而俗皆还淳，此亦乡士大夫之责也。夫气蒸而轮菌生，精求而蜾蠃应，孰谓礼不可渐而义不可动耶！

田 赋

足国裕民，莫重赋税，用一缓二，语有明征。桓邑税额，旧不满二万，今

① “官当”，天启《新城县志》作“官常”。

增者三之一矣。年复一年，益而又益。供者已苦剜肉，征者不惮敲筋。曾不思皮之不存，毛将焉附！志中于赋额特详，良有深意。嗟嗟！论国税，于今日微独吾桓，固天下之通患也。

又田赋

法无全利，亦无全害。如条鞭一事，岂不便民美意哉！乃家不问贫富，田不辨饶瘠，履亩而征，取盈为令，使千金巨贾下与窭夫同科。夫如山之砾，何当径寸之珠。卒之，人多逐末而鄙力田，甚至下户单丁，薄田数亩，毕世吁号而莫售，络桁杨而家阛扉，良有由已。兼以社鼠为奸，水滨难问，如往者倭讧朝鲜加兵饷矣，乃倭难息而兵饷犹故也；德府禄米业奏辞矣，乃历年征派犹未减除也。诸如此类，未易缕悉。近日辽饷每亩计银伍厘肆毫，奉旨另征，事宁即罢，今又派入大粮矣。层累而加，豁除何日？唐陆贽有言："赋以事加，事止而赋犹未已。"每诵斯言，窃为长叹。乃信高皇帝九则赋民，真万世不易之良法也。

种　植

新城之为县，南则长白逶迤，俨如几案。东南花、铁诸秀，隐隐云表，恍如文笔插天。乌河发源东南，护城东鄙。郑潢沟亦发源东南，悠扬曲折，附东城之趾而北流。小清来自坤维，绕城西北。孝妇来自巽隅，绕城南城西，至城北合小清而东。青沙泊储蓄于乾地，会城、庞家诸泊汇贮于艮方，而吴河旧道又横带于廓门之离位。所谓临水面山，藏风聚气，庶几近之。惟是壤地褊小，田土瘠薄。西不过六里，而南仅里许，北止二十余里，而东亦未满四十。中间西北苦水，东北多荒，沮洳斥卤，多弃而资牛羊之刍牧。即东南稍拓，亦仅仅五十里止耳，而荒熟相埒，难语沃野。且也砚田笔耕之儒，惟知俯首伊吾，不辨生计；袯襫而缘南亩者，又多椎鲁惰窳，而不力于田。每伏秋水涨，即如云之稼，任其漂没。一遇旱魃为虐，惟束手以待命于天。即滨河之田，曾不知挹勺水以活槁茎也。民安得不贫，赋安得不逋哉？固堤防以杜冲决，时蓄泄以资灌溉，为吾邑计久长者，乌可不留意也！

劝　农

新城田虽多虚额，然而邑亦鲜上农。暗于蔍蓘，胼胝弗勤，嘉谷与稂莠揉焉。加以秋水时至，下流弗浚，高原沮洳并沉，是终岁勤动适与荻苇为隶，而为雁鹜粮也。又介在僻陬，不通估客，虽刀锥之利，无从生息，惟视尺土为赋税饔飧计。幸而穰，苟支目前。一不登，不转而之他，则以泽量殍耳。矧民之狃于恬安，而不孽孽以鸡鸣相勖，公与私，两何赖焉！

水　患

《禹贡》：高山大川，以别州境。有周设立遂人，用均水利。新城诸水，小清、孝妇绕其西，郑潢、乌河绕其东，映带回环，颇称形胜。旧有三空桥、支脉沟，导水下流，北行入海，邑用是无淹没之虞。近因高、博二县塞三空桥，填支脉沟，协力捍堤，忍邻为壑，以至小清横逆，新城于是有河患矣。试观历来河议，则三空、支脉之当决与否，无俟再计。且孝妇之水，湍急慓悍，秋霖为虐，合南山七十余川，奔灌一河，以致城北汇为巨津，一望无际。我桓抑独何辜？又长山县黄土崖，当孝妇上流，正冲新城县治。往岁一决，水浸雉堞，东、北两关，荡焉若扫。时司道起七县人夫筑崖以捍之，今六十余年，堤崖渐圮，漫不留意，深计者不无隐忧焉。疏高、博之故道，培黄土之见堤，是在当事者加之意而已。

综　纤

昔桓公称霸，悬橐而出，捆载而归，乃天下诸侯乐宗齐也。有马千驷，无德而称，累累废土，适来牛羊。诸姜、田贵介嬖宠，第惟刍灵题辏。知尔俭德不昭，虽锢南山，与杨王孙之裸奚异？胜国相去，能几何时。玄庐初扃，隧草未宿，已荡如五父之衢。若夫刚鲠立朝，忠勤尽瘁，哀动帝衷，嗟兴行路，且墓前之奠无燥土矣。①

跋

石刻孝经跋

宣圣有言，吾志在《春秋》，行在《孝经》。《孝经》者，与《春秋》相翼而行者也。盖宣圣尝志三代之英矣。其作《孝经》也，即志三代之意也。其修《春秋》也，删《诗》、定《书》而系《易》也，总之一作《孝经》之意也。孝也者，百行之首，万化之枢，譬水木之有本原也。水必源深，斯其流长，可以放四海，可以泽万汇；木必根固，斯其末茂，可以历风雨，可以发华实。诚孝行翔洽，

---

① “若夫刚鲠立朝，忠勤尽瘁，哀动帝衷，嗟兴行路，且墓前之奠无燥土矣”，本作“若夫不沦胥于敝陋，不委靡于颓波，安乎忠孝，定乎礼义，俾风不愧古，而俗皆还淳，此亦乡士大夫之责也”，系《风俗》篇文字误入，据天启《新城县志》改。

则世登郅隆，风移俗易，唐虞三代之盛，庶几再见，此《孝经》所为作也。故曰志三代之意也。苟孝道不明，即工棨帨缛词华，犹之乎沟浍易盈，剪彩易炫，其于实行何当？欲以几和平之理，杜灾害之生，难矣哉！

我国家明经取士，举《诗》《书》《易》《礼》《春秋》，皆布列学宫，期得人弘化，以赞雍熙之盛，乃《孝经》独高阁庋之。迩来升平既久，习尚渐靡，圣天子惩士习之日偷，念作养之无术，思得孝弟廉让之士以共襄至治，广励学官，首重德行，诏《孝经》一书与四子五经并用课士，端蒙养，维世风，德意蒸蒸甚盛，俨然宣圣之指矣。士生斯时，有不砥德澡身，敦尚行谊，以副圣主作新之意，致斯世三代之隆，其何以自齿于士林？

杭训赵子嘉龙有感于心，慨然以师率化导为己任，因取《孝经》善本，捐俸而镌之石，与十三经诸刻并列。岂特有功经学，于以奉扬德意，鼓舞俊髦，亦忠之属也。斯其操心制行，有足观者。予重嘉其意，爰题数语附缀其后，使世之睹斯刻者有考焉。

念祖约言跋

岁甲辰，不肖晋幸叨一第，例应六月谒选。五月八日，接府君手书，谓四月十四日偶感微疴。一诵斯言，寸心如割，亟向铨部乞归。时曙峰、云峰两叔暨知厚者，咸相慰勉。有谓宜暂归者，此心欣然如登第之喜；有谓宜候选者，此心戚然如下第之痛。神情瞀乱，恨不奋飞。时酷暑，倦极昼寝，忽长号失声，云峰叔惊问故。予曰："适梦诣铨部乞假，太宰不允，痛哭堂前，不知身卧床席也。"及得请归，府君病少间。手一编，署名《念祖约言》。命不肖曰："此我祖宗相传家法也，子勉乎哉！"方幸得朝夕承颜，少效菽水之欢，讵意归仅百日，遽弃不肖而逝，五内摧裂，几不欲生。间捧遗编，如侍面命，乃音容杳不可亲矣。呜呼痛哉！遵治命，传示诸子，胤儿请付梓人，用寄永慕。予惟府君生平，事事可质天日，念念可对祖宗，因撮其梗概，并授剞劂，使凡我子子孙孙，知府君于《约言》一书，非徒言之，实允蹈之也。仰列祖而思缵承，善继述以慰诒燕，是在后人自勉而已。[①]

异梦记跋

尝怪世人堕于欲阱，如大梦沉酣，迷不觉寤。率益己而损人，利己而害人。

① 《念祖约言》原书此跋后署"崇祯壬午年春正月吉旦不肖男王象晋敬跋"。

偶都权势，则挟权势以凌烁人。少有智术，则鼓智术以诳侮人。每清夜梦回，默想生平遭遇，世间有一种善人，一举念，一作事，莫不欲利益于人；有一种不善人，一举念，一作事，莫不欲损害于人。始信吉人为善，唯日不足，凶人为不善，亦唯日不足，此语非欺我也。及至观其究竟，利人者未始不身受其利，害人者未始不身受其害，损人、益人者，未始不身受其益、身受其损。如鉴鉴形，妍媸莫遁；如印印泥，巨细不爽；如仰面噀水，点点滴滴，皆着己身。所谓君子乐得做君子，小人枉了为小人。非与？尝闻之佛门提醒世迷，谓欲知前世因，今生受者是，欲知后世因，今生作者是。其于警戒，岂不痛切恳郅？第曰前世，曰后世，尚属渺茫，据予目稽，身之所受，即身之所作，今世所作，即于今世受之。当斯人㦤意满志之时，正彼苍惩凶警愚之时。岂天地神明提醒世迷之念，比佛门更切，故现此随作随受之景像以悚动之耶？奈之何世人犹不寤也！嗟嗟！智术可以诳侮人，必不能诳侮天地；权势可以凌烁人，必不能凌烁神明。前世后世，纵耳目所不见不闻，而现作现受，必不能徼幸苟免，以逃此恢恢之天网。世之人何惮而不为善，何乐而必为不善，何终身梦梦而竟不醒寤耶？岂所谓大惑不解者与？因纪梦而述平日私所怪诧者如此，用以就正明寤人，期与共登大觉。先醒者以为何如？

还淳雅会跋代思止弟作

三才一理也，万人一心也。夫天穹然上覆，地隤然下载，人藐焉中处，何言乎理之一？独不曰天大生乎？地广生乎？众庶凭生乎？同此生则同此理也。夫人贫富殊势，贵贱殊等，东西南北殊地，往古来今殊时，何言乎心之一？然而命之曰人有不爱生乎？有不恶死乎？之死而致生，欲乎？不欲乎？之生而致死，忍乎？不忍乎？同此爱生，则同此心也。故曰人皆有不忍人之心。明乎不忍则人矣，忍则非人矣。比者岁值龙蛇，昊天不吊，蝗蝻魃鬼，相竞为沴。北自燕赵，东暨齐鲁，西穷秦晋，南迄豫淮，其悬釜而绝炊者，屋相比也；负担而贸贸莫之者，踵相接也；死于岁，死于贼，死于兵，死于催科，死于父子、兄弟、夫妻之相食者，骸相枕也。少有人心者，有不闻之而酸鼻、睹之而泪淫淫者乎？总之此心此理也。吾邑自令君乡绅以及士民，凡仅足自给者，莫不施粥、施衣、施钱、施谷、施棺木席草，相倡相和之恐后，总之此心此理也。予兄弟私相聚谋，创为还淳之约，欲节杯中之余沥，拯沟中之捐瘠。而又付之剞人，用广同志。若曰是会也，可行之一人，亦可行之人人，可行之一处，亦可行之处处。倘随人随处而皆有是心、皆有是举也，以佐施济之所不及，其于人或少有济乎？亦总之此心此理也。故曰三才一理、万人一心也。予也悲上天之降割，痛下民之卒瘅，嘉予邑之恤灾如拯溺，乐予兄之触境而广兹，略题数言，用附编末，正以见不忍之心，人人有同具耳。言即不文，勿暇计也。

词坛汇锦跋

回忆少年修业，时先少师训督严，制举外不许见一异书。虽博综一念，津津神往，卒不敢毫佚于严训。比释褐，得旁观矣，而职业束缚，人事酬应，未获满志，历二十年，仅成廿余册。缘力绵未能寿梓，一旦祝融氏夺之而去。告休后，始得肆力搜罗，再理前业，已盈两笈。乃鄙愿尚奢，未暇诠次，忽又见妒于攸郁。《汇锦》一编，乃近时所辑。缃素弗广，挂漏贻羞，把玩朝夕，聊醒心目，视畴昔未满什一。自念博综素愿，岂逊少年？然而犬马之齿髦矣，虽目尚能视，手尚能披，晨钟宵柝、暑夕寒朝尚能涉猎紬绎，而精神筋力则已恍惚衰惫，难久持矣。譬伏枥老骥，固难期以千里修途矣。后之君子，尚其勉修大业，永图亡朽，勿似予之因循萎薾，空抱恨于斜阳也哉！

字学快编跋

盖自六书之法行，而天地之秘藏、人心之灵窍，咸宣泄于宇内。愚资性椎鲁，颇好简编，一字快心，手自拈出。积至辛巳仲秋，倏已成帙。迄今犬马之齿逾九十矣，十载辛勤，忍付之一掷乎？再为诠次，拟传后昆。敢云识字之足嘉，聊志岁月之无旷云耳！

广爱仁术跋

马以任服乘，牛以佐耕稼，其利于人也甚博，而人之所以爱护之者亦倍切。至他如羊豕之类，直视为口腹之需，日事屠宰，日供庖厨，曾无怜而念之者。不思凡此凭生，皆惜性命，疾痛疴痒，与人何殊？奈之何忍心残害而不一动念也！然则见其生不忍见其死，此言非乎？礼曰：天子无故不杀牛，大夫无故不杀羊，士无故不杀犬豕。其不杀也，盖不忍杀也。予于《马经》《牛经》，业已删繁补漏，胪列成书，足备览观矣已。又取家庭日用所豢养者，详为考定，别其形性，恤其疾患，诸凡有益于人生而无害于物命，及偶遭其毒害而可藉为救解者，皆详志之。岂好为是琐屑哉？总以体大生广生之造化，而广吾一念不忍之心也。

琐谭

县尹梦瓜

中州一大尹，夜梦西瓜九枚，形甚巨，有跳跃状。内一瓜尚带花，颇艳。醒而思之，不得其解。翼日，偶出西门，见游僧数人，适符瓜数。内一僧年少而美，心颇讶之。归衙，命一能干隶往招之，云欲修斋。又嘱曰："少一僧，汝难逃责。"隶往招，诸僧曰："吾辈行脚，誓不入城市。"隶曰："县主之严，汝辈谅亦闻知，一人不往，吾何敢报命？"强之，行至邑堂，少僧趋向案前曰："吾非僧，邻省民女也。居廓外，父喜斋僧。一日午后，此数僧至，父斋之。故延迟不行，近暮求宿，欲俟明早行。至夜杀予父母，髡予，驱之以行。今日得见青天，是予报仇之日也。"讯诸僧，噤无以应。遂驱毙于通衢。女谢大尹，触石死。

以下数款，原无足纪。每见世人贪财货，求长寿，冀异日因果，汲汲皇皇，如恐不及，往往福未得而祸先之。至于秃尼，为害尤甚，因缘仆婢，蠹惑妇女，至有不可言者。附之册末，用垂永戒。①

游僧卓锡②

乡绅某，素佞佛，于城东南半里许建一庵，居游僧，有精佛理、善谭论者辄留之。积十余人，以素所敬信主庵事。庵后创一园，亭三楹，植柏千余，割田资养赡。有暇辄往与谭，或留宿，以为常。③

一日午后，挟一小童往，止两沙弥在。问之，云："近村拜经忏也。"入主僧房，见悬轴为土污④，以指弹之，轴忽动，一少妇出，见公遽缩入，不知已为沙弥所窥。

---

① 后印补刻本此处作"以下数款，原无足纪。每见世人贪财货，恣情欲，冀幸所难得，汲汲皇皇，如恐不及，往往福未获而祸先之。因绎旧闻，勒之册末，未必非提醒人"，此后的文字铲去。

② 本篇原收入《剪桐载笔》，题作"游僧兰若记"。

③ "乡绅某"至"以为常"，《剪桐载笔》作"中州乡绅某，素佞佛。归田后，于城东南二里许建一庵，居四远游僧，有精佛理、善谈论者辄留之。积数年，得十余人，以素所敬信一僧主庵事。庵后创一园，亭三楹，植柏千余，皆成行列，割田数顷资养赡。有暇辄往与谈，时或留宿庵中，以为常"。

④ "入主僧房，见悬轴为土污"，《剪桐载笔》作"偶主僧房未钥，入见悬轴为土污"。

公欲回，一沙弥前禀："师有事欲相议，已令往报，不久当来。"少顷，众僧皆来，具斋殷勤甚。食罢欲行，僧云："时渐暮，令人入城取舆，曷少须。"已而举烛，又欲行，众僧罗跪乞命。公愕然，问故。僧曰："诸人不法事已露，某等与公势无两活，愿留众命。"公立誓不向一人言。僧曰："此诒我也。"渐肆无状[①]。公见势不可挽，因曰："但得全躯，即死不憾。"僧曰："若是易耳。"与一麻索，数健僧拥入园，下键，令两僧守门[②]，诸僧各捡行李，为远逃计。

近五鼓，僧饱食，令二僧持炬往验。此公入园，终夜涕泣，莫知为计。俄城头鼓五敲，念时迫矣，跪祷于亭，祈[③]神佑。祷毕，环视，见西北隅洞朗，急奔至，乃一墙缺，逾墙急奔。偶粜粮车十余自西北来，告之故，诸人掖上车，卫以行，而以二人急报其家及县官。于是公私集人百余，皆持兵往。二僧入园，逐树遍照，见[④]缺墙，知已逸去。呼数僧急追，与来兵遇，皆被捉，遂围庵僧，大小无一得逃者，搜出妇女数人。至官，僧皆笞死，妇女给所亲。

此公大悔恨，夷其庵，终身不接一僧。

闻之黄堪舆莘野云。

清客谈玄

楚中一人，心慕长生。见一方外士，辄殷勤咨访。忽一人过之，修眉长髯，意态飘逸，与谈长生，津津有味。云："长生无异术，只心要虚，精要实。绝外交，杜妄想，则心虚矣。能眠阳，无漏泄，则精实矣。"此人倾心信服，尊为师，唯言是听，依之眠阳。宅傍一园，房二层。令此人居后层，给一童，备使令。清客扃其户，不令外出。自居前层，间日入后房与谈论，余时入宅调其妻妾，久而益昵。方士能展缩，妻妾爱甚，约与夜逃。行至次日，忽遇此人至亲，欲行擒捉，方士逸去。所亲驱妻妾付之本，夫愧恨无地，不数月，遂病死。

---

① "渐肆无状"，《剪桐载笔》作"渐肆无状，露刃相睨"。

② "门"，《剪桐载笔》作"园门"。

③ "祈"，《剪桐载笔》作"乞"。

④ "见"，《剪桐载笔》作"至"。

丹士炼鼎[1]

熊堪舆[2]见龙为予言：

一缙绅嗜炉火[3]，屡被欺，不置也，家亦渐耗。妻子苦谏[4]，因戒阍人勿通方外士，而心实未灰。临街设一牖，以便外观。

一日午后，见一道士持银一珠，与对门卖饼家飘然去。呼询之，云："道士自昧爽坐门外[5]，闭目不语，某心异之。至午乞斋，馈以茶饼[6]。食尽，命取水银一钱及炭火来，与之，道士于衣下取杏核一枚，挖空，入水银，加药少许，投火内，须臾成一银珠。取相付，遂去。"索观之，色甚佳[7]。心为动，令仆遍索，得于城隍庙，暗室中面壁坐。缙绅立其后良久[8]，始起与揖。邀之书室，具酒肴甚虔。言及炉火，辄云不知。案上铜香箸一双，道士取以爇香，时玩弄之。食毕，求去。留之宿，约翼早，次早延之，又约近午。至期果来，缙绅执礼益恭，求益恳。道士云："此事非可轻易，公必欲观，当为小试。"令取炭一筐[9]，水一盂，火一炉。悉屏诸人[10]，于室内掘一坎，取铜箸秤之，拭以囊中药，箸白如雪。置坎内，加炭，因言："此等术造化所忌，不可不虔[11]，公宜一拜天地[12]。"拜罢，火已炽，箸与火一色。取称之，依然故物[13]，而质则银，镕之纹银也。

缙绅大喜[14]，坚乞其术。要之设誓立券。缙绅焚香，设重誓，付以券，愿终

---

① 本篇原收入《剪桐载笔》，题作"丹客记"。

② "熊堪舆"，《剪桐载笔》作"堪舆熊生"。

③ "一缙绅嗜炉火"，《剪桐载笔》作"一缙绅家甚富，嗜炉火"。

④ "谏"，《剪桐载笔》作"相谏"。

⑤ "门外"，《剪桐载笔》作"店门外"。

⑥ "茶饼"，《剪桐载笔》作"茶一壶，饼十枚"。

⑦ "色甚佳"，《剪桐载笔》作"银色甚佳，镕之不少毫厘"。

⑧ "缙绅立其后良久"，《剪桐载笔》作"缙绅躬往延之，立其后良久"。

⑨ "令取炭一筐"，《剪桐载笔》作"因令仆取炭十余斤"。

⑩ "悉屏诸人"，《剪桐载笔》作"既至，悉屏诸人"。

⑪ "不可不虔"，《剪桐载笔》作"不得已为公试，然不可不虔诚"。

⑫ "公宜一拜天地"，《剪桐载笔》作"公宜焚香一拜天地"。

⑬ "取称之，依然故物也"，《剪桐载笔》作"熄以水，称之，依然故物也"。

⑭ "缙绅大喜"，《剪桐载笔》作"缙绅大喜，谓真仙在目前矣"。

身不相负。丹士[①]曰:“公心既诚，真可教，第此事须静室乃可[②]。”周视无当意者。至宅后园中，一亭巍然[③]。道士曰:“可矣，当为大做[④]，令子孙世世称陶朱也，非数百金为母不可。”遂于亭中置鼎[⑤]，缙绅亲持三百金，入鼎加火[⑥]，日往视火候，饮食与共，暇则相与阐玄理，或谈生平宦途事[⑦]，意甚浃。

已而渐暑，为制葛衣。一日，丹士[⑧]曰:“某孤云野鹤，性疏宕，今久坐渐郁，何处可豁心目[⑨]？”曰:“园后即城，登城四远皆目中矣。”于是道士科头跣足，衣短葛，四体无纤毫障，偕一仆游城上[⑩]，间独往，缙绅以相与厚，不疑也。一日，忽不返。候数日，竟不返。开炉视[⑪]，三百金化为乌有矣。大怒，倒炉碎鼎，毁其亭作马厩。

次年春，阍人报故人子求见。出视，一少年身被械，偕一妇。[⑫]又一男子，执文牒随其后。询之，云:“南京人，姓某，名某，乳名某，于某年月日生。父某，任某官，母某氏。”缙绅闻言大惊，所云某官，与缙绅为生死交。而此人乳名，即缙绅所命也。亟问何以至此。涕泣云:“父在日，时时念老伯交谊，恨不缩地一会。不幸父殁，为群小所诱，误殒一人[⑬]，官司欲拟大辟。倾家营干，仅得遣戍，而先业荡然矣。妇即结发[⑭]，今为军妻。此一人，长解也。行至此，身无一钱。倘念旧谊，少济数金，使得至戍所，幸甚。”缙绅闻言为堕泪，留住宅中。

---

① “丹士”,《剪桐载笔》作“道士”。

② “第此事须静室乃可”,《剪桐载笔》作“第此事不可令多人见，须静室乃可”。

③ “一亭巍然”,《剪桐载笔》作“树木阴翳，一亭巍然”。

④ “当为大做”,《剪桐载笔》作“公真个中人，当为大做”。

⑤ “置鼎”,《剪桐载笔》作“安炉置鼎”。

⑥ “入鼎加火”,《剪桐载笔》作“同入鼎加火”。

⑦ “宦途事”,《剪桐载笔》作“宦途中事”。

⑧ “丹士”,《剪桐载笔》作“道士”。

⑨ “何处可豁心目”,《剪桐载笔》作“何处可少豁心目也”。

⑩ “偕一仆游城上”,《剪桐载笔》作“偕一仆游城上，日以为常”。

⑪ “开炉视”,《剪桐载笔》作“开炉视之”。

⑫ “出视，一少年身被械，偕一妇”,《剪桐载笔》作“出视之，一少年可二十许，身被械，偕一妇人”。

⑬ “不幸父殁，为群小所诱，误殒一人”,《剪桐载笔》作“不幸父殁，寻丧母，只身伶仃，为群不逞所诱，醉后误殒一人”。

⑭ “妇即结发”,《剪桐载笔》作“妇即某之结发”。

此人言身犯罪[①]，不可令人知，曷于人迹不到处暂息[②]，当亟行，恐误期限也。行至园[③]，欲宿亭内，以不洁告。此人曰："先君在日，雅好花卉，家有一园，颇相彷[④]，见此园如见先君，是以不忍舍。"为扫除[⑤]，令息其中。日延与语[⑥]。缙绅之子见妇少而多姿，挑之，欣然相允，遂匿之书室[⑦]。

已而其人忽不见，亭中铜香箸一双，帖一缄，不言姓名，但谢昨岁相待之厚。云银未携去，埋亭中，今来取者，其子也。所谈某官家世[⑧]，皆得之缙绅所自言。又言世间烧炼者，术皆[⑨]赝，前银箸乃造以相诒[⑩]者。所以迟至午，箸未就也。今铜箸，公故物，从今可绝意此道，勿再为人诒耳。召[⑪]长解询之，自言身系乐户，妇人妓也。问以来人，云不知何许人。入门[⑫]，用颇奢。渐与妓密，谓其父为公点金万亿，执有契券，假此行径，可得数百金，当均分，不知乃为所诒。问妓，得之书室中[⑬]。遣之，不去。云与公子约偕死，不则愿死公前。缙绅大窘，不得已，给数十金[⑭]始行。缙绅懊悔甚痛，笞其子，从此绝口不谈炉火事。

羽流望气

一家兄弟二人，皆饶于财，而心贪无厌。

忽一羽流谒之求浆，二人见其丰姿潇洒，延与谭。是人忽问："去此东南半里许古柏三株，谁家地？"二人曰："此寒家薄业也。"道人面有喜色，故不

① "此人言身犯罪"，《剪桐载笔》作"此人感甚，因言身犯罪"。

② "暂息"，《剪桐载笔》作"暂休息"。

③ "行至园"，《剪桐载笔》作"历数处，行至园"。

④ "颇相彷"，《剪桐载笔》作"颇相彷，先君日夕游焉"。

⑤ "为扫除"，《剪桐载笔》作"缙绅为扫除"。

⑥ "日延与语"，《剪桐载笔》作"日延与语，同饮食，夫人亦时召其妇与饮食"。

⑦ "挑之，欣然相允，遂匿之书室"，《剪桐载笔》作"乘间挑之，欣然相允，遂匿之书室，不令至园中"。

⑧ "所谈某官家世"，《剪桐载笔》作"所谈某官家世暨其子乳名"。

⑨ "皆"，《剪桐载笔》作"多"。

⑩ 此处之"诒"及下文"勿再为人诒耳"之"诒"，《剪桐载笔》作"绐"。

⑪ "召"，《剪桐载笔》作"亟召"。

⑫ "入门"，《剪桐载笔》作"初入门"。

⑬ "书室中"，《剪桐载笔》作"其子书室中"。

⑭ "数十金"，《剪桐载笔》作"廿余金"。

语。二人力询之，道人曰："吾非求浆者，有所冀也。数年来望斗边气光耀甚，求之，乃在此，下有藏金万亿。此腐物不足挂念，有宝剑三口，可除妖邪，可卫不虞，士人佩身，位极人臣。若得之，二公各取其一，某亦愿得一为斩邪之用。"二人大喜，问何时可取，道人捡历期，在十日间。问何所需，曰："适步之周围约五百步，须彩绢作索。"称是。"各神席十桌肴馔。"称是。"炉瓶盘盏各十副，只中金为之。"亦可。"至日设毕，公先展礼，亟归候，多备器具人夫，以便搬运。吾当披发持咒镇之，方可启土，勿令人暗窥，恐破法潜逸也。启土后，举火相示。予有行李在城隍庙，可移之公家便行事。"随命人往取，共皮箱四，重不可举。一切祭物，二人竭力备办，缺者借之亲知。

至期设毕，行礼后，二人随归家，候至夜分，不见举火。启门趋视，见辙迹纵横，饮馔狼藉，杯盘诸物，无一存者。归家启视四箱，满中皆瓦砾，大悔恨。加以亲朋纷纷索所借，二人竭力赔偿，惭恨数月，不能出门。

逞势遗殃[①]

邻境某豸史，自恃权势，结党行私，诸不附己者，立行摈逐。后以贪败。一子恃父势，每欲居一世人上。后双足齐折，乞食都门。此上苍明示报应，以警凶顽。后之要人，亦可少戢其鸮獍之心矣。

嗜赌倾家

邻县一富民，家甚裕而心贪。里有好田土，设计侵渔之。有好妇女，多方诱致之。有富室子，招妓设酒，诱之与赌，不倾所携，不令出门，以是家益富。后为仇家所发，遣戍辽阳，家产瓜分，妻孥流散，穷饿以死。

纳妓渎伦

一名家子，食饩于庠矣。悦一妓，欲娶之而力不给，称贷以足其数。后授广文，独携妓往，颇露丑声。广文仅一子，妓又诱与通。广文闻之恨甚，竭力酷笞，其子不数月死，后竟绝。大抵此等野狐，正昔人所称祸水，非家庭可蓄之物，最宜深戒。

---

① 《逞势遗殃》及以下《嗜赌倾家》《纳妓渎伦》《采补伤生》《蓄戏招祸》《侈费败家》诸篇，初印本无，据后印补刻本补。

采补伤生

竹破还须竹补，此养生家祸胎也。往万历初年，大司马二华谭公，行采补术，官至八座矣，而面有少容，颜色丰润，人人羡其善内养。一日回宅，命从人曰："明日早来，欲往报国寺拜某客。"时三屯营某帅馈二鼎器，皆丽质，公与同榻，其隔壁则嫡夫人居也。天近曙矣，嫡夫人闻抚床声，高声呼"罢了"二字，急起视之，气已绝矣。又大宗伯含虚范公，亦以御鼎伤生。嗟嗟！如此法术，所谓杀人利于戈矛者也。世之显贵多迷而不悟，惜哉！

蓄戏招祸

顽童有戒，古训昭然。每思此琐事，何足烦楮墨。近闻一缙绅，年甚少，尚无子。蓄戏一班，皆美少年。日沉酣其中，仅期年死。浙中查春元一子，年十三，昵爱甚，不忍少拂其意，任其与家乐诸狡童狎。未期，以弱症殒。一则丧其躯，一则杀其子。古人之虑远矣哉！

侈费败家

大司空某公，有孙名珠，乐侈费。每适妓馆，铸小锭银重四五两者十数，携之袖，亲投妓几，听其声以为快。冬月为妓建楼，煮水和泥以示侈。夫妇皆好饮，置酒缸寝榻边，半夜睡醒，各操瓢盎，不醉不休。后不能自酿，每负漆几造酒家，一几止易一醉。久之，贫益甚，至不能具衣履。□□□雪地，视其足，双履俨然，视其地，十趾显然。□□□底以绳系之，足而行也。

又临淄一人好猎，蓄犬十余，作面饼裹肉以饲。饼中偶有无肉处，亲为截弃。其妻苦谏，不听。不数年，一贫如洗，或竟日无食。妻诮之曰："此时倘得猎犬弃余，亦可少充子空肠矣。"此人愧无以应。

赐闲堂集后序

不肖敕初学为文，请益于伯父。太师公诲之曰:“我虽少年科第，未尝学问，不足法。汝父德行文学，皆可垂范，如元方难为兄，孟阳惭厥弟，汝所当模范而步趋之。”不肖服膺斯言，铭之肝膈。嗣后大人官薇省，典容曹，册封藩邸，即都门红尘夺目，长江白浪滔天，日手一编，时亲不律，孜孜无异寒素。及备兵邗水，转饷吴门，总宪两河，旬宣全浙，车辙马迹，几半天下，著撰亦因之日富。所著墨沈计数十余卷，尚未授梓。吾邑三经兵火，一切典籍，咸付祖龙，墨沈无从寻觅。窃思单语只字，皆心思所寄。间从蠹简获一二残编，合以近岁所作，请命而付之剞人。虽未及墨沈什一，然而手泽灿然，炳于星日，皆我子若孙所当奉持而永宝者也。敬书数语，用示后昆。

不肖男与敕百首谨识。

郢封里吟

郢封里吟[1]序

天启丁卯，圣天子肇修旷典，并建三藩，树屏以巩金瓯，笃亲而锡茅土，德意蒸蒸甚厚。惠殿下遵神祖成命，建国湖广之荆州，以三月廿二日陛辞之国。诸凡职事，各有司存。不佞列职仪曹，叨典祠祀，自饰俎豆、洁牲醴、遍礼群望外，了无事事。顾盛暑修途，饱食永日，讵敢甘自旷废？跋涉既久，阅历渐多，揽金陵之壮丽，溯江河之浩瀚，则思皇祖缔造之艰辛；睹送迎之绎络，见供亿之烦丰，则仰朝廷一统之全盛；奉贤王之靖肃，抚徒役之暇整，则颂庙堂法纪之森严。间摛数语，敬为扬厉，置诸案头，任其聚散而已。客有见者，劝予寿梓。予曰:“唯唯否否。巴人下里，属和郢中，混俗同尘，自适己意耳，讵堪贻灾梨枣，传示人人乎？”客曰：“不然。敝袴遗簪，古人所靳，矧是副墨之遗，亦吾子精神之寄也，直敝袴遗簪已耶。”予重违其意，乃稍诠次而付之。至于揩案覆瓿，惟人所命，非予之敢知已。

新城王象晋荩臣甫题。

---

①《郢封里吟》共收六十五首诗歌，此只录王象晋自序及未收入《赐闲堂集》的十首，其余已收入《赐闲堂集》者，为避免重复，只列目录，不录正文。收入《赐闲堂集》时，《郢封里吟》的部分诗题与正文文字有所改动，其不同处，详见《赐闲堂集》相关篇章校勘记。

通州即事（存目）

通津谢诸年丈（存目）

次通津谢诸寅丈（存目）

过旅邸睹壁间韵偶和[①]

闲庭无语谩凭栏，秋月春花任往还。幽恨羞将红叶寄，仅余流水自人间。

巍峨画阁锁朱栏，逐队承欢去又还。自信贞心同止水，肯抛红叶向人间。

舟中偶述[②]（存目）

过天津祭天妃[③]（存目）

次天津怀定宇弟待补国子典簿（存目）

次天津怀贞吾弟（存目）

和襄宪张岵崃公谒玄帝真形韵（存目）

望祭东岳[④]（存目）

祭河神[⑤]（存目）

祭大禹[⑥]（存目）

祭龙王[⑦]

庙与大禹庙仅隔一水，香火特盛。

宫殿辉煌临岸渚，牲牷络绎走舟航。缤纷香火垂□祀，灵爽应知遍八荒。

---

① 此为正文内诗题，原书目录中作“旅邸睹壁间韵偶和（二）”。

② 正文题下标“廿七日”，原书目录中不标日期。以下有日期之诗题，原书目录中均没有，不再一一注明。

③ 题下标“三月廿九日”。

④ 题下标“四月初八日”。

⑤ 题下标“四月十九日”。

⑥ 题下标“四月念一日”。

⑦ 题下标“祭日同上”。

祭宋康惠公祠和殿学丘琼山、谢木斋两公韵[①]（存目）
望祭至圣[②]（存目）

经仲子祠和少司成马孟河公韵

庙堂今日胙茅新，为奉明禋役此身。未获蒸尝□遗像，遥瞻祠宇走乡人。共传喜过留芳誉，忽忆结辔□惨神。最喜生逢明圣世，从今何用问迷津。

祭金龙四大王[③]

神姓谢，南宋咸畹，晋太傅安之裔也，隐居不仕。咸淳浙饥，捐家饭馁，全活甚众。元兵入临安，投江死。明兴，屡著灵应，有功河上，封金龙四大王，加封淮黄福主。金龙四大王庙祀鱼台县河滨。

威灵久□震寰中，俎豆今朝拜法宫。出粟万民沾□泽，捐躯异代颂纯忠。威扬冥漠扶明主，仁浃江河护碧艟。纶綍辉煌勤睿虑，绵绵秩祀配苍穹。

舟中四望水天一色，感而赋此[④]（存目）
题《禅林四景图》（存目）
过宿迁怀霁宇长兄，时年八十二岁[⑤]（存目）
午日怀家中诸兄弟（存目）
诸子应举诗以励之（存目）
莲花吟（存目）
过淮安睹漂母祠有感[⑥]（存目）
祭江神[⑦]（存目）
守风小咏（存目）
闻钱少堂欲往荆州（存目）

① 题下标“祭日同上”。

② 题下标“四月念二日”。

③ 题下标“四月念三日”。

④ 此为正文内诗题，原书目录中作“舟中四望水天一色”。

⑤ 此为正文内诗题，原书目录中作“过宿迁怀霁宇兄”。

⑥ 此为正文内诗题，原书目录中作“漂母祠”。

⑦ 题下标“五月初八日”。

赠赵叔喈（存目）

谒孝陵恭纪（存目）

怀李缮部使江南（存目）

梅花水（存目）

莫愁湖[①]

千年丽景金陵胜，万顷湖光映晓曈。游屐当年云聚散，闲情此日水西东。好冯缃帙消清昼，剩有村醪劝碧筒。为问莫愁愁底事，何如扫却乐融融。

过灵谷寺见苍松弥望，喜而赋此[②]

盈眸翠色揭高椿，应耻嬴秦岱岳封。披纷偃盖凝华露，蜿蜒劲质赛游龙。迎秋共叹群芳歇，寒岁独昭生意浓。莫诧严威多凛烈，棱棱介节有乔松。

新江口守风（存目）

哨风（存目）

舟中夜起观云，见其变化闪铄，漫赋短章[③]

祝融秉令威方烈，喜见祥霙此夜逢。拂拂舞风恣变态，溶溶映月逞芳容。光呈五色垂青史，彩炫穹霄耀碧冲。堪讶璇空多幻术，遥遥天际列层峰。

宿采石矶[④]（存目）

弹琴（存目）

祭灵泽夫人，和吕老公祖韵[⑤]（存目）

---

① 《赐闲堂集》亦有《莫愁湖》诗，但内容与此完全不同，详见前文。王象晋修《王氏族谱》卷十三收入此诗，题作“再咏莫愁湖”。

② 此为正文内诗题，原书目录中作“灵谷寺苍松”。

③ 此为正文内诗题，原书目录中作“舟中夜起观云”。

④ 题下标“五月廿一日”。

⑤ 题下标“五月廿三日”。

荻港驿阻雨①（存目）

喜晴（存目）

寄徐嵋云铨部（存目）

种竹戏题②（存目）

烛花③（存目）

吊岳武穆（存目）

题齐山之休休亭④（存目）

贵池和吕老公祖韵⑤（存目）

惠殿下生世子志喜⑥（存目）

吕老公祖诞辰奉贺（存目）

祭哪吒太子⑦（存目）

荆州事竣赠吕益轩老公祖（存目）

赠张震宇大金吾（存目）

赠张现嵋大金吾

使节追随今几旬，每陪笑语倍相亲。阿兄骏望夸朝栋，难弟鸿猷擅国珍。共笃□贞绵世泽，各恢猷略答恩纶。圣王正□干城士，莫讶非熊入梦频。

赠归霖乔职方（存目）

赠郑居易计部（存目）

赠伍恁懋大金吾（存目）

赠冯孟韶

闻睹方州不可期，羡君妙算秉先资。曾传国手原无敌，慕遇仙机讵易窥。满目烟云供指点，无情岁月任推移。合提一旅岩关上，计日悬知奏凯随。

---

① 题下标“念六日”。

② 题下标“六月初一日”。

③ 题下标“初二日”。

④ 此为正文内诗题，原书目录中作“题休休亭”。

⑤ 此为正文内诗题，原书目录中作“贵池和吕公韵”，题下标“六月六日”。

⑥ 题下标“六月初七日”。

⑦ 题下标“六月念五日”。

赠汪波若

扁舟兀坐方岑寂，幸枉高贤意气同。五岳填胸惊磊落，千秋供腕任豪雄。朱陈好缔盟虽久，孔李交联谊正隆。一自霏霏聆屑玉，丰标时入梦魂中。

题晦庵徐公庭训（存目）

思归（存目）

中秋望月（存目）

拟于九日登九华山，阻雨不果[①]（存目）

九日登永泰寺山岗奉谢吕老公祖（存目）

登九华山谒金地藏大士，步吕老公祖韵（存目）

移竹（存目）

① 此为正文内诗题，原书目录中作“拟于九日登九华山不果”。

剪桐载笔

剪桐载笔①序

夫士自燥发业儒，俯首朝夕，潆神千古，上之欲藻润皇猷，黻黼帝治，泽溉地轴，声敝天壤；次冯三寸柔翰，创千秋大业，藏之名山洞府，自成不磨；下之即稗官野乘，片语单言，聊足劝惩，亦快心目。岂其浮生浪死，泯泯莫莫，与草木同朽腐已哉？张季鹰有言，千岁名何如一杯酒，而杜征南至咨嗟叹羡留遗迹于岘山之片石，其欲流景耀于当年，垂休声于来祀，意固均也。

不佞通籍以来，乘使槎耽家食者逾四之三，中间侍交戟，逐京尘，不满五稔，而又冗散栖身，优游卒岁。朝政国纪之大凡，石渠天禄之秘文，既无从窃窥，兼之赋材驽庸，学植陋劣，又不能网罗百氏，熔铸一家，心窃愧之。荆州之役，自春迄秋，日月既赊，阒寂又甚，间操毛颖，用祛睡魔，乃举数年来耳目之所睹闻，友朋之所传说，撮而录之于简。其有荒唐不根、劝诫无裨者，置勿论。虽蝉噪蛙鸣，无当钟吕之奏，而褒善戒恶，聊以备谕俗之资焉耳。不贤识小，博弈犹贤，盖亦窃附于孔氏家法云。

新城王象晋荩臣甫题。

---

①《剪桐载笔》共收文二十一篇，此只录王象晋自序及未收入《赐闲堂集》的四篇，其余已收入《赐闲堂集》者，为避免重复，只列目录，不录正文。收入《赐闲堂集》时，《剪桐载笔》的部分篇章文字有所改动，其不同处，详见《赐闲堂集》相关篇章校勘记。

贺今上登极表

伏以世际离明，鳌极开中天之会；时逢泰长，龙飞协圣作之期。臣庶腾欢，华夷胥庆。恭惟皇帝陛下，敬跻以日，圣纵自天，本聪明睿知以有临，会正直荡平而建极。冲年践祚，绍祖宗十三传之丕基；大德得天，抚宗社亿万年之景运。伏愿福禔川岳，庆衍云仍。身强固，德清明，同月恒日升而悠久；外威严，内顺治，偕天覆地载以灵长。

偕同事诸公奉贺惠殿下升位启

伏以枫陛宣纶，一人笃隆亲之典；桐封启宇，千秋开燕翼之祥。登南邦以执功，合群情而胥怿。恭惟殿下，天植温文，性秉纯懿。媲河间之乐善，德懋青年；迈东平之崇文，誉隆朱邸。承命北关，作镇南服。当万宝告成之初，正百世贻谋之始。环楚甸三湘七泽，咸藉保障之功；举皇图一统万年，允资夹辅之益。伏愿学励缉熙，祚绵似续。卜年卜世，酬九重天覆地载之恩；于藩于宣，衍四履砺山带河之业。

楚春元隐德传（存目）

阳邹生孝感传（存目）

王廷尉平反传（存目）

张襄宪公远虑传（存目）

王宫詹侠仆传（存目）

王京卿义妾传（存目）

王孺人再生传（存目）

二士谒选传（存目）

蚊赋（存目）

四公厚德解（存目）

四君孰优解（存目）

燕妇奇妒说（存目）

斗鸡者说（存目）

铨史奇遇说（存目）

异术记（存目）

燕僧记

兖州三府田公讳如式者，大名人，忠诚不妄语。尝言其府某邑城北数里，有小山可登眺。两春元治具携妓往游，已而罂饮山寺中。少顷，主僧来，长揖即席，曰:“忝为地主，愿陪末坐。”笑许之。僧两目炯炯，视妓无旁睨。酒既酣，忽起，曰：“僧有薄技，愿为两公寿。”入房持铁枪出，舞席前，捷如风雨，枪锋时时拟两人眉睫间。两人大恐，乃佯曰:“昨与某约，几忘时，过午可行矣。”僧亦不留。一曰:“妓与榼酒，暂寄寺中，俟回再乐也。”僧闻言欣然曰:“也得，也得。”二人甫出，即坚蔽山门，拉妓入恣淫之。将曙，急负衣钵去，莫知所之。

又某邑一游僧，不知自何来。躯干魁伟，面目狞恶，饶膂力，持铁杖沿街觅化，市人颇疑之。一日坐街前，偶一少妇过，貌颇都。业逾十余步矣，僧意勃勃不可禁，急起追及，淫于通衢，往来如织弗顾也。市人大哄，榜笞乱下不为动。半晌方起，而僧亦倦矣。趺坐街头，扬扬自得曰:“吾事完矣，任君辈置之。”众鸣于官，立毙杖下。

以下数款，原无足纪，予见世人溺于因果，一遇僧布施，恐后不知此辈亦有真伪善恶未必人人福田也。至于髡尼，为害尤甚，因缘媪妪蛊惑妇女，甚至有不可言者。数事皆凿凿有据，因笔而附诸帙末，倘阅者因而有悟于世遗，未必无小补云。

邹民避役记

成某，邹平人，邑故家也。苦差徭，避之他郡。

行数日，偶天暮，无旅店，遥望一寺，往投之。入门不见一僧，栖身山门下。人定后，闻房内笑语喧，杂以妇人。心疑之，穴窗潜窥，见数僧携妇共饮，嬲狎甚。心大恐，会夜深，无可避，复潜回卧山门下。漏下约三鼓，一僧至，问为谁。曰:“贫道远方人，觅食失路，不得已借上刹一宵，翼早即行矣。”僧曰:“僧与道一家也，有少酒肴可共为欢。”不得已，从之。然心甚恐。入房，向他僧道所以，遂同饮。民心终恐，数杯即辞出。盖民以逃役作道士装，故僧不疑其伪。不则危矣。

又数日，复值天暮，无宿处，亟投一庵。老尼力拒之，曰：“予辈女僧也，君男人，勿入，恐施主知。”民哀恳数四，不允。天渐暝，路绝行人，始许入。又不令入房中，曰：“君既无归，可暂卧佛殿下，明晨早行，勿令人知也。”老尼语毕，旋入，键其门。民无可诉，不得已于檐下卧。近二鼓，门忽微开，见黑影一团，隐隐从暗中来。惧甚，疑魅也。及至，问何人，老尼曰：“我也，勿高声，念君卧泥涂，来送簟耳。”因求合。民欣然应之。少间去。顷之，门再开，又见一黑影来。问之，小尼也。又与合。久之，门又开，小尼曰："吾师复来矣，吾且暂避佛座后，须其去共君欢也。"老尼来，又求合。民倦，已不可支，强应之，筋力几竭。诘旦，大悔，遂决策还里中。

大金吾震宇张公，蜀人，襄宪公冢孙也，同使荆。一日偶谈及上二事，公因言其乡某村中，一尼饶姿色，颇有外遇。居一庵，屋三楹，院中颇清净。同居仅一老香公给薪水。偶初冬数游僧来觅宿，尼答以庵狭且尼也，不便。僧唯唯去。蜀中稼事毕，稻秆缚树上，自本达杪。庵侧树如麻，皆缚稻秆。僧潜避树后，及人定，逾墙入，执尼淫之，迄五鼓，八僧皆遍。未明，僧遁。尼困几死，调理月余始愈，寻嫁人去。

游僧兰若记（存目）

丹客记（存目）

清寤斋心赏编

清寤斋心赏编题词

心，神物也。不欲其有所驰，而不能使之无所寄。世宙内可惊可愕、可欣可艳之事，杂陈于前，而耳目之变日新，人非木石，讵能一无萦念？余性迂，一切技巧玩好，既不解契嗜；余性钝，一切篇章藻翰，又无能撰结。时把一编，籍以遣日，而性又善忘，才抛卷，便如隔世。异日偶尔遭值，恋不忍释，如久游乍归，遇亲戚故旧，话生平契心事，依依不忍舍去。则心之欣艳在是，而因以寄焉者也。夫简编缃素，皆古人精神所寄，而余因之以寄，余心又宁忍轻相舍去而不时一晤对哉？暇日撮其素所欣艳，汇之于编。即语不必自己出，而时时相观，心心相印，是亦足以满志矣。世有心余之心者，请共赏之。

癸酉上元济南王象晋书于万卷楼之清寤斋。

葆生要览

《仙经》曰：无劳尔形，无摇尔精，归心静默，可以长生。

《修真至要》曰：精根根而运转，气默默而徘徊，神混混而来往，心澄澄而不动。

调息以养气，息机以养神，减嫔嫱以养寿，戒虚诈以养德，俭服食以养生。《华子心录》。

少言语以养内气，寡色欲以养精气，薄滋味以养血气，咽精液以养脏气，戒嗔怒以养肝气，美饮食以养胃气，少思虑以养心气。口中言少，心中事少，肚里食少，自然睡少。依此四少，神仙诀了。《千金要方》。

发宜多梳，齿宜多叩，液宜常咽，气宜长炼，手宜在面。此五者，所谓子欲不死修昆仑也。《黄庭内经》。

一日之忌，暮勿饱食。一月之忌，暮勿大醉。一岁之忌，暮勿远行。古语。

昔有行道人，陌上见三叟，年各百余岁，相与锄禾莠。住车问三叟，何以得此寿？上叟前置辞，量腹节所受。中叟前置辞，室内妪粗丑。下叟前置辞，暮卧不覆首。要哉，叟言所以能长久！古乐府。

陆平泉云：昔人有言，得者时也，失者顺也。夫人之生也，自少而得壮，自壮而得老。其得也，以时至而得也。然至壮则失少矣，至老则失壮矣。其失也，以顺而失也。故鸟之溯风也，鱼之溯流也，皆逆也。阴阳家之沙水取逆者，迎生气也。《易》乾下坤上为泰，外坎内离为既济。养生家之取坎填离，返老复童，皆取逆也。《易》曰：生生之谓易。又曰：易，逆数也。阳上阴下，而必曰一阴一阳之谓道，阴先于阳，正不测之神也。

总论养生。

《西山会真记》曰：鹤知夜半，燕知戊己。蛇于己日不出道，莺于春时自出谷。最贵惟人，何不顺元阳而收真炁耶？真炁大运随天，春在肝，夏在心，秋在肺，冬在肾。小运随日，子在肾，卯在肝，午在心，酉在肺。修真之士，宜以旺日收，损时补，散日聚，合时取，未有不见功者。

神依形则生，神离形则死。故形骸者，神之宅舍。形骸属阴，而元神属阳。阴以实为质，阳以虚为用。心者，虚灵之府，神明之舍。心定则神凝，心虚则神守。《玉皇印经解》云：皆在心内运黄庭，昼夜存之得长生。黄言中，庭言虚。故养生家有曰：心死则神活。曰心死者，虚之谓也。又曰：未死而学死，当生而无生。无生者，学死而忘生之谓也。如曰忘气以养形，忘形以养神，而又曰忘神以养虚，盖虚之所藏者深矣。陆平泉。

《老子》曰：谷神不死，是谓玄牝。玄牝之门，是谓天地根。绵绵若存，用之不勤。此长生诀也。尝考人之一身，心肾相去八寸二分。心以下三寸六分属阳，肾以上三寸六分属阴，中间一寸，乃水火交构之处，名曰规中。虚空藏玄元之气，乃神所居之穴，名为真土，外应两眼。人生则神存，故目光明；死则神去，故目光灭。余幼临右军黄庭帖，不解其语，亦不知何以名黄庭。偶梦羽仙命予曰：黄，中色，庭，虚室。比人身丹田之上，有一处中虚之气，导养之可长生。余觉而异之。后见古集中黄庭二字，亦如此解。然则老子玄牝之门，其此处乎？何导养家谈玄牝者纷纷也！辑《烟霞集》及《墨卿谈乘》。

四时阴阳，生病起于过用五脏。受气盖有常分，不适其性而强为过耗，是以病生。善养生者，保守真元，外邪容气不得而干之。至于药饵，往往招徕真气之药少，攻伐和气之药多。故善服药者不如善保养。康节先生诗云：爽口物多终作疾，快心事过必为殃。知君病后能服药，不若病前能自防。

郭康伯遇神仙，授以保身卫生之术云：自身有病自心知，身病还将心自医。心境静时心自静，心生还是病生时。云须在处受持。郭信用其言，知自护爱，康强倍常，寿几百岁。

右保真元。

《仙经》曰：道以精为宝，宝持宜闭密。施人则生人，留己则生己。结婴尚未可，何况空废弃。弃损不觉多，衰老命已矣。故肝精不固，则目眩无光；心精不固，则事多遗忘；脾精不固，则齿发衰白；肺精不固，则肌肉消瘦；肾精不固，则神气减少。疾病随生，死亡随至。

乐色不节则精耗，贪妒不止则精散。圣人爱精重施，则髓满骨坚。金元起。

色之害人，甚于狼虎。修仙家只要留得精住，有如不节，则侵克年龄，蚕食精魄，真气去矣。即日夜打坐，竟何益乎？语曰：油尽灯灭，髓竭人亡。《内养真论》。

士子读书作文辛苦，最宜节欲。盖劳心而不节欲则火动，火动则肾水日耗，而火炽则肺金受害，传变为劳瘵。《儒门亲事》。

方士王江，有道之士也。王陶守陈颇礼之，问以房中术。江曰：百战百胜，不如不战。其言大抵如此。

陆平泉云：夫生人之初，阴阳和会，絪缊凝结。资血气以为荣，卫血阴而气阳，阳旺乃生阴血。人方少壮，则气盛而血华。及其老也，气馁而血衰，发白肤皱，是其征也。加之以五欲交攻，二火焚和。语云：燥万物者莫疾乎火，膏油所以继火于无穷也。人当暮齿，则壮膏既尽，衰烬渐微。譬之春阳，枝柔可结，至秋枯瘁，脆若拉朽，水液竭而生理尽矣。故养生者以惜精气为本。

又曰：饮食男女，人之大欲也，而大戒存焉。故有以肥甘为鸩毒、衽席为畏途者，戒于所易溺也。砒霜之与甘露，美恶不同，用之而生死立异。然有甘露可以杀人，砒霜亦能活命者。夫旨酒丽色，沉湎荒淫，伐命戕生，此非以甘露杀人者乎？良药苦口而利于卫生，忠言逆耳而藉以寡过，此非以砒霜活命者乎？故曰：甚美者恶。

右寡嗜欲。

长生之药，在勤积津液，灌溉丹田为上。神仙家以咽津液为种寿泉。

陈眉公云：大凡修养之士，咽津为上，咽气为次。咽津者，肾中之水上通舌底二窍，大有真味。如小儿吮乳，滚滚不止。故虽酬应交际，而终日忘饥。若咽气，则闭口住息，身心俱寂然后可。此正不可以岁月效也。

右咽津液。

刘几，洛阳人，登进士高科，善养生，年七十精神不衰，体干轻健，犹剧饮，几婿陈令颇知其术，曰暖外肾而已。其法以两手掬而暖之，默坐调息至千息，两肾融液如泥沦入腰间。此术至妙。几弟恍所言亦如此。

余闻之赵山人云：左卧卷右膝，以左手握玄鹿，右手插左肘，掩生门。右卧则易手。其法甚有益。

右暖外肾。

陈书林云：余司药市，仓部轮差诸军请米受筹，乡人张成之为司农丞监史同坐，一二刻间，两起便溺。问曰：何频数若此？余答曰：天寒自应如是。张云：某不问冬夏，早晚两次。余谂之曰：有术乎！曰：然。余曰：旦夕当比面。因暇叩请，荷其口授曰：某先为李文定公家婿，妻弟少年遇人，有所得，遂教小诀：临卧时坐于床，垂足，解衣，闭气，舌柱上腭，目视顶，提缩谷道，手磨两肾腧穴各一百二十次，以多为妙。毕即卧。如是三十年，极得力。归禀老人，老人行之旬日，云真是奇妙。亦与亲旧中笃信者言之，皆得效。

右擦肾腧。

涌泉穴在足心之上，湿气皆从此入。日夕间常将两足更番磨擦，一手握指，一手磨数百遍。觉足心热，即将脚指略略动转，倦则少歇。或令人擦亦得，终不若自擦为佳。陈书林云：先公每夜常自擦至数千，是以晚年步履轻便。仆性懒，每卧时，只令人擦，至睡熟即止，亦觉得力。郑彦和为江东仓曹，足弱不能陛辞。枢管黄继道教以此法，逾月即能拜跪。丁邵州致远，病足半年，不能下床。一道人授此法而愈。东坡言：扬州武官侍真，官二广十余年，终不染瘴，面色红腻，腰足轻快。初不服药，唯每日五更起坐，两足相向，热磨涌泉穴无数，以汗出为度。

欧阳文忠公平生不信仙佛，笑人行气。晚年足疮，一点痛不可忍。有人传一法，垂足坐，闭目握固，缩谷道，摇飐两足如气球状，气极即休，气平复摇，日七八度，得暇即为，用之三日，足疾失去。

右摩涌泉。

修真之士，日夜闲静时，或一阳来复时，端身正坐，叩齿三十六通，唤集身中诸神，然后松宽衣带侧卧，塞兑垂帘，舌抵上腭，并膝收二足，十指如钩，阴阳归窍，是外日月交光也。一手掐剑诀掩生门，一手掐剑诀曲肱而枕之，眼对鼻，鼻对生门，合齿，开天门，闭地户，心目内观，坎离会合，是内日月交精也。法如鹿之运督，鹤之养胎，龟之喘息，造化悉在，玄关橐籥，使思虑神归于元神，内外打成一片，方是入道工夫。行到此际，六贼自然消灭，五行自然攒簇，火候自然升降，酝就真液，浇养灵根。故曰：玄牝通一口，睡之饮春酒，朝暮谨行持，真阳永不走。

凡睡功毕，起时揩摩心地，次揩面目，则心身舒畅。行住坐卧，心要如石不动，如笼养珠鸡抱卵，聚气凝神。神住则气住，气住则精住，精住则形固。神住则无思虑，气住则无呼吸，精住则无淫欲。然后三元归一，八脉还源，七宝无漏，血化为膏。一百日龟息，三百日丹成。二年身轻心灵，上开八门九孔及眉心一门。三年飞升，以达希夷。笃志虔恪，自有妙验。勿示非人，慎之慎之。

右习睡功。

林洪有云：金取乎刚，丹取乎一。不刚以戒欲，不一以存诚。岂金丹乎？有如纯乾即丹也，自强不息即金也。苟能刚毅以行吾诚，则此丹可以存诸身而施诸天下，岂小用哉？如欲舍此以求法，不过欲知玄牝之门耳。非鼻，非口，非泥丸，非丹田，惟内肾一窍名玄关，外肾一窍名牝户，无所感触则精不外化。而后玄关可以上通，既通则精气流转一身而复于元，又能凝神调息以养之。至于调息心静，则天地元气自随节候以感通，久而不为物夺，自可以渐入道。过此又欲求三峰黄白之术，此愚夫也，何足以语道。自古以来，未尝有贪财好色之神仙云。

右论金丹。

人之有生也，则有生计。自丁岁至二十岁以上为身计，二十至三十以上为家计，三十至四十以上为子孙计，五十至六十以上为老计，六十至七十以上为死计。中间营营扰扰，或追忆其既往，或逆料其将来，外则苦其身以事劳攘，内则苦其心以密思虑，用以为周身之防善后之策者，总之曰劳生。然或计未周而生先尽，虑未及而形难留。譬之夸父逐日，务奔骛而不止；臧谷求羊，多岐路而终亡。

死生者，天地之定制，人理之必至，定于禀气受形之初，不以贵贱爱恶有所增损，故曰贤愚同尽。然而颜渊之于盗跖，大椿之于朝菌，玉石俱焚，薰莸同臭，而其辨不可紊也。故有死而不朽，有没世而名无称者，非所论于生死之同也。故曰至人以万世为箕裘，蜉蝣以旦暮为大年，蠛蠓以瓮天为一世。

养生者视生为太重，则忧患易入，而忧患因以伤生。老子曰：我有大患，惟我有身。我若无身，我则何患？山谷老人曰：众生身同太虚，烦恼何处安脚？夫既身同太虚，而视身若无，则忧患不能入，是能齐生死而处之一矣。故曰夭寿不贰。然又曰修身以俟，则又非漫然无当而虚生浪死者矣。此正先儒所谓养则付命于天，道责成于己。养生者所宜深体。

缓步可以当车，晚食可以当肉，《史记》颜阖之言也。论者曰：颜氏之子，可谓巧于处贫。汉杨王孙遗命羸葬，其言曰：死者终身之化而物之归者也，归者得至，化者得变，是物各返其真也。又曰：精神者天之有也，形骸者地之有也。精神离形，各归其真，焉用久。即其言似非中道，然可不谓巧于处生死者乎。

俱陆平泉。

淑身懿训

王阳明曰：为善自是士人常分，今乃归身后福报，若市道然。使无报应，善可不为耶？

或问希夷求持身之术，希夷曰：得便宜事不可再作，得便宜处不可再往。

君子有三言：一曰无内疏而外亲，二曰无身不善而怨人，三曰无患至而后呼天。

人生一日，或闻一善言、见一善行、行一善事，此日方不虚生。

俗情浓酽处淡得下，俗情苦恼处耐得下，俗情劳扰处闲得下，俗情牵绊处斩得下，斯学问得力处。

非分之福，无故之获，非造物之钓饵，即人世之机阱，切须猛省。

为恶者畏人识，必有识者；为善者欲人知，必有不知者。是故人不识者，谓之大恶；人不知者，谓之至善。

形骸非亲，何况形骸外之长物。大地亦幻，何况大地内之微尘。

右持身。

英雄降服劲敌，未必能降一心；大将调御诸军，未必能调六气。《耄智余书》。

遣妄念如伐树，非一斧可倒；求名理如啖饭，非一口可饱。

莫作心上过不去之事，莫萌事上行不去之心。

收拾身心渐令向里，处世酬物自然安稳。

义所宜为，力所能为，心所欲为，而亲友挽得回，妻孥劝得止，只是无志。

于一切境顺违无不空，勿失无碍法，于一切时忙闲无不可，勿失无念法。

忙处不乱性，须闲处心神养得清；死时不动心，须生时事物看得破。

若富贵荣华由我力取，则造化为无权；若毁誉嗔喜随人脚跟，则谗夫愈得志。

薛文清曰：凝重之人，德在此，福亦在此。

宁鸠子曰：危崖之石先倾，掉枝之叶先落，万物惟平可以长久。

贾太傅曰：墙薄则亟坏，缯薄则亟裂，器薄则亟毁，酒薄则亟酸。夫薄而可以旷日持久者，殆未有也。

大慧云：自念此身到睡时已无主宰，况四大分散，众苦炽然，如何不被回换？师曰：待汝妄想绝时，自到寤寐恒一处。后忽参悟，方知寐时便是寤时的，寤时便是寐时的。

炎凉之态，富贵更甚于贫贱。妒忌之心，骨肉更甚于外人。此处若不当以冷眼御以平气，鲜不日坐烦恼障中矣。

受人之恩虽深不报，怨则浅亦报之；闻人之恶虽隐不疑，善则显亦疑之。此刻薄之尤也。

右立心。

徐伟长曰：君子爱其形体，故以成其德义。夫形体固自朽敝消亡之物，寿与不寿，不过数十岁。德义立与不立，差数千岁。颜渊时亦有百岁人，今宁复知其姓名耶？

不学之谓贫，无成之谓贱，心死之谓夭，失身之谓无后。

贫不足羞，可羞是贫而无志；贱不足恶，可恶是贱而无能；老不足叹，可叹是老而虚生；死不足惜，可惜是死而无补。

风流得意之事，一过辄生悲凉；清真寂莫之乡，愈久转增意味。

无事常如有事时堤防，有事常如无事时镇静。又云：事未至先一着，事既至后一着。

大事难事看担当，逆境顺境看襟度，临喜临怒看涵养，群行群止看识见。

凡情留不尽之意则味深，凡兴留不尽之意则趣多。若业必求满，功必求盈，不生内变，必召外忧。

张饱帆于大江，骤骏马于平陆，天下之至快，反思则忧。处不争之地，乘独后之马，人或我嗤，乐莫大焉。林和靖。

朱叔元与彭宠书曰：凡举事毋为亲厚者所痛，毋为见仇者所快。

士人处世，宁使人讶其不来，毋使人厌其不去。

士大夫不可竿牍无节，要使人难见，以杜幸端；不可崖岸太高，要使人易见，以敦旧好。

日费千金为一瞬之乐，孰若散而活冻馁几千人；处眇躯以广厦，何如庇寒士一席之地。此言极唤痴梦。要知天生贤才，原为利济天下，士君子实存心利济，使海内人少他不得，则天亦自然少他不得。

右制行。

昔之隐居者放言，今之隐居者宜孙言。出于口，落于笔，皆言也。慎于口而不慎于笔，谓之孙言可乎？陈眉公。

好谈闺门及好谈乱者，必为神鬼所怒，非有奇祸，则有奇穷。

右谨言。

夫人一日不知非，则一日安于自是。日日知非，日日改过，则此身为义理再生之身，可以造命。

右迁善。

刘勰曰：人之将疾者，必不甘鱼肉之味。身之将败者，必不纳忠谏之言。

嗜异味者，必得异病。挟怪性者，必得怪症。习阴谋者，必得阴祸。作奇态者，必得奇穷。

唐裴炎之序猩猩也，曰：与之酒兼与之屐，醉酒穿屐，则擒而刺血，随所问而得，否则宁死含血不与。夫身死矣，而犹靳于血，兽之愚若此。人灵于物，而其愚有类是者。今夫财色名利之溺人也，其若猩猩之于酒乎？爵赏禄位之羁人也，其若猩猩之于屐乎？饕餮致祸，重利忘身之死而无悔者，其猩猩之宁死含血乎？

右警戒。

佚老成说

邵康节诗曰：老年躯体素温存，安乐窝中别有春。尽道山翁拙于用，也能康济自家身。此自养之旨也。善目养斯可以佚老矣。

万形之中，所保者莫先于元气。摄养之道，莫若守中实内以陶和。将护之方，须在闲日。安不忘危，望人预戒，老人尤不可不慎。

青城山上官道人，巢居食松麨，年九十矣。有谒之者，但灿然一笑。有所请，则托言病聩，一语不肯答。予尝见之于丈人观道院，忽自语养生曰：为国家致太平，与长生不死，皆非常人所能，但当守国使不乱以待奇才之出，卫生使不夭以须异人之至。不乱不夭，皆不待异术，惟谨而已。予大喜，从而叩之，则已复言聩矣。陆放翁。

盱江有日峰丘道人，年九十余，皓发朱颜，冬夏一单衣，雨雪不张盖。西岩守丞招之来泰宁，留十余载，携一道篮，系一小牌子，上书诗四句云："老迟因性慢，无病为心宽。红杏难经雨，青松耐岁寒。"常跌足卖卜于市，得钱则散与小儿。黄玉窗与二三友相问功名，皆笑而不言，独指玉窗云：子寿高。问养生之术，但指小牌上诗示焉。今历五十余年，信知其言之有味也。

唐仲俊年八十六，极康宁。自言少时因读千字文有所悟，谓心动神疲也。平生遇事未尝动心，故老而不衰。

唐柳公度年八十，有强力。人问其术，对曰：吾平生未尝以脾胃熟生物、暖冷物，不以元气佐喜怒耳。

总论养老。

高年之人，形气虽衰，心意犹壮，但不能随时人事，遂其所欲，虽居温饱，亦尝不足，易喜易怒，性气不定，正如小儿全在承奉颜色，以遂其所欲。若愤怒一作，中气不顺，因而饮食，便成疾患，宜常令人随侍左右，不可令独坐孤寝。缘老人孤僻，易于伤感，才觉孤寂，便生郁闷。养老之法，凡人平生之性，各有好嗜，见之即喜。有好书画者，有好琴棋者，有好赌博者，有好珍奇者，有好药饵、禽鸟、古物者，有好佛事、丹龟者，所好不能备举。但以平生偏嗜之物，时为寻求，布之左右，使其喜爱玩弄，自然心气和平，疾病不生。

右顺性。

高年之人，心力倦怠，精神耗短，百事懒于施为，全藉子孙孝养持护。行住坐卧，皆须巧立制度，以助娱乐。房室必常洁雅，夏则虚敞，冬则温密。床榻不须高广，比常制三分减一，低则易于升降，狭则不至漫风。裀褥务在软平，三面设屏以防风冷。枕宜用夹熟色帛，制要低长，低则寝无罅风，长则转不落枕。坐椅宜作矮禅床样，坐可履地，易于兴居，左右置栏，面前设几。老人多困，坐则成眠，有栏围，免致闪侧。衣服制度，不须宽长，长则易蹴绊，宽则不着身。老人骨肉疏冷，风寒易中。若穿衣贴身，暖气着体，自然血气流利，四肢和畅。虽盛夏亦不可令袒露身体，秋冬颈后连背，常用软帛自巾垂入衣领，以护腠理。

尊年人肢肉瘦怯，腠理开疏，若风伤腠理，便成大患，最宜谨慎。若遇水火兵寇、非横惊怖之事，必先扶侍老人于安稳处避之，不可喧忙惊动。尊年之人一遭大惊，便致冒昧，因生余疾。凡丧葬凶祸，不可令知；敝漏卑湿，不可令居；秽恶臭败，粘硬生冷，不可令食；卒风暴寒，烦暑燠热，不可令中；动作行步，不可令劳；暮夜酒食，不可令饱；阴雾晦暝，不可令饥；假借鞍马，不可令乘；废宅欹宇，不可令入；坟园冢墓，危险之地，不可令行；涧渊之水，不可令渡；轻薄婢使，不可令亲；家园冗事，不可令管。若此之类，不可备举，但人子悉意深虑，过为之防。稍不便于老人者，一切禁忌。常宜游息清闲，使神识趣向，一归善道。此养老之要术也。

右卫护。

主身者神，养神者精，益精者气，资气者食。饮食进则谷气充，谷气充则气血盛，气血盛则筋力强。故脾胃者五脏之宗也。五脏之气，皆禀于脾，故四时皆以胃气为本。《生气通天论》云：气味辛甘发散为阳，酸苦漏泄为阴。是以一身之中，阴阳运用，五行相生，莫不由于饮食。少年之人，真元气壮，根本强盛，未易为患。高年之人，真气耗竭，五脏衰弱，全仰饮食以资气血。若生冷无节，饥饱失宜，动成疾患。凡人疾病，未有不因风寒、暑湿、饥饱、劳佚八邪而感者。若有疾患，先且详食医之法。审其疾状，以食疗之。食疗未愈，然后命药，贵不伤其脏腑。凡百饮食，宜温热熟软，忌粘硬生冷。每日晨朝，宜以醇酒先进平补下元药一服，女人则平补血海药一服，无躁热者良。寻以猪羊肾粟米粥一盂压之，五味葱薤鹑肾等粥皆可。至辰时服人参平胃散一服，然后次第以顺四时软熟饮食进之。食后行一二百步，令运动消散。临卧进化痰利膈人参半夏丸一服。高年之人不可贪饱，但频频食，使脾胃易化，谷气长存。若顿饱则多满闷，老人脾胃虚薄，不能消纳，故成疾患。此养老人之大要也。

右饮食。

常见世人治高年疾患，视同少年，乱投汤药，妄行针灸，不知老人血气已衰，百疾易攻。至于视听不聪明，举动不轻便，身体劳倦，头目昏眩，宿疾时发，此老人常态。若攻治太紧，恐别致危殆。汗之则阳气泻，吐之则胃气逆，泻之则元气脱，此养老之大忌也。大抵药饵止是扶持之法，只可用顺气进食补虚和中之剂，不可妄用狼虎之药。若身有宿疾，或时发动，只随其疾状用中和之药，调顺三五日，自然无事。然后随食性变馔治之，此良法也。

右治疾。

涉世善术

世人多言处世难，非世果难处，无所以处之之方耳。如我好胜，谁甘处其败？我好富，谁甘处其贫？我好自是，谁甘处其非？我好安逸，谁甘处其劳碌？推之一切，莫不皆然。常将自己心向别人一忖量，则损人利己之事，必不敢做。闲阅载籍，见昔贤言语有裨酬应者，间命管城，用当书绅。虽不欲无加未易几及，而取譬强恕其则不远。孰谓世果难处也。王荩臣。

问祖宗之德泽，吾身之所享者，是须念其积累之难；问子孙之福祉，吾身所贻者，是要思其倾覆之易。孝于亲，则子孙孝；钦于人，则众人钦。

为子孙作富贵计者，十败其九；为众人作善方便者，其后受惠。

广积不如教子，避祸不如省非。

内睦者家道昌，外睦者人事济。治家最忌者奢，人皆知之；最忌者鄙啬，而借名为俭，人多不知也。鄙啬之极，必生奢男。

东坡一帖云：仆行年五十，始知作活大要是悭耳，而文以美名，谓之俭素，然吾侪为之则不类俗人，真可谓淡而有味者。《诗》云："不戢不难，受福不那。"口体之欲，何穷之有？每加节俭，亦是惜福延寿之道。住京师宜用此策。

东坡与蒲传正书云：千乘侄屡言，大舅全不作活计，多买书画奇物，常典钱。今退居之后，决不能食淡味粗，杜门绝客，贫亲知相干，决不能不应副。此数事，岂可无备。不可但言我有好儿，子不消与营产业也。书画奇物，老坡近年视之不啻如粪土。书而榜之壁间，为山居第一戒。

右治家。

小儿辈不当以世事分读书，当令以读书通世事。陈眉公。

东坡与王郎书云：少年为学者，每一书皆作数次读，当如入海，百货皆有，人之精力不能兼收尽取，但得其所欲求者尔。故愿学者每次作一意求之，如欲求古今兴亡治乱圣贤作用，且只作此意求之，勿生余念；求事迹文物之类，亦如之。若学成八面受敌，与涉猎者不可同日而语。

倪文节公云：松声、涧声、山禽声、夜虫声、鹤声、琴声、棋子落声、雨滴阶声、雪洒窗声、煎茶声，皆声之至清者也，而读书声为最。闻他人读书已极喜，更闻子弟读书声，则喜不可胜言。又云：天下之事，利害常相半，有全利而无少害者，惟书。不问贵贱、贫富、老少，观书一卷，则有一卷之益，观书一日，则有一日之益。

右训后。

程伯子曰：立朝大概前面路放宽些，若窄时异时合自家无转侧处。

士大夫当实有忧国之心，莫徒有忧国之语；当为天下必不可少之人，莫作天下必不可常之事。

以爱妻子之心事亲，则无往不孝；以保富贵之心事君，则无往不忠。

忠孝不修，虽有他善，犹玉屑盈匣，不可琢为珪璋，锉丝满筐，不可织为文绮。

右立朝。

莅官之法，事来莫放，事去莫追，事多莫怕。

为政之要，曰公与清。成家之道，曰俭与勤。事上之道，与其徇之以法，不若奉之以体。临下之法，与其徇人之情，不若平我之情。

救荒不患无奇策，患无真心，真心即奇策也。

七十而致仕，礼法有明文。何乃贪荣者，斯言如不闻。可怜八九十，齿堕双眸昏。朝露贪名利，夕阳忧子孙。挂冠顾翠绥，悬车惜朱轮。金章腰不胜，伛偻入公门。谁不爱富贵？谁不恋君恩？年高须告老，名遂合退身。少时共嗤诮，晚岁多因循。贤哉汉二疏，彼独是何人！寂寞东门路，无人继去尘。白居易。

苏东坡曰：贺下不贺上，天下通语。士人历官一任，得外无官谤，中无所愧于心，释肩[①]而去。如大热远行，虽未到家，得清凉馆舍，一解衣漱濯，已足乐矣。况于致仕而归，脱冠珮，访林泉，顾平生一无可恨者，其乐岂可胜言哉！余出入文忠门最久，故见其欲释位归田，可谓切矣。他人或苟以借口，公发于至情，如饥者之念食也，顾势有未可者耳。观与仲义书，论可去之节三，至欲以得罪病去。君子之欲退，其难如此，可以为躁进者之戒。

右居官。

善人固可亲，未能知，不可急合；恶人固可疏，未能远，不可急去。

待富贵人不难有礼，而难有体；待贫贱人不难有恩，而难有礼。

富贵家宜劝他宽，聪明人宜劝他厚。

见人学好，多方赞成；见人差错，多方提醒。见人丰显，则谈其致福之由；见人苦难，则原其所处之不幸。斯长者之道也。若忌成乐败，何与人事，徒自坏其心术耳。

看中人，看其大处不走作；看豪杰，看其小处不渗漏。

两悔无不释之怨，两求无不合之交，两怒无不成之祸。

觉人之诈，不形于言；受人之侮，不动于色。此中有无穷意味，无穷受用。

---

① “肩”，本作“眉”，据苏轼《东坡志林》改。

刘向曰：言善毋及身，言恶毋及人。

耳不闻人之非，目不见人之短，口不言人之过，庶几君子。

凡稠人中不可议人短长，必有亲厚者。

盛喜中勿许人物，盛怒中勿答人简。

君子不辱人以不堪，不愧人以不知，不傲人以不如，不疑人以不肖。

攻人之恶毋太严，要思其堪受；教人以善毋过高，当使其可从。

刘邵曰：君子能受纤微之小嫌，故无变斗之大讼；小人不能忍小忿，故终有赫赫之败辱。

逆我者只消宁省片时，便到顺境，方寸寥廓矣。故少陵诗云：忍过事堪喜。结怨于人，谓之种祸。舍善不为，谓之自贼。

遇沉沉不语之士，切莫输心；见悻悻自好之徒，应须防口。

右处人。

严于公门，宽于百姓，严于奸恶，宽于良善，政之体也。然公门防闲，又当详大而略于细，若事事苛求，恐人不乐为用；奸恶惩治，又当去其甚而警其余，若人人计较，或生他变。是以持法者切忌任意而过。

右临下。

六字经：曰忍，曰方便，曰依本分。

九字经：勿欺心，勿妄想，守廉耻。

长生饮：静坐一味，或止观，或纳息，随便行之。东坡云：无事此静坐，一日似两日。若过七十年，便是百四十。人世何物能有此效？此方人人收得，苦无好汤，使多咽不下。《诗林广记》。

富贵汤：无事以当贵，早寝以当富，安步以当车，晚食以当肉。和匀，随意饮啖，畅快无比。《鹤林玉露》。

快活散：除烦恼，断妄想。

洒扫静室，窗楞虚朗。前列小槛，栽花种竹，贮水养鱼，室中设几榻蒲团，跏趺调息，将前药用清静汤调服，至三炷香，任意逍遥。倦则啜苦茗，就枕偃息，自觉神气爽泰，不知人间有烦恼，不见我心有忘想。《岩栖幽事》。

和气汤：治一切客气、怒气、怨气、抑郁不平之气。先下一“忍”字，继下一“忘”字，用不语唾送下。更饮醇酒一杯，便醺然半酣，尤妙。《岩栖幽事》。

六味明目散：治劳神过度，目暗不明。损读书，减思虑，专内视，简外缘，旦晚起，夜早眠。六味熬以神火，下以气筵，然后纳诸方寸，闭目养神，去嚣习静，修之一时，近能数其睫，远视尺棰之余，长服不已，洞见墙壁之外。非但明目，兼可延年。《白拂斋记》。

无比逍遥散：治伦理难医之症，真要药也。宁耐、糊涂、聋盲各一个，正经三分，痴呆七分，和匀，用感化汤下。如未愈，再加逍遥一味服之。吕新吾云：心不必太分晓。陈眉公云：留三分正经以度生，七分痴呆以防死。

四妙诚实汤：治遇事轻易，言语粗率。熟思，审处，守口，防意，凡遇难事、大事，将四味用不语津细细咀嚼，徐徐咽下，至胸膈中，又要温养多时，方可出而应事。久行不已，自然事事妥帖，时时安稳。语云：思之思之，思之不通，鬼神将通之。又曰：不曰如之何，吾末如之何也已矣。又曰：防意如城，守口如瓶。从古圣贤，都用这个方得效，妙难尽述。

右数方无劳远索，不费钱买，日用寻常，最简最易。苟能常服不息，岂惟免一朝之患，兼可无移身之虞。明哲君子，宜深味之。

书室清供

书室宜清幽，不用太高峻；宜明净，不可太宏厂。清幽明净可爽心神，高峻宏厂易伤目力。左右植青松数株，副以奇石。四壁藤萝满墙，下植吉祥、菖蒲、鹿葱、翠芸等草，更置建兰一二盆。有隙地种竹数竿、梅数株，以助清芬。高濂。

以著述为文绣，以诵读为菑畬，以记问为居积，以前言往行为师友，以忠信笃敬为修持，以作善降祥为因果，以乐天知命为西方。陆平泉《日课》。

读义理书，学法帖字，澄心静坐，益友清谈，小酌半醺，浇花种竹，听琴玩鹤，焚香煎茶，登城观山，寓意棋弈。十者之外，虽有他乐，吾不易矣。《齐斋十供》。

心闲手懒则观法帖，以其可逐字放置也；手闲心懒则治迂事，以其可作可止也。心手俱闲则写字作诗文，以其可兼济也；心手俱懒则坐睡，以其不强役于神也。心不定，宜看诗及杂短故事，以其易于见意，不滞于久也。心闲无事，宜看长篇文字，或经注，或史传，或古人文集，此又甚宜于风雨之际及寒夜也。又曰：手冗心闲则思，心冗手闲则卧，心手俱闲则著书作字，心手俱冗则思早毕其事，以宁吾神。吴子彦书《室中修行法》。

道服：制如中衣，以白布为之，四边缘以缁布，或用茶褐为袍，缘以皂布，以吕公黄丝绦副之。用以坐禅、策蹇、冲雪、御寒，堪称雅制。

书：余每欲藏万卷异书，袭以异锦，薰以异香，茅屋芦帘，纸窗土壁，终身啸咏其中。陈眉公。

砚：涤砚不宜用汤，损石。砚宜频易新水去尘。陈眉公。

雌黄银硃皆能剥砚，雌黄尤甚。

墨：墨之妙用，质取其轻，烟取其清。嗅之无香，磨之无声。新砚新水，磨若不胜。忌急则热，热则沫生。用则旋研，研无久停。尘埃污墨，胶力泥凝。用过则濯，墨积勿盈。藏久胶宿，墨用乃精。高深甫。

养新墨，纳轻器中，悬风处，每丸封以纸，防湿气相搏。勿卧放，恐致曲。蓄故墨，亦利风，日时频以手润泽之，常置衣袖中弥善。屠纬真。

墨宜频易故囊去湿。

山谷诫子弟云：吉蠲笔墨，如澡身浴德。揩拭几砚，如改过迁善。败笔浣墨，旷子弟职。书几书研，自黔其面。惟弟惟子，临深战战。

琴：草堂中蓄古琴一，僻处制琴室一，地下埋大缸一，缸中悬铜钟一，以薄石板或木板铺之上，置琴砖或木几，弹琴其间，声韵清亮，自有物外气度。神隐。

香：炉爇香雾，隐隐绕帘，可祛除秽恶。最优者惟伽南，第购之甚艰，非山家所能卒办。其次莫若沉香。沉有三等，上者气太厚，反嫌于辣，下者质太枯，又涉于烟，惟中者最滋润而幽甜，可称妙品。煮茗之余乘茶炉火，取入香鼎，徐而爇之，甚便。

伽南，有糖结伽南，锯开，上有油如饴糖，黑白相间。黑如墨，白如糙米。焚之初，有羊膻微气。有金丝伽南，色黄，有绺若金丝。

角沉，质重，劈开如墨色者佳，不在沉水，好速亦沉水。当细辨之。

片速，俗名鲫鱼片，雉鸡斑者佳。有伪为者，亦以重实为美。

唵叭，一名黑香，软净色明者佳。手指可撚为丸者，妙甚。

香角，俗名牙香，面有黑烂色者为铁面，纯白不烘焙者为生香。生香之味妙甚，在广中价亦不轻。

黄檀，黄实者佳。茶浸，炒黄，去腥。

苍木，句容茅山产，细梗如猫粪者佳。俱屠纬真。

深山幽栖，炉香不可缺。退休久，佳品乏绝。野人为取老松柏之根枝叶实共捣治，研枫肪群和之。时焚一丸，亦足助清苦。邵安。

香奁：嗜香者不可一日去香。书室中宜制提匣，作三撞式，用锁钥启闭。内设磁盒、磁碓、漆匣、木匣，随宜置香，以便取用。须子口紧密，勿令香泄为佳。

掩户焚香，清福已具。如无福者，定生他想。更有福者，辅以读书。

隔火：银钱、云母片、玉片、砂片俱可。火浣布如钱大者，银镶周围作隔火，尤妙。凡盖隔火，则炭易灭，须于炉四围用箸直栅数十眼，以通火气。炉中不可断火，即不焚香，使其长蕴亦可。且灰燥易燃，谓之灵灰。烧炉余块，收起投入火盆，可薰衣被。

炉灰：纸钱灰一斗，石灰二升，和成团烧红，研细入炉，则火不灭。忌杂火恶炭入。灰炭杂则灰死不灵，入火一盖即灭。茄蒂烧灰亦可。

炭墼：鸡骨炭碾为末，入葵叶或葵花，少加糯米汤，和成饼或□枣入石灰和炭造，亦妙。

宿火：胡桃烧半红，埋热灰中，可三五日。屠纬真。

榻：草堂竹窗下，宜置一榻，倦时偃仰，可爽心神。榻高一尺二寸，长七尺，横如长之半，周设木格，便午睡。傍立四柱，挂壁瓶，便插花。后设漆板，约宽二尺，自地及顶，可靠以清座。左右设横木，可挂衣。左安书橱一，便受册籍。前安绿漆小荷叶一，置香炉，床用木顶，前安小踏床，布衾蒲褥，菊花枕，梅花纸帐，北窗一觉，恍游羲皇矣。

短榻高九寸，方圆四尺六寸，三面靠背，后背少高，用以坐禅习静，甚便□倚。

禅椅：尝见吴破瓢所制，采天台藤为之。靠背用大理石，坐身则百衲者，古秀莹滑，精巧无比。

隐几：以怪树天生屈曲若环带之半者为之，横生三丫作足。出自天然，摩弄莹滑，置蒲团，或榻上倚手顿颡，可凭以卧。

蒲墩：冬月用蒲草为之。高一尺二寸，四面编束细密坚实，内用木车坐板以柱托顶，久坐不坏。暑月可置藤墩。

蒲团：有径三尺者，席地快甚。吴中制者精棕团亦佳。或以青毡为团，中印白梅一枝，甚雅。以雄黄熬蜡作布团，可远湿，辟虫蚁。

滚凳：以木为之，长二尺，阔六寸，高如常。四桯镶成，中分一铛，圆木二根，两头留轴转动，凳中凿两窍，活装，以脚踹轴，滚动往来。盖涌泉穴精气所生，故以运动为妙。屠纬真。

林泉乐事

人生太闲则别念窃生，太忙则真性不现。故士君子不可不抱虚生之忧，亦不可不知有生之乐。

舒休常少，忧戚常多，自古而然。以道眼破之，则无不自得。

当乐境而不能享，毕竟薄福之人；当苦境而反觉甘，方是真修之士。

人若知道，则随境皆安；人不知道，则触涂成滞。人不知道，则居闹市生嚣杂之心，将荡无定止；居深山起岑寂之想，或转忆炎嚣。人若知道，则履喧而灵台寂若，何有迁流；境寂而真性冲融，不生枯槁。屠纬真。

陈眉公有言，退之诗云：居闲食不足，从官力难任，两事皆害性，一生常苦辛。子瞻诗云：家居妻儿号，出仕猿鹤怨。未能逐什一，安敢搏九万？二公犹不免徘徊于进退之间。其后退之迷雪于衡山，子瞻望日于儋海。回视阖户拥衾，箪瓢藜藿，不在天上乎？故《考槃》诗云：独寐寤言，永失弗谖。

右抽身宜蚤。

居闲胜于居官，其事不一。其最便者，尤于暑月见之。自早烧香，食罢，便搔首衩袒，裙靸从事，藤床竹几，高枕北窗，清风时来，反患太凉。挟策就枕，困来熟睡。晚凉浴罢，杖履逍遥。临池观月，乘高取风。采莲剥芡，剖瓜雪藕。白醪三杯，取醉而适。其为乐殆未可以一二数也。沈仕。

山居胜于城市，盖有八德：不责苛礼，不见生客，不混酒肉，不兢田宅，不问炎凉，不闹曲直，不征文逋，不谈仕籍。

林洪云：山林交与市朝异。礼贵简，言贵直，所尚贵清。善必相荐，过必相规。疾病必相救药，书尺必直言事。初见用刺，不拘服色。肃入叙坐，称呼以号及表字，不以官。讲问必实言所知所闻事。有父母者，必备刺拜报谒同，自后传入。一揖，坐。诗文随所言，勿及外事、时政、异端。饮食随所具，坐次序齿，不以贵贱。僧道易饮随量，诗随意，坐起自如，不许逃席，乏使令，则供执役。请必如期，勿违客例。有干实告，及归，不必谢。凡涉忠孝友爱事，当尽心。无慢嫉前辈，须接诱后学，共追古风。贵介公子有志于古者，必不骄人。苟非其人，不在兹约。凡我同盟，愿如金石。

右礼节宜简。

岁月本长，而忙者自促，天地本宽，而忙者自隘，风花雪月本闲，而忙者自劳。

条风既鬯，细草茸生，嫩柳韶姿，红药齐含，蔼藿春景，大殢人情，清露晨流，碧梧初放，新篁爽气，绿阴映入帘帏，夏时尤堪清赏。

风晨月夕，客去后蒲团可以双跏；烟岛云林，兴来时竹杖何妨独往。

三径竹间，日华澹澹，固野客之良辰；一编窗下，风雨潇潇，有幽人之好景。

道上红尘，江中白浪，饶他南面百城；花间明月，松下凉风，输我北窗一枕。俱屠纬真。

右随时取适。

口中不设雌黄，眉端不挂烦恼，可称烟火神仙。随宜而栽花竹，适性以养禽鱼，此是山林经济。

道人好看花竹，寄托聊以适情；居士偶听弦歌，不染何妨入道？

草色花香，游人赏其有趣；桃开梅谢，达士悟其无常。

净几明窗，好香苦茗，有时与高衲谈禅；豆棚菜圃，暖日和风，无事听闲人说鬼。

茶熟香清，有客到门可喜；鸟啼花落，无人亦自悠然。俱屠伟真。

陈眉公云:遇佳山水处，或高僧野人之庐，竹树蒙茸，草花映带，幅巾杖履，相对夷然。至于风光淡爽，水月空清，铁笛一声，素鸥欲舞，斯亦避喧谢客之一策也。邵尧夫云：但看花开落，不言人是非。

古云鹤笠、鹭蓑、鹿裘、鹊冠、鱼枕、杯猿、臂笛，与夫画图之屋庐，诗意之山水，皆可遇而不可求，可求而不可常。余惟纸窗竹屋，夏葛冬裘，饭后黑甜，日中白堕。

右遇物陶情。

陈眉公云：不能卜居名山，即于岗阜回复及林水幽翳处，辟地数亩，筑室数楹，插槿作篱，编茆为亭。以一亩荫竹树，一亩栽花果，二亩种瓜菜。四壁清旷，空诸所有，畜山童灌园薙草。置二三胡床著亭下，挟书研以伴孤寂，携琴弈以迟良友。凌晨杖策，抵暮言旋。此亦可以娱老矣。

孙真人云：凡遇山水坞中出泉者，不可久居。常食作瘿病。凡阴地冷水，不可饮之，必作疾疟。

右择幽栖。

陈眉公曰：凡山具，设经籍、机杼，以善族训家；备药饵、方书，以辟邪卫疾；储佳笔、名兰，以点绘赋诗；留清醪、杂蔬，以供宾独酌；补破衲、旧笠，以犯雪当风;畜绮石、奇墨、古玉、异书，以排闲永日;制柳絮枕、芦花被，以连床夜话；狎黄面老僧、白头渔父，以遣老忘机。

右储隐料。

陈眉公曰：凡住山，须一小舟，朱栏碧幄，明棂短帆。舟中杂置图史、鼎彝、酒浆、荈脯，近则峰泖，远则北至京口，南至钱塘，风利道便，移访故人。有见留者，不妨一夜话，十日饮。

右具游艇。

救荒成法

救荒成法序

语云：救荒无奇策。自此说行，而世之秦越视者，既膜外置之，任其沟瘠路殍，毫不动念，即间有存心体恤，而任之非人，行之无法，恩未暨而害已先，民之饥而死也，岂尽天行之数哉？予以为救荒一事，要在实实轸恤，平平做去，原无奇异，亦安所事奇为也。阅颜壮其《迪吉录》，于救荒尤为注念，陈说古昔，备列法戒，尤令人跃跃兴起，仁人之言哉！予略为增损而付之梓人，使人手一编，无论居乡莅官，总此不忍之心所盎溢，其于拯济含生，岂曰小补？成法具在，是在仁人君子实心力行之耳。噫，策无奇也，无平也，用而当，平即为奇，用而不当，奇于何有？吾求有益于民生，有当于实用而已。平与奇，勿计也。

养和居士王象晋荩臣甫题，时年八十八岁。

救荒总论

《迪吉录》颜茂猷《救荒说》

国有大荒，系百万人命。其逃死为流民者，一无以给之，叛乱立生，胡可不亟讲也。顾救荒有先策，有先先策，有正策，有权策。详其条理，庶几临事无忧，救活必多。

先先策者，未然也。《尚书》云:“懋迁有无，化居。”又云:“浚亩浍，距川。”各省地方不同，或忧水患漂业，或昧水利致困，或苦粟贱，或患地窄，或豪奢荡积，或逐末伤本。上人到任，则宜预先讲求，问其何饶何乏。可就本地通融、本地经画者，则为修饬之。如贷谷食者广种，婚丧饮宴过侈，皆能耗谷，严禁之。或必借裕邻方者，则为调护之。如薄商征、清海寇、贸易金粟之类。又如折色本色雇役差役，各有利病，咸宜体悉大要。总在重农而贵粟，勤劝相而修水利，有事以粟为赏罚，则粟贵矣。废田不耕者有惩，游手蠹食者有禁。遇良田则驻车劝赏，遇水利则委曲通融，则水利修矣。至于常平仓、义仓，是极妙法，第宜委任得人，出纳有经，不至虚费，亦不至刁难。社仓之法尤妙。若每都分各有朱子、刘如愚者以总领之，则可无冻馁之老，道殣之莩，所救不赀。吁，安得有心人在在留意哉!

先[1]策者，将然也。如有旱有水，谷种既没，则饥馑立至。当预先广籴他方，又捡灾伤无可生理者贷之，随地利可栽种者教之。令贫富皆约食，曰:“此惜福救灾，宜尔也。”昔程珦知徐州，久雨坏谷。珦度水涸时，则耕种已过，乃募富家，得豆数千石贷民，使布之水中，水未尽涸而甲已露矣。是年遂不艰食。又各州县有上供粮米者，先事奏请截留，而以其粜钱计奉朝廷，则米价自落，国赋不亏。苏轼《预救荒议》言此甚悉，且云救之于未饥，则用物约而所及广，民得营生，官无失赋。若其饥馑已成，流殍并作，则虽拦路散粥，终不能救死亡，则耗散仓廒，亏损课利，所伤大矣。

正策、权策者，已然者也。正策一曰开仓，二曰截留上供，三曰自出米及劝籴富民，四曰借库银循环粜籴，五曰兴修水利，补辑桥道，令饥民有工力可食，而官府、富民得集事。然所贷者每及下户，而中等自守头面，坐而待毙，尤为狼狈。又城市之人得蒙周恤，而乡村幽僻，富户既稀，拯救亦缺。此间尤宜周详曲处。大略赈济之法，旬给斗升，官不胜劳，民不胜病，仰而坐待仓米，卒无以继。此立毙之术。莫若计其地里远近、口数多寡，人给两月粮，归治本业，可无妨生理。赵令良帅绍兴，用此法，城无死人，欢呼盈道。又李珏在鄱阳将义仓米多置场屋，减价出粜，既先救附近之民，却以此钱计口逐月一支，以济

[1] “先”字原缺，据《迪吉录》补。

村落。一物两用，其利甚溥。盖远者用钱，可免减窃拌和之弊、转运耗费之艰。且村民得钱，非惟取赎农器，经理生业，亦可收买杂料，和野菜煮食，一日之粮，可化数日之粮，甚简甚便。曾巩《救灾论》亦极谈升斗赈救之害。盖上人一图赈济，则付里正抄札，实未有定议也。村民望风扶携入郡，官司未即散米，里粮既竭，饿死纷然，浊气薰蒸，疠疫随作，曾无几何而官仓已罄，是以赈济之名误其来而杀之也。故须预印榜四出，谕以方行措置，发钱米下乡，未可轻动，恐名籍紊乱，反无所得，庶革饥贫云集之弊。民不去其故居，则家计依然。上不烦于纷给，则奸弊不生。视离乡待斗升而不暇他为，顾不远哉。

以上议赈济。

粜常平米，用平价。又借库银，于多米地方循环籴籴[①]，则用贵时价减四分之一，而民已有所济。至富民之价，切不可抑之。抑之则闭籴，而民愈急，势愈嚣。况官抑价，则客米不来，境内乏食，而上户之粗有蓄积者愈不敢出矣。昔文彦博在成都，适值米贵，不抑民价，只就寺院五十八处减价粜米，仍多张榜文招籴，翌日米价遂减。范仲淹知杭州，斗粟百二十文，仲淹增至百八十，仍多出榜文，具述杭饥，增价招引。商贾争先趋利，价亦随减。此二公识见过人远甚。或恐贵籴减粜，财用无出，不知米贵不能多时，将减粜之银，待米熟时籴谷上仓，已不乏矣。第出纳之际当核奸，赈济之际当捡实。而朝夕经营，总宜尽心力为之，视为万命生死所在，自不惮勤劳也。

以上议赈籴。

至于弃子有收，强籴有禁，啸聚巨魁必剪其萌，泽梁关市暂停其税，此皆因心妙用，慈祥之所必至者。

权策：如毕仲游先民未饥，揭榜示曰：郡将赈济，且平籴若干万石。大张其数，劝谕以无出境。民皆安堵。已而果渐艰食，饥民十七万。顾所发粟不及万石，以民粟继之，而家给人足，民无逃亡。又如吴遵路令民采薪刍，出官钱收买，却令于常平仓市米，归赡老稚。凡买柴二十二万束，候冬鬻之。官不伤财，民再获利。以此推之，则凡破烂衣裳及瓦器用器皆可置买，至冬而鬻。又以飞蝗遗种，劝种豌豆，民卒免艰食。又如婚葬营缮等事，皆宜劝民成之，宴乐赛愿，都不复禁，所以使贫者得财为生也。至于重罪有可出之机，令入粟救赎，亦无不可，盖借一人以生千万人耳。又如千里光等药[②]，亦可稽考教民。

---

① “籴籴”，《迪吉录》作“粜籴”。

② “光”，《迪吉录》作“乱”。

襄城令谭性教《荒政议》

一、抵赋征谷之法宜平。大灾剧民穷，拊循犹虞其流离，催比忍烦夫鞭朴。第停征之命下，考成之令又严，民间蚤谷间有半获者，居恒犹有积贮者，合无较量缓急，暂纳半，上候明旨，银谷兼收，各从其便。其收谷也，比市价增二三文以诱之，平斗平量以悦之，多置三斗、五斗大斛，以省稽滞，轮拨里老持概记簿，以省需索，按保置簿，印给仓收，以便上纳，庶数外之抑勒者少，而数内之输纳者多矣。

一、借帑籴谷之备宜蚤。谷价日增，则民谁肯纳？仓谷数少，则官自应籴。襄虽偏小，户口不下数十万。今谷之在仓，才五千石耳。杯水舆薪，其何能济。合无暂以征完秋冬各役工食银借五百两，再借库银五百两，选的当人役向境外熟处乘贱收籴。其搬运脚价，总在冬尽春初价高之时，减价平粜，扣除脚费，以正数抵库，以羡数佐粥，庶无损于库而有益于民矣。

一、劝借之行宜善。夫劝借最为扰民，惟不逼报富户出票拘摄，斯不为害。合无置救荒活人簿二扇，一送儒学，一置旌善亭，使木铎老人掌管。先出示晓谕，令尚义富民量其饶乏自书簿，佐赈多者，特为请坊、请衔，如已行事例，少者给扁、给冠带或给免杂差官帖。多方激劝，令其乐施，焉知无慕义而兴起者。

一、麦种之计宜周。饲牛无草，则明春难为耕。饷佣无粮，则明春难为种。势非今秋多种麦田不可。第荒多灾重之民，得无有欲耕苦于无种、欲籴苦于无钱者乎？合无于劝赈中，有不愿捐而愿借者，置立印簿，开记石数，择附近穷户给票，自赴本家支领。或作借，于麦时偿本；或作价，于麦时还钱。明年丰收，官为追补。其不尽种麦闲地，先谕多种菜子。盖菜子费种既少，取用又多，叶可采，根可食，子可油。有麦有菜，茹饥忍死之民其有所恃而不流乎。

一、查勘荒数宜核。夫今之报荒册，后之赈荒册也。报不核，不过册有虚数。赈不核，究且民无实惠。卑县地分六路，单骑履亩，分委衙儒农官数十员，按亩记伤，量其轻重，以备赈册。秋冬之交，再历乡村，查点牌甲，就于查点时亲注极次贫民，以为粥籍。纵贫不尽施，务使施必贫民足矣。

一、防守壮丁宜备。襄城轮蹄辐辏，最难稽察。虽设有快壮人役，但操兵既去其半，防守几何，不几于开门揖盗乎？合无于查点荒民之时，选民之贫而膂力材武过人者百名，日给仓谷四升，使与现在壮快，昼则分门而守，夜则分堞而巡。计最急者，冬春不过三月，而此百人者，又皆少年有力，不肯饿死，急之不流，则盗者也。救其命而固吾圉，是亦保安地方之一策也。

附　录

辟谷方：永宁中，黄门侍郎刘景先进。黑豆五升，净洗，蒸三遍，晒干去皮。大火麻子三升，汤浸一宿，漉出晒干。胶木拌晒，去皮淘净，蒸三遍，碓捣。次下黄豆，共为细末。糯米粥和成团，如拳大。入甑蒸，从夜至子住火，至寅取出。盛磁器内，不令风干。每服一二块，但饱为度，不得食一切物。第一顿饱七日，第二顿饱七七日，第三顿饱三百日。容貌佳胜，更不憔悴。渴即研大麻子浆饮，滋润脏腑。若要吃物，用葵子三合，杵碎，煎汤饮，开导胃脘，冲和无损。

休粮方，西严邓觉非方：缩砂、贯众、白芷、藿香、茯苓、甘草，右为细末，每药一两。用黑豆一升，煮豆熟，以药末拌匀就锅。以黄蜡一两，薄切，掺在豆上，令豆燋干为度。食数粒，令人不饥。

十金面，周廉访方：蜜，一斤，白面，六斤，香油，二斤，茯苓，四两，甘草，二两，生姜，四两去皮，干姜，二两，炮，右为细末拌匀，捣为块，甑内蒸熟，阴干为末。每服一匙，冷水调下，可待百日。其面用绢袋盛之，可留十年。

又方：生服松柏叶、茯苓、骨碎补、杏仁、甘草，捣罗为末。取生叶蘸水，滚药末同服，香美。

救荒福报

韩琦封魏公，为安抚使。值岁饥，汰冗职，逐贪残，活饥民一百九十万。后知扬州，徙定州，复赈活饥民数百万。在政府时，以三十万钱买姬张氏，姿色甚丽。券成，张忽泫然。琦问其故，张谢以良家子也，流落至此，不觉堕泪。琦曰："尔初不以实告吾，无用尔。"命焚券令去。张惶怖，遽吐其情，曰："妾本修职郎郭守义之妻。守义前岁官湖南，部使者挟私劾以败官。今秋高岁晚，恐尽室饿死京师，愿身役于人，以活守义儿女。"琦恻然悯之，乃留券遣张，持三十万钱还舍。且令语守义，败官果非辜，可诉之朝。事白，汝却归我家。张欣然而去。郭后得辨雪，调淮右见阙。张来如约，琦不使至前。遣人谓之曰："吾位宰相，岂可妾士人妻？向者缗钱费用应尽。"取前日券，包金二十星，与之曰："助汝之官，善视郭氏儿女。"张不得见，望门涕泗感激，百拜而去。琦之隐德如此者甚多。琦后赠魏郡王。子五人，忠彦为相，嘉彦尚主，端彦、纯彦、粹彦俱显官。孙、曾孙富贵累累。

富弼官枢密副使，为小人所谮，落职知青州。时河朔大水，饥民流入境，猝难获食，相继待毙。弼择所部丰稔者三州，劝民出粟，得十万斛，以官廪贮之。劝得公私庐舍十余万区，散处其人。择待阙官吏廉能者，给禄，使循行乡里，问疾苦。官吏皆书其劳，约为奏请，率五日辄以酒食劳之，出于至诚，人人为尽力。山林河泊之利有可取为生者，听流民取之，主不得禁。流民死者，大冢从葬之。或谓弼非所以处危，疑祸且不测。弼曰："吾岂以一身易六七十万人之命乎？"行之愈力。明年麦大熟，流民各以远近受粮归所，全活甚多。帝闻之，遣使劳弼，即拜礼部侍郎，寻与文彦博同相。制下，朝士相庆。封郑公，进封韩公。寿八十，谥文忠，配享。

熙宁八年，吴越大旱。赵抃知越州，前民之未饥，问属县被灾者几处，乡民待廪者几人，沟防可僦民使治者几所，库钱仓粟可发者几何，富人可募出粟者几家，僧道所食羡粟几何，书于籍。乃录孤老病不能自食者二万九千二百余人。故事，岁廪穷人，当给粟三千石而止。抃捡富民所输及僧道羡余，得粟四万八千余石，佐其费，自十月朔，人日受粟一升，幼小者半之。忧其众相蹂也，使男女异日，人受二日之食。忧其流亡也，于城市郊野为给粟之所五十有七，使各以便受之，而告以去家者勿给。计官为不足用也，取吏之不在职而寓于境者，给其食而任以事。告富人无得闭籴。诸州皆榜禁米价，抃令有米者任增价粜，自解金带，命籴米，由是施者云集。又出官粟五万二千余石平价予民，为籴粟之所凡十有八。又僦民修城四千一百人，为工三万八千，计其佣，与粟再倍之。民取息钱者，告富人予之，而待熟官为责其偿。弃男女，使人得收养之。明年春，人疫，为病坊，处疾病之无归者。募僧二人，视医药饮食，令无失时。凡死者，使在处收瘗之。法，廪穷人，尽三月当止，是岁五月而止。事有非便者，抃一以自任，不累其属。有上请者，遇便宜，多辄行。早夜惫心力，无巨细，必躬亲。给药食，多出私钱。是时旱疫，吴越民死者殆半。抃所抚循，无失所，纤悉俱备，可为后世法。后相神宗，为名臣。

宣和六年秋，秀州大水，流离塞路，仓府空虚，无赈救策。洪忠宣公皓时为录事，白郡守，以荒政自任。悉籍境内粟，留一年食，发其余粜于城之四隅，升损市直钱五。戒米肆揭价于青白旗上，巡行无时，抶其旗靡者，皆无敢贵粜。不能自食者，为主之立屋，有东南两废寺，十人一室，男女异处。防其淆伪，涅黑子，识其手，东五南三，负爨樵汲皆有职。有侵侔斗嚚者、乱其手文者逐之，皆帖帖畏服。借用所掌发运名钱且尽，会浙东纲常平米四万斛过城下，公遣吏锁津栅，谕守使截留。守噤不肯，曰："此御笔所起也，罪不赦。"公曰："民仰哺当至麦，今腊犹未尽，中道而止，则如勿救，宁以一身易十万人命。"讫留之。居亡何，廉访使王孝竭至郡，曰："平江哀号诉饥者旁午，比[1]独无有。何也？"守具以对。即延公如两寺验视，民肃然无声。孝竭曰："吾尝行边，军政不过是也。违制抵罪，当为君脱之。"呼吏草奏。公曰："但食犹未足，公能终惠，

① "比"，据文意当作"此"。

复得二万石乃可。”孝竭以闻，米如请而得。至秋，民相携以归，前后所活者九万五千余人。州人既不死凶年，公出，无不以手加额，呼为洪佛子。后有叛卒排家掳掠，至皓门，曰：“此洪佛子家也，无得入。”皓官至端明殿学士，谥忠宣。子适、遵、迈，继登词科，俱为显相。

叶梦得在许昌，岁大水，京西尤甚，浮殍入境，不可胜计。令尽发常平所储，奏乞越常制赈之，几十余万人稍能全活。惟遗弃小儿，无由得之。一日询左右曰：“人之无子者，何不收以自畜？”曰：“人固愿得，但患既长，或来识认耳。”为阅法例：凡伤灾弃遗小儿，父母不得复取。乃知为此法者，亦仁人也。大彼既弃而不有，父母之恩已绝矣。若人不收之，其谁与活乎？遂作空券数千具，载本法，给内外厢界保伍。凡得儿者，皆使自明所从来，书于券，付之略为籍记，使以时上其数，给多者赏。且分常平余粟，贫者量授以为资。事定，按籍给券，凡三千八百人，皆夺之沟壑而置之襁褓。每以告临民者，恐缓急不及知此法，或不出此术也。官至尚书左丞，封侯。子懋，转运使。

明道末，天下蝗旱。知通州吴遵路乘民未饥，募富者，得钱几万贯，分遣衙校，航海籴米于苏、秀，使物价不增。又使民采薪刍，官为收买，以其直籴官米。至冬大雪，即以元价易薪刍与民，官不伤财，民且蒙利。又建茅屋百间，以处流移。出俸钱，置荐席盐蔬，日与饭参俵。有疾者，给药以治之。其愿归者，给续食，还之本土。是岁诸郡率多转死，惟通民安堵，故其民爱之若父母。范文正公安抚淮浙，上公治状，颁下诸郡。熙宁中，距通之治逾四十年，而民犹咏称不已。

朱子自叙云：乾道戊子，余居崇安县。时大饥，予与进士刘如愚劝豪民发粟，减值赈济，里人获存。俄而粟且竭，以书请于知府徐公，即以船粟六百斛溯溪来。饥民以次受粟，遂无饥乱。及秋，王公淮来代守，适丰登，民愿以粟偿官。王公曰：“岁有凶穰不常，其留里中，而上其籍于府。倘后艰食，无前运之劳。”又明年，请于府曰：山谷细民无积贮，新陈未接，而官粟积无用。愿岁一敛散，收息什二，既以纾民之急，又得易新储，广积蓄。即不欲者勿强。岁少饥则弛半息，大饥则尽蠲之。著为例。王公报可。又以粟贮民家，守视出纳不便，乃捐一年之息，为仓以贮之。十有四年，已将原米六百石还府。其见管三千一百石，则累年所息也。申本府照会，永不收息，每石只收耗米三升，皆余与乡官士人共掌管。遇敛散时，即申府差县官一员监视出纳。以此一乡五十里内，虽遇凶年，人不阙食。又奏请以其法推广行之他处，上布其法于诸路。其法以十家为甲，甲推一首，五十甲推一人通晓者为社首。其逃军及无行之士、衣食不缺者，并不得入甲。得入者，又问其愿与不愿。愿者开具人口若干，大口一石，小口五斗，五岁以下不与。置籍以贷之，以湿恶还者有罚。

龚遂，宣帝时人。渤海岁饥，多盗贼，吏不能制。丞相举遂，年七十矣。召见，帝陋其貌，问何以治渤海。遂对曰："海滨辽远，不沾圣化，民困于饥寒而吏不恤，故陛下赤子盗弄兵于潢池中耳。今欲使臣胜之耶？将安之耶？"帝闻对大悦，曰："选用贤良，固将安之也。"遂曰："治乱民犹治乱绳，不可急。愿假便宜，无拘文法。"帝许焉。郡闻新守至，发兵迎遂，皆遣还。移书属县，悉罢捕盗吏。诸持田器者，皆良民，毋得问。持兵者乃为盗。遂单车至府，一郡翕然。盗贼皆弃兵弩而持钩锄，立解散。于是开仓廪，假贫民，选良吏牧养焉。齐俗多奢侈，好末作，遂乃率以俭约，劝民农桑，春课耕种，秋课收敛，益畜果实菱芡，劳来循行。民有带刀剑者，使卖剑买牛，卖刀买犊，曰："奈何带牛配犊？"不数年，吏民富实，狱讼止息。帝褒之，召拜水衡都尉，以寿终。

查道，淳化中赴举不能上，亲族裒钱三万遗之。道出滑台，过父友吕翁家。翁贫，无以葬其母，兄将鬻女以襄事。道倾囊与之，且为其女择婿，捐财资送。又故人卒，女为婢，道为赎之，嫁士族。是岁罢举，次年登进士高第。迁龙图待制，进右师郎中，出知虢州。岁蝗灾，民歉，道不候报，出官廪米赈之。又设粥以救饥者，给州麦四千斛，为种于民。民赖以济，所全活者万余人。其居官时多茹蔬，或止一食，默坐终日。尝梦神人，谓曰："汝位止正郎，寿五十七。"后享年六十四，盖积善所延也。子循之，亦贵显。

王仆射，为谯幕。因按逃田，时岁饥，流亡者数千家。乃力谋安集，上疏论列，乞贷以牛种。朝廷从之。一夕次蒙城驿，梦有紫绶象简者，以绿衣童子遗之，曰："上帝嘉汝有爱民深心，故以此为宰相子。"后果生一男，王亦拜相。

滕元发，知郓州。时淮南、京东饥，元发虑流民且至，将蒸为疠疫，先度城外废营地，召谕富室，使出力为席屋，一夕成二千五百间，井灶器用皆具。民至如归，所全活五万人。后为龙图阁学士，年七十一，无疾而逝。

祝染，延平沙县人。遇岁凶，赈济、煮粥、疗病无虚日。后生一子聪慧，应举人试。乡人梦黄衣使者执旗报喜，奔驰而告，曰："状元榜旗上有四字，曰'济饥之报'。"及开榜，子果中状元。

台州应尚书，壮年习业山中。一夕闻鬼云："某妇以夫久客不归，翁姑迫嫁，明夜当缢。于此吾得代矣。"公潜卖田，得银四两，即伪作其夫之书，寄银还家。其父母见书，以手迹不类，疑之。既而曰："书可假，银不可假，想儿亡恙。"妇遂不嫁。后其子亦归，夫妇相保如初。公又闻鬼语曰："吾当得代，奈何此秀才坏吾事？"傍一鬼曰："何不祸之？"曰："上帝以此人心好，命作阴德尚书矣，吾何得而祸之耶？"应公因此益日努励修善。遇岁饥，辄捐谷以赈，遇亲戚有急，辄委曲维持，遇有横逆，辄反躬自责，怡然顺受。子孙登科第者，至今累累。

倪闪，沙县人，用俭好施。每出以钱自随，遇贫则掷其家，不问知否。及领乡荐，赴礼闱，虽处京师，施与不减。屡试弗偶，人讥曰：“君以济贫为事，何屡屈于春官？岂造物有未知耶？”闪闻，益自励。绍定三年，寇起，蔓延侵境。官兵获从贼者，皆系狱。闪以无知罹法，日饮食之，已而得释。后火焚民舍，将及闪家，贼党相与扑灭，邻家获全。明年大饥，道殍相枕。闪以糜粥济之，活者万计。次年赴试，人多梦竖旗于闪门，旗上书“饘粥阴功”四字。是岁果魁天下，除宁国教授。出私帑创斋舍，置义田，俸资悉分兄弟姑妹，仕至尚书。

袁了凡记云：凡系世家，未有不由祖德深厚而科第绵延者。予旧馆于当湖陆氏，见其堂中挂一轴，乃先世两代出粟赈饥而人赠之者。文中历叙古先济饥之人，子孙皆膺高位，谓陆氏他日必有显者。今东滨公而下，三代皆为九卿，其言若左券云。

宋时朝令，冬大寒，禁中出钱十万贯，以赐贫民。范公祖禹言，朝廷自嘉祐以前，诸路皆有广惠仓，以恤孤贫。京师有东、西福田院，以收养老弱废疾。至嘉祐八年，增置城南、北福田院，共为四院。此乃古之遗法也。然每院止以三百人为额。京师之众，孤贫者不止千二百人，每遇隆冬盛寒，然后降旨救恤，则民以冻馁死者众矣。臣以为宜于四院增盖官屋，以处贫民，不限人数，委左右厢提举使臣预设方略救济，不必专散以钱。计其存活死损，以为殿最。其天下广惠仓，乞更举行，令官吏用心赈恤，须要实惠及贫民。上开纳焉。

宋诸路皆有养济院，朝廷不许擅行支移，而无告之人，每隆冬盛寒，止给三月，然亦不能遍。且诸郡养济院，不过屋三数间。吴潜判兴元府，以省务酒额并归公库，其屋宇空闲，遂行修葺，改为广惠院。且增创新楹，合前后共一百五间。聚城内外鳏寡孤独、喑聋跛躄者居之，仍拨田以克养赡。专委官提督，每五十人置一甲头，总为六甲。专募行者以供洒扫，仍总以六甲之权。其条约甚详：

一、凡有艺业，自能手趁，曾经过犯不律之人，并不许存留。如觉察得知，一律坐罪。

一、或有不思冻馁无归，一时饱暖，恃长凌幼、恃强凌弱、搅众败群者，仰管院行者指名申究。

一、大口一人，月给米六斗、钱十贯。小口五岁以上，月米三斗、钱五贯。十岁以上，月米四斗、钱七贯。十五岁以上，从大口给。

一、每甲择强壮者充火头，量增日给。如或偷窃减克，即时纠举，从提督官解府断逐，仰甲头、行者严行监董。

一、监董行者能自勤谨，提督官会计度牒之直，以三年为限，每月于见管钱内，另项拨桩若干，待及三年，收买度牒，付其披剃。披剃后，愿留则留，不愿者听，别择人管干。所有度牒钱，亦照前例拨桩，庶可责其公心干置。

一、甲头钤束火头，责其造办饭食。于日给之外，每名贴支钱五百文。

一、所给之钱，专充收买薪米盐酱之属。冬月，各人不许偷爬炭火，每日酉牌打灭厨下火种，不许存留引惹风火。

一、粪土，甲头五日一次出卖，候卖钱均给各房油烛，有余则桩积一处，逐旋收买布草，夏造罩子，冬则添买绵絮，造被或纸被，计口分给。其有争夺，不爱惜损坏者，量拘日给之钱修整。

一、管院行者，月支食米一石、盐菜钱十五贯文。

不救荒显罚

淳熙初，司农少卿王晓平旦出访林机。时为给事中，在省。其妻，晓侄女也，垂泪而诉曰:“林氏灭矣。”惊问其故，曰:“天将晓，梦朱衣人持天符来言，上帝有敕，林机论事害民，特令灭门。”悸而悟，犹仿佛在目也。晓慰以梦未足凭，无为深戚。因留食，待林归，从容扣近日所论奏。林曰:“蜀郡以部内旱，奏乞拨米十万石赈赡。即有旨如其请。机以为米数太多，蜀道不易致，当酌实而后与，故封还敕。皇上谕宰相云：‘西川往复万里，更复待报，恐于事无及。姑与其半可也。’只此一事耳。”晓颦蹙而去。未几，林以病归，至福州卒。有三子，继踵而亡。嗣遂绝。

隋末饥荒，王仁恭为马邑守，闭仓不赈，人心愤怨。刘武周宣言于众曰:“今百姓饥馑，僵尸载道，王府君坐视不救，岂为民父母者哉？”乃杀仁恭，开仓赈贫。

大历二年，秋霖损稼，渭南令刘藻称县苗不损。上疑之，命御史朱毅往视，损三千余顷。上叹曰:“县令字民之官，不损犹应言损，乃不仁如是。”贬南浦尉。

董煟云：尝见一州府大疫，郡将劝民出粟拯济，委官专领。其官烦于应对，且不欲饥民在市，悉载过江，置诸坝中，但日以一粥饭食之。日出雨至，皆无所避。无何水暴至，饥民尽被漂溺。不数日，此官亦病疫死。

杨思达为西阳郡守，值侯景乱，时复旱歉。思达遣一部曲守郡，饥民有盗田中麦者，部曲得之，辄截手腕，凡戮十余人。后生一男，无手。

绍兴丁卯大饥，流民满道。饶州富民段廿八积谷数仓，闭不肯粜。一日方与家人评论物斛低昂间，方幸踊贵，忽天雨晦冥，火光满室，段遂为雷震死。仓所贮谷，亦为天火烧尽。

附　录

诗文补遗

苦援兵[①]

援兵所过，抢掠不减叛兵。

叛帅深丛毒，援兵更可嗟。罍瓶绝剩粒，鸡犬鲜宁家。劫夺威方炽，清宁望转赊。萧条村落遍，极目见飞鸦。

忧　旱[②]

甲戌秋，督运至潞河，幸获竣事，偶传三吴麦以雹伤，稻因旱槁，万众嗷匕，不胜感悼。

万艘方云集，拍岸漾秋涛。汪洋总帝力，颖粟尽民膏。旧赋还时轸，新祲闻大骚。并州空在念，无力吁崇霄。

闾里歌德其七[③]

福星缭绕白云乡，仙令衔鱼绣鹔鹴。沧海万家迎竹马，春风四座拂铜章。三齐郡国推高第，两浙才名属大方。凡驽自惊伯乐顾，只看简命佐垂裳。

挽涌空禅师[④]

曾向龙城耀虎威，俄抛金甲挂缁衣。纷纷世态同观电，寂寂空门乐息机。面壁频年神自湛，涅槃西渡性通微。南能北秀嫌多事，争似空公只履归。

---

① 辑自王象晋修《王氏族谱》卷十三。

② 辑自王象晋修《王氏族谱》卷十三。

③《闾里歌德》为万历二十四年新城王氏家族成员送别知县钱汝梁离任所作，共十首（作者依次为王之垣、王之城、王之猷、王象乾、王象蒙、王象贲、王象晋、王象斗、王象节、王象恒），此为第七首。辑自天启《新城县志》卷十四《艺文志下》。

④ 辑自康熙《新城县志》卷十四《艺文》。

张州守传[①]

公讳锦，号梧川，生而颖异，十五入邑庠。每督学使校艺，辄褎然诸生间。历九科，数奇不第。世庙初，开三涂并用之例，以选贡谒选，授大名府通判。司马政，痛革常例，严惩私贩，历年夙蠹一朝顿清。每委署州县，率以冰檗自矢，而材具犀利，屡膺当道荐奖。翰林临漳李公撰有《异政纪》。两台文章剡荐谓："应超擢，以励庶职。"寻升辽东自在州知州，乃大为公抱不平，会奖云："刚方之性，卓异之才，常例岁千余，毫发不取，奸贩惩十数，马政克修。真科目之遗，畿辅之良佐也。"但为资格所拘而不见信于铨部，良用恻然。以丁艰归，不乐仕进，寻休致优游林下者三十余年。恤贫乐施，好行其德，睦九族，敦友谊，享年八十四岁。子应科仕吏目。孙羽凤历户部员外郎，羽鸿历亳州州同。曾孙森森，方兴未艾。人以为厚德之报云。

重建历城县治大堂记[②]

汝南宋公治历之明年，则今皇帝之十有三年也，政化及行，民用安息。秋八月，其听治之堂始成落焉。

先是，己卯之变，济南列署悉经火焰，而县治为甚。自厅事以暨吏舍，正门以及宾馆，内而钱谷所储，下至罪人所栖，鞠为焦土。令君朝莫坐堂皇，听庶事则设茇以居，胥入白事，出辄内籍袖中，长者至门，阍吏不敢延请，荷校之夫相与枕藉风露。非不锐意更新，无如时诎何矣。夏六月，公来治历，招移绥甿，息纷戢暴，披瓦砾，掩胔骼，履阡陌，辟草莱，昕夕鞅掌。归则坐堂皇，听庶事，依然茇中而已。左右间以为请，公曰："遗骸在地，流移在道，妇子采菖，蔽樗在野，未遑也。"弗许。逮民既小憩矣，左右又以请，公曰："城郭未葺，台署未建，先正名祠未复，未遑也。"弗许。逮百废渐兴矣，左右终以请，公曰："飞蝗蔽天，野无青草，民多疫疠，道殣相枕，未遑也。"又弗许。已而公见胥入白事，出辄内籍袖中也，秋九月，乃作吏舍数十楹，如昔制；见长者至门，阍吏不敢延请也，冬十月，乃作大门四楹，虚受堂四楹，如昔制；又见荷校之夫相与枕藉风露也，十一月，乃作广生室数十楹，悉如昔制。浸寻至今年之夏，亢阳疾风，听治之茇日卷数重茅，宵见星月，且值祷雨屡应，民望有秋，

---

① 辑自天启《新城县志》卷十三《艺文志中》。

② 辑自道光《济南府志》卷六十五《艺文一》，亦收入乾隆《历城县志》卷十《建置考一》，文字稍有不同。

公曰可矣。乃出先后俸钱，庀材鸠工，再阅月而告成。匠石至于徒役凡若干人，栋甓至于佣糈凡若干缗，经始至于落成凡若干日。于是左右奔奏[①]于兹堂胥庆曰："公堂成矣，而不知费之何以出。"群黎环睹于兹堂胥庆曰："公堂成矣，而不知力之何以劳。"荐绅学士晋谒于兹堂胥庆曰："公堂成矣，而不知时之何以诎、功之何以集。"

中秋上日，值公初度，余自桓台走历下，跻堂称觥，公因以记属余。余退而叹曰："若公可谓家视其官矣！章绶君子，往往视公舍如蘧庐，虽极圮敝，亦冀幸超迁，以勚贻后人，稍加涂茨，称故事已尔，而公之草昧经营、咄嗟立办也如此。不则，穷极壮丽，动扰民间，轮奂虽美，怨愁偕筑[②]，而公之竹头木屑，咸资俸余也如此。又或因陋苟简，狭小制度，取具目前，弗克经久，而公之规画久远、矩蒦宏敞也又如此。匪直此也，筑城浚池，建列署，修废祠，其蛊饬而鼎新者不独此堂；为历下急呼以救[③]民命，募人捕蝗以恤民灾，严汰冗役以清胥弊，设钟于狱以察冤囚，其兴利而起敝也不独此堂。而堂其大者也。若公可谓家视其官矣！

公名祖法，字允绳，别号澺水，河南汝宁之新蔡人。甲戌进士。初令齐河，己卯夏自祁门迁历下。历之明年秋八月，始成此堂，而新城王象晋为之记。因作颂曰：

瞻彼岱阴，岩城斯临，维齐历下，嘉名至今。懿厥治所，面岩背渚，跂翼翚飞，爰居爰处。匪茹突来，回禄肆灾，次鳞错绣，荡为煨埃。栋桡已脱，焦壁四达，不见宓堂，乃见召茇。公来齐州，民用见休，百废俱兴，公堂乃修。卜云其吉，作堂秩秩，经之营之，成以不日。殖殖其庭，有觉其楹，君子莅止，既和且平。华峰奕奕，泺水恒碧，于万斯年，令德无射。

群芳谱跋语[④]

回忆甲寅、乙卯间，同乡二三贵人得时行志，衔宪握爵，念之所向，山岳动而风雷驰，三事、六曹而下，颐指唯命。予时方备员秘省，迂愚戆拙，不能承顺意旨，用是摈归林麓，八庚岁籥，未敢以片楮达长安。客有怜予者造而请曰："子读圣贤书，终以岩穴老乎？长安贵人，岂竟不可以人理格？子能悔过输诚，

---

① "奏"，乾隆《历城县志》卷十《建置考一》作"走"。

② "筑"，乾隆《历城县志》卷十《建置考一》作"集"。

③ "救"，乾隆《历城县志》卷十《建置考一》作"请"。

④ 辑自王象晋《二如亭群芳谱》。

失东隅收桑榆，亦未可知。河清难俟，子将谁怼？”予曰：“唯唯否否。人各有能，有不能。舍所能则失己，强所不能，未必得人。且从古圣贤，亦何尝恋恋名位也。参赞位育，老安少怀，素位可行，岂异人任？子试观吾农圃功成，出而郊圻，入而苑囿，满目菁葱，八口温饱，是亦一小参赞小安怀也，岂必乞播登垄，乘高策肥，乃愉快哉？语云：君子固穷，达人知命。予之穷，予之命也。吾行吾素，何怨何援，子休矣。顺时安命，深耕疾耰，以旦夕从事于农圃，聊悠游以卒岁可已。”客輾然长啸而去。

天启辛酉花朝好生居士再题于涉趣园。

传记

新城王方伯传①

公讳象晋，字子进，山东新城人。祖重光，布政使司左参议。父之垣，户部侍郎，赠尚书。公，户部公季子也。中万历甲辰科进士，授中书科舍人。癸丑考选，同乡为京朝官者，皆欲以台省处之。适伯兄宫保公象乾方以蓟辽总督召为本兵，而故事父兄官内阁及六卿者，子弟无得居言路。其见居职者，或改翰林官。故宫保欲暂归为公地，即来而翰林可得也。公力争不可以私恩宿君命，遂平调礼部仪制司主事。人皆服公之正，而贤宫保公之友爱，以为两得之。移疾里居。久之，中忌者以京察调外，补江西按察司知事，未赴，再迁礼部精膳司员外郎。闻路太夫人病，请急归。路，公继母也。时三原户部来公复名善医，来方管临清仓，遂躬冒冰雪，驰四百里，邀之来视。比至，病已亟，乃祷于岳祠，乞以身代母命。太夫人闻之，为之感动歔欷至没。服阕，补本部仪制司。升按察司副使，备兵淮扬。乙巳②，通州奸民乱猝起，聚众数千，烧劫豪家，势汹汹及官府。公自泰州驰赴之，擒戮其首祸者数人，事遂定。俄以参政督苏常镇粮储道，平漕卒之乱于俄顷，民不知变。其持重能处大事，皆如此。升河南按察司使，兰阳王母刘诬讦许州诸生五十人，巡抚下其词，以名捕。公争之百端，得止。于时宗室骄行纵恣于郡县，赖公势稍戢。为按察使经年，所部称平。迁浙江右布政司使。冬，左使姚某入觐，公摄其事，时崇祯十有一年也。是时，寇讧岁饥，上计吏视赋入为殿最唯谨。姚至京，以征解缺额下狱。公急敕主藏吏籍所贮悉输之，吏辞以考成不便。公曰："若所言，吾岂不知！顾姚事急。吾视事日浅，即不及，降秩耳，姚祸且不测。与人同僚，濒危而忍秦越视之乎？"于是择吏趣解到部，课如额。姚遂得释还，而率其子弟顿首谢门下，曰："微公，吾不复至此，吾余生皆公赐也。"起，相持手，泣数行下。

公为人宽中，及见义勇决，不择利害为趋避，然终不为崖异崭绝之行。其

① 辑自清姜宸英《湛园未定稿》(清康熙二老阁刻本，收入《四库全书存目丛书》集部261册)卷五。该版本为六卷本，《新城王方伯传》在卷五。清光绪十五年毋自欺斋《姜先生全集》也有《湛园未定稿》(收入浙江古籍出版社2016年版《姜宸英全集》)，为十卷本，《新城王方伯传》在卷九。

② "乙巳"，据王象晋生平，当作"己巳"。

以京察降外也，时群小朋比攘臂，力翻辛亥之案，因坐公以浮躁。公在家闻之，怡然曰："此辈自图报复耳，非朝廷意，于吾何损！"或谓公方为部曹，非时所轻重，故其言云然。然予按辛亥京察，其首争金明时之调外者，刑郎秦聚奎也。于是朝士意皆有所左右，门户角力蜂起。东林中如丁元荐、李朴者，皆以郎官出死力争之，为党人切齿。数年间，奏讦纷然，如所谓秦派淮脉昆宣之党，拥戴争雄，诸不根之说见之章奏者，猥渎烦琐，无复人臣之礼。自丁巳察后，众正气落，不十余年间而党衅成矣。其延及于崇祯之末，南渡之余，尚忍言哉！小人之贻祸，此昔人所谓"吾党当分受其过"者。若公处通塞之际，萧然若无事，使搏击之爪距无所复施，含射之窃发不得以中，岂独既明且哲，以保其身，亦谋人国家者之所当取法也。

公未衰致仕。有子四人。诸孙今侍读君士禛谓某言其季父死节事甚烈，则公子御史与胤也。御史忤执政，归里，闻甲申三月变，扼腕曰："吾父老矣，幸不为世所求，吾不可以无死。"乃与其妻于孺人、子士和同登楼缢死。于是公益绝人事，自号明农隐士，阖门谢宾客不为通，虽郡邑长吏屏车骑到门，匿不与见。制先令为自祭文，饰巾待尽而已。生平喜淡泊，室无媵侍。盛暑，整衣冠危坐，读书不辍。常举唐柳玭言，诫子孙无矜门第，务力学为善。故其家累世贵显，至于今尤盛。卒时年九十三。

王象晋传①

王象晋，字子进，号康宇。祖重光，太仆寺少卿。父之垣，户部尚书。俱加赠柱国、光禄大夫、太子太师、兵部尚书，以司徒长子象乾官推恩。象晋，司徒公季子也。中万历甲午举人，甲辰进士。请养归丁外艰，释服，授中书科中书舍人。癸丑考选，同乡诸公皆欲以台省处之。适太师公方以蓟辽总督召为本兵，而故事父兄官内阁及六卿者，子弟无得居言路，其见居职者，例改翰林官。故太师欲暂归为象晋地，即来而翰林可得也。象晋力争不可以私恩宿君命，遂平调礼部仪制司主事。人皆服象晋之正，而贤太师之友爱，以为两得之。甲辰，移疾里居。久之，中忌者以京察调外，补江西按察司知事，未赴。迁行人司左司副，又迁礼部精膳司员外郎。闻继母路太夫人病，请急归。时三原来户部复善医，方榷关临清，躬冒冰雪，驰五百里，邀之来视。不瘳，则祷于岳祠，愿以身代母命。太夫人临没，感动欷歔，执手叹其孝不置云。服阕，补仪制司

① 辑自康熙《新城县志》卷七，与前篇姜宸英《新城王方伯传》，内容基本相同，但文字有增改，有些信息可资参考，故一并收录。

员外郎。扈惠王之国荆州，戊辰春报命，赐银币，加一级。是春，升按察司副使，备兵淮扬。乙巳[①]，通州奸民乱猝起，聚众数千，烧劫豪家，势汹汹且及官府。象晋自泰州驰赴之，擒戮其首事者数人，乱遂定。俄以参政督苏松常镇粮储。会漕卒与吴江民不平，殴伤粮官，焚漕艘，以妄语相煽动。象晋下令，肃然投弁于法，民不知变。其持重能处大事，皆如此。升河南按察使，精心鞫狱。兰阳王母刘诬陷许州诸生五十人，巡抚受其词，下司捕治。象晋察其枉状，争之百端，得止。于时宗室骄行纵恣于郡县，势乃稍戢。为按察使经年，所部谳决称平。迁浙江右布政使。冬，左使姚永济入觐，象晋摄其事，时崇祯十有一年也。是时，寇讧岁饥，帑藏虚竭。上计吏视赋入羸绌为殿最唯谨。姚至京，以征解不及额下狱。象晋闻之，敕守藏吏籍所贮悉输之。吏辞以考成不便。象晋曰："若所言，吾岂不知！顾姚事急。吾视事日浅，即不及，降秩耳，姚祸且不测。与人同寮，濒危而忍秦越视之乎？"于是，择吏趋解，至部验牒，课如额。姚遂得释，还而率其子弟顿首谢门下，曰："微公，吾不复至此。吾今余年，皆公赐也。"起，相持象晋，泣数行下。

象晋为人宽厚，及见义勇决，不择利害为趋避。赴人之难如不及然，终不为崖异激切之行。其以丁巳京察降外也，给事中亓某、御史韩某、赵兴邦辈所谓四凶者，力翻辛亥之案，朋比攘臂，将尽掊正人而去之，因坐以浮躁。象晋在家闻之，怡然曰："此党人自图报复耳，非朝廷意，于吾何损！"然自此案成，而海内清流无得脱漏。其间有不胜其忿而争之者，争之不已，至于门户角立。因门户生是非，因是非滋议论，始于宫闱，及于封疆，不十年间而钩党之祸极矣。其延及于崇祯之末，南渡之余，尚忍言哉！小人之为患，此昔人所言"吾党当分受其过"者也。

象晋七十致仕。有子四人。次子与胤以御史忤执政，里居，甲申四月殉国变死。于是象晋益绝人事，自号明农隐士，阖门谢宾客不为通。虽郡邑长吏屏车骑到门，匿不与见。制先令为自祭文，饰巾待尽而已。生平喜淡泊，室无媵侍。盛暑，整衣冠，危坐读书不辍。常举唐柳玭言，诫子孙无矜门第，务力学为善。故其家累世贵盛，至于今尤显。卒时年九十三。子与胤，监察御史；与敕，贡士，封国子祭酒，赠户部右侍郎。孙士禄，吏部考功员外郎；士祜，进士；士禛，经筵讲官、户部右侍郎。象晋以士禛贵，亦赠户部右侍郎。

史馆纂修姜宸英撰传节文。《明史》有传稍略。

---

① "乙巳"，据王象晋生平，当作"己巳"。

王布政传[1]

公名象晋，字子进，号康宇，新城人。贵州参议忠勤公重光孙、户部侍郎见峰公之垣[2]子、少师霁宇公象乾弟也。生而重厚，岐嶷不凡。中万历三十二年进士。梦亲疾，即乞归养。父丧，哀毁之诚，几于死孝。服阕，授中书舍人。当考选，拟转科道，而少师以总督召掌兵部，欲暂假以便公。公不可，即具文引避，改礼部仪制司主事。为党人所忌，中以考功法，降江西按察司知事。稍迁行人司副，迁仪制司员外郎。扈惠王之国荆州。迁扬州兵备副使，以廉能著。通州乱民之变，公夜驰往定之。奉旨设司道一员，督苏松等府粮储，以公升参政任之。复定吴江漕卒之乱。四运皆完，会有中官衔命督漕，公不为礼，以法中公得降级，士论壮之。迁河南按察司。王府宗室多好讼，连及者辄破家。公察其诬，白两院，一切寝之，得全者数百家。迁浙江右布政使。左藩姚公永济入觐，征解不及额，下狱。公闻，即以署印日催到钱粮，代姚公起解，得释复任，而自请致仕。国家之后，日与二三野老优游郊园，对花木，观禽鱼，饮酒赋诗，追香山洛社之风，自号明农隐士，为其乡祭酒人瑞者数十年。年九十三卒。乡人私谥康节先生。

公为人恭俭和易，内行淳笃，平生亦未尝借门户以报复人。门无邪僻之宾，室鲜华靡之仆。其刚肠嫉恶，志洁秋霜，而慈心御物，誉流冬日，虽跻大耋，锐志弗衰，啸咏如常，延接罔倦，俾聆其謦欬者，如坐春风。观化之夕，翛然委蜕，似有得于道者。公自作圹志，有曰“予性谨饬，予心柔懦，不敢凌人，不忍害物”，寿命延长，或在于此。所著有《剪桐载笔》《念祖约言》等书，及辑《群芳谱》二十八卷行世。子与胤以御史死节，另有传。孙士禄，壬辰进士，官吏部主事；士禛，乙未进士，官扬州府推官，俱以廉明著称。

论曰：吾观方伯先生立朝居乡之概，正已出政之端，蚤跻巍科，晚登大耋，百年以还，目所希觏，是固天下才德之大聚全归矣，然而犹有憾焉。北山大夫岂不位而从外事？其《诗》曰“旅力方刚，经营四方”，以为不得入参风议，无救周衰。召公岂不寿考？及其致政周公，曰“耉造德不降我，则鸣鸟不闻”，以为老成在野，则其势不盛。由此而观，假使天欲大用公，则必使其先五十年蚤踞均衡，后五十年毋歌薖轴。如此，则可以大治天下而寿一世。今仅焉耳，岂不惜哉！然而哲嗣文孙蝉联鹊起，丰功伟业正未可量。如先生者，要不可谓非国之遗老、邦之瑞士、世之幸人、天之君子也！猗欤休矣！

---

① 辑自邹漪《启祯野乘二集》卷三。

② “之垣”，本误作“之恒”，据《新城王氏世谱》改。

故中奉大夫浙江布政使司右布政使康宇王公墓志铭[1]

公讳象晋，字子进，一字康宇。山东新城人。家世鼎贵，至公兄弟群从，组笏盈庭，勋伐文章，焜耀海内。而公更以厚德持之。迨运属晚季，物变事移，海内向称乌衣、三槐之盛者，皆流连太息，窃指公为乔岳。中遘丧乱，公之子若孙，或殉忠，或殉孝，而公健无恙，复及见诸孙接踵取上第，贵盛如昔时。寿几百岁，自撰圹志、祭文以终。公万历甲午举贤书，甲辰成进士。筮仕中书舍人，升礼部仪制司主事，谪江西按察司知事，未赴，升行人司左司副，复入礼部为精膳司员外郎。丁内艰，服阕，仍故官于仪制司。升淮海道副使，充应天武乡试主考，升苏松常镇粮储道参政，历河南按察使、浙江右布政使，请致仕归。

公之为中书舍人也，声籍甚，旦夕入台垣。会母兄少师公召掌中枢，不以回避例取清华，回翔郎署，拟改铨部，不应，谢病里居。其谪也则丁巳京察，时党祸方兴，一时朝士知名贤者，罢斥殆尽。备兵淮海，通州民乱，燔吏部范凤仪之第，祸几不戢。公闻变，夜登舟赴之，以方略擒其渠，解散胁从，所全活不可计。督储苏松漕，卒与粮长争斛，殴官焚艘，公立置悍弁于法，事遂定。河南藩宗怙势起大狱，罗织诸生至五十余人，公一言解之，不得逞而寝。浙江左辖姚公入觐，饷不及额，下诏狱，公署司篆，尽以所完代解，乃释。当事初拟以公代姚，而公卒脱姚而自请告，姚得还任。

先是公谪官家食，值岁大祲，公捐私廪，起沟壑者以千数。至是愈为德于乡，无亲疏远迩，所以惬其志而生其爱敬之心者，又不徒饮食衣被之也。公廉静退恕，一本于诚，虽学问砥砺之功不诬，而恒若出于天性然者。至于辑睦家门，诲示子姓，皆有法度，可为世则。自奉俭约，逾于寒素，一葛袍御之十年，年开九秩，颜色敷腴，步履饮啖，常若四五十岁人。幼耽撰述，至髦不倦，篇帙之富，近代无匹。然不要时誉，不名一家言，笃志自娱，而人莫能窥其际也。公既葬二十余年，一日，阮亭侍读造予曰：先大夫之葬，有治命，戒勿丐显者之辞，不敢违。然子若孙之心，则未能已也。顾先生有述，以备家乘，可乎？予谢不敏。既而侍读之兄礼吉太学以礼部公书来固请，予于公为姻家，予昔获侍公謦欬，而礼吉，予兄婿也，不可复辞。乃再拜为之铭曰：

静与道俱，动与义谋。笃前人光，后袭其休。俾尔何私，唯德是求。我铭昭昭，勿问诸幽。

---

[1] 据赵进美《清止阁集》卷十三。

故通议大夫浙江右布政新城王公行状①

康熙戊午，翰林院侍读王君士禛，持其祖方伯公行实属余状。㬇然有间而言曰："我先祖行修德备，历仕中州、江浙间，治绩显著已。告老，年九十三而歿，遗命勿乞显者言。今距歿二十有二年，隧道之石阙焉未具，不以告于世，惧其夸而重我道也。子之言质以信，敢以请。"余弇鄙，愧无以条次轶事扬公美，顾跧伏久。乃者以状属，是先生尊祖命，不以余之贱而加之唾也，其何敢辞！

按王氏系出琅琊，其先自诸城徙新城，世以名德称。三传而致科名者踵接，其后爵弥显，至公而极盛。公性端谨，少与诸弟兄镞砺于学，寒暑无间。为诸生，学使者期以天下士，郭文毅正域尤器重之。万历戊子乡试，象斗、象节、象恒皆中式，公与焉。监试者谓新城王氏且三人，不可益，抑副榜。甲午举于乡。又十年甲辰，成进士。丁父忧。丁未，服阕，授中书舍人。癸丑届考选，其兄时以蓟辽总督召为兵部尚书，后暂假为公台省地。公寓书力止之曰："王事孔亟，且君命不宿于家，慎勿以私废公，虚上倚毗意。"遂循次升礼部仪制司主事。未几，东省佥曹缺，同乡以清望群属公。公曰："朝廷威柄，惟铨与枢两奇为最，讵有兄在本兵，弟复居选曹耶？"固却之。甲寅，移疾归，辟小隐园，排纂古高士为《往哲芳踪》以见志。丁巳京察，时有异己者相朋煽，深嫉公，诬以浮躁，斥外。公怡然曰："我以邪党去，庸何伤！"闻之益贤之。辛酉起，补按察司知事。壬戌，迁行人司司副。癸亥，升礼部精膳司员外郎。丁母忧。丙寅，服阕，补仪制司员外郎。丁卯，扈惠王之国，祭告如礼。戊辰复命，赐银币，加一级，升淮海道副使。扬故繁华地，公以清节益自砥。检押胥吏无扞法，豪猾尽屏迹。会通州奸宄猝啸聚，毁荐绅家，匈匈及官廨。公疾驰，擒其魁，余党悉解散。辛未，以参政督苏松粮储。时率属甫定，规制未备，公事事经始，纲举目张，以次条治，军民便之。悍弁与吴江里长争羡，大扰乱。公立捕，论如法。凡岁所输粮七百四十六万余石，以时至，无后期。累蒙纪录，举卓异。癸酉，以三品考满，进阶中奉大夫，给诰命。甲戌，进河南按察使。谳决详慎，无枉滥。兰阳王母诬陷许州诸生五十余人，已置封，宗室势张甚，几狱成。公察其枉，为平反。乙亥，进浙江右布政。勾稽簿籍，部次族居，举贡赋及储偫，皆訾算，出入有成就，人人守要束，不得于中那溷，锢弊以立去。亡何，乞休，得请归，

① 辑自黄与坚《愿学斋文集》卷三十九。其中，"通议大夫"，当作"中奉大夫"。明代通议大夫为正三品，中奉大夫为从二品。本篇内云"癸酉，以三品考满，进阶中奉大夫"，赵进美为王象晋作墓志铭亦题作"故中奉大夫浙江布政使司右布政使康宇王公墓志铭"。

自号赐闲老人。潜修于家，不问朝政，不预郡县事。甲申，流寇陷京师，公更号明农隐士，颜所居曰“养和”，不复出。日危坐正襟，自颐养。性恬淡，无杂好。年至耄耋，容颜若少壮。逾九十，尚强饭。已书治命，撰自祭文，以微疾从容告语而逝，时顺治癸巳十月初五日也。先此已治圹，公自志。丁酉十一月，葬于系河阳。

公至孝，当登第时，需次京师。梦父病于家，遂束归。奉侍百余日，父乃殁。人以为扼臂啮指不是过。卒之日，毁瘠过礼。母病剧，公登岱祷，愿以身代延母算，跋涉冰雪，求医数百里外。母执公手曰：“汝事后母孝如此，我死瞑目矣。”执母丧一如父殁。时两妹寡，岁赒给不绝。仲兄女拊之如己出。建永思会，遍恤恩宗党。

性俭朴，室无媵侍，食不兼味，常服止布素。尝出一葛衣示子孙，皆再纫缀，曰：“我服此已十年，非不能易也，顾惜福当如此耳。”其行善事，拯人危急，则异是。乙卯、丙辰岁洊饥，竭囷粟煮糜食饥者。或弃其子女，给赀为收养，病则予之药，死则予之椟，不给则丐贷以佐之，赖以全活者甚众。署浙藩时，左藩姚某入觐，以亏额下诏狱，公以己额为代偿。或尼之。曰：“我视事无几，不及考镌级耳。姚方被严谴，奈何坐视不之救？”其勇于义不惜踵顶，类如此。

公嗜学，老而弥笃，编次排纂不释手。所著有《新城县志》《赐闲堂集》《王氏族谱》《念祖约言》《心赏编》《卫生铃铎》《三刻验方》《日省撮要》《救荒成法》《群芳谱》若干卷，藏于家。

公讳象晋，字子进。始祖贵，贵生伍，以隐德载县志。伍生麟，颍王府教授。麟生重光，嘉靖辛丑进士，贵州布政使司左参议，以平蛮督木功赠太仆寺少卿。重光生之垣，壬戌进士，户部左侍郎，赠户部尚书，以子贵，加赠少师兼太子太师。已上三世累如其官，妣皆一品夫人。之垣生三子：长象乾，隆庆辛未进士，光禄大夫，少师兼太子太师，兵部尚书，赠太师。次象贲，户部广西司员外郎。次即公，配成氏，赠淑人，继配张氏，封孺人，赠淑人。子四人：与龄，学生，娶孙氏，以节死。与胤，崇祯戊辰进士，湖广道御史，甲申死国变，娶于氏，同日死。与朋，贡生，壬午殉难死，娶刘氏。与敕，恩贡生，今封礼部仪制司员外郎，娶孙氏。女二人。孙十人：士瞻、士和，俱学生，死国变。士鹄，学生。士熊，崇祯壬午举人，士雅，学生，俱殉难死。士禄，顺治壬辰进士，吏部考功员外郎，以孝死。士禧，贡生。士良，贡监生。士祜[①]，康熙庚戌进士，候选中行评博。士禛，顺治乙未进士，翰林院侍读，则以状属余者也。

王氏贵显至奕世，世之言阀阅者以为甲。公当其时，席藉曩烈而又掉鞅而起，

① “士祜”，本误作“士祐”，据《新城王氏世谱》改。

可以跅弛自恣而降心抑志，退然尝有以自下。居恒述唐柳玭之言曰:“门第高者，实艺懿行，人未必信，纤瑕微疵，十手争指。故修己不可不至，为学不可不坚。修己当于有过处求无过，为学当于无过处求有过。”生平温厚和煦，无崖险蹊削之行。虽宦途齮龁有加于公，不相报复，卒不以构异同，煽水火，为国家酝朋党之祸，其忍耐含容，确有定力。至于出处进退，毅然果决，不为游移，而居官之际，捕治凶恶，如禽狝草薙举发作于须臾之顷，所为君子之强，仁人之勇，于是乎不及也。公之所以立志而持身者，大率不于其盈而于其余。王氏既以世德光大，其子孙并以忠孝著称于当世。然其盈也，公乃益为固其余，使夫上下冲融，元气磅礴，如夫有源之水，有本之木，虽发之无穷而尚绵延蕃庶，不可以殚竭。王氏之簪组相望、声华赫奕而以文章节义昭示来兹者，夫岂徒哉！司徒之教其子孙也极严，至于公而辟咡诰诫，惕厉弥甚。以文艺课诸孙，善则喜，不善则诃而谯责之，已复慰勉曰:“我年八十九，梦寐间犹数侍司徒公侧，凛若髫龀过庭时，汝辈何不学也？勿以今日不学而有来日，岁月岂汝贷哉？”其孙士祜[①]尝谓余言。余咨嗟太息，以为当斯世而有洁修砥行、成教于家、为国家桢干之用如先生者，余安能得若人而师事之，且以告于世，使皆以为大人长德而率遵之也哉！今公虽逝，犹得从公行事为之傍皇俯仰，执笔为状，使世之观之者有所以感兴焉，而余固心焉以之，庶几同于高山之仰止，有所望而跻焉者，亦余之幸也。

谨状。

中奉大夫浙江布政使司右布政使王公神道碑[②]

新城方伯王公以明万历甲辰进士授中书舍人，迁礼部仪制司主事，以丁巳外调，其后累官浙江右布政使，以崇祯丁丑致仕，国朝顺治癸巳十月五日终于里第。尝生前作自祭文并自撰圹志，遗命不令求贵人文字。今康熙戊午，既葬二十有二年矣，其孙翰林侍读士禛以公言行录示余，且属余表其墓。夫先贤学求自信，不要人誉，虽在九原，犹存斯志，岂假后人为溢美之辞哉！而况谫陋如余，何能揄扬先生之万一。顾惟随武已殁，赵文怀所与归；郭泰何求，蔡邕信以不愧。是则前贤不藉后人为重，而后学实附前贤为光也。是用征实以书，昭信将来。

公讳象晋，字子进，一字康宇。始祖琅琊公贵，自诸城来徙。贵生伍，伍

① “士祜”，本误作“士祐”，据《新城王氏世谱》改。

② 辑自《新城王氏家乘》(清刻本)。

生麟，官颍川王府教授。麟生重光，官贵州参议，以平蛮督木功赠太仆寺少卿。重光生之垣，官户部左侍郎，赠户部尚书，是为公父。司徒公生三子，长象乾，官柱国、光禄大夫、少师兼太子太师、兵部尚书，赠太师，自麟以下皆赠如其官；次象贲，户部广西司员外郎；季即公也。

公席父兄贵盛之势，幼承庭训，笃志于学，恂恂恭谨，衣韦啖菽，无敢露才扬己，人不知为贵介子弟。初执经于青州张见尧先生，与临朐冯文敏公琦、蒙阴公文介公鼐同学相友善。弱冠补弟子员，试屡冠军，尤为学宪蹇公达所器重。与临清司空柳公佐、济宁中丞于公若瀛同召入书院读书。万历戊子，公从弟象斗、象节、象恒同登贤书，公亦在荐列。直指谓新城一邑举六人，王氏且三人矣，难复益，遂抑公副榜。甲午举于乡，又十年甲辰始成进士。居司徒公忧，丁未服除，授中书舍人。又七年，补礼部仪制司主事。当考选时，太师公方自蓟辽总督召为兵部尚书，欲暂假归为公台省地，即回避例且得翰林官。公驰书以大义规兄止之，仅补礼曹。未几，东省铨曹缺，同乡佥以清望推公。公曰："朝廷威柄，惟铨与枢。今兄在本兵，而弟复居铨曹，示天下以私，不可。"又固谢之。噫！铨谏，美官也，避嫌，细事也，他人竞仕进，每于所不得为者，梯荣阶宠，思越次以幸一得，矧夫遭时会、乘利便为己所应有者耶。公顾持难进之掺势，可为而不为，此其心宁复知有人世功名之足慕哉！公以癸丑辞铨谏，甲寅休沐归里，孤立独行，优游恬退，爱者莫助，忌者滋嫉。丁巳京察，公以素不附亓、韩为所恶，假手诬公以浮躁调外。给事亓诗教、御史韩浚者，皆公之乡人，与给事赵与邦辈比匪乱国，是赵忠毅公著论谓之四凶者也。当是时，群小力翻辛亥之案，击富平孙太宰，去之，朋党相煽，驱逐善类，海内清流，几于一网，而公与焉。然则公之为公可知也。辛酉，补江西按察司知事，寻迁行人司左司副，礼部精膳司员外郎。请归养，遂丁路太夫人忧。服除，补仪制司员外郎。出，备兵淮海，转督粮储于吴，进河南按察使，最后升浙江布政使。所在著治声，其大者如：通州奸民乱，焚范吏部凤翼居第，祸几燎原。公驻节泰州，闻变，夜登舟迅发至通，诘旦，诛其魁。吴江漕卒以争斛故，聚众千余，殴运官，焚漕艘，鼎沸不可止。公在常熟，闻变疾驰，立置悍弁于法，众以定。兰阳王母刘者，恃宗蕃之亲，诬陷许州诸生五十余人，将就系，公不畏强御，力洗其冤。及在浙时，左藩姚公永济入觐，以饷不如额下诏狱。公悉署篆所收者，代足其数。吏白公宜自为地，公曰："吾署篆无多日，即考成不及额，罪止镌级。今姚公方被严谴，何忍秦越视之！"姚公既得释，公遂引年归。

噫！公之勇能定祸乱，智能察冤诬，仁能纾患难，数事诚为人之所难，而实未足以尽公也。公之自志曰："予生平无足传，惟受党人倾害不敢报复，任扬州正乱民之法，督吴饷定漕卒之变，总宪中州杜宗藩之罗织，视篆越藩脱同寮之诏狱，此数事颇惬于心。”呜呼！于此见公之志，不以列侍从、居清要为荣，而以折疑定难、济人利物为不负所学之实也。夫是故，甘辞铨谏而不悔，宁受排挤而不怨，其度量之相越，岂不远哉。

公事父母至孝，甲辰初登第，需次居首，以司徒公春秋高，亟请归养。吏部未即许，公梦父卧病，哭失声，复坚请趣归。而司徒公果病，犹得侍汤药百日。诚孝所通，无异曾子之痛指、黔娄之惊心云。继母路太夫人疾，公登岱祷神，躬迎来公复于临清，拜求方药。值大冰雪，千里不辞瘁。及居丧，哀毁骨立，乡党称孝焉。抚仲兄遗女，过于己出。又尝建永思会于祖祠，以赡三族之不给者。乙卯、丙辰岁洊，饥竭困鹿，设粥以食饿者，别给赡子粮以育子女之弃于道者，施槥与赀以赒其死而不能葬者。其自奉则甚俭，衣惟布素，室无媵侍。尝出一葛衣示诸子孙曾玄，则两肩及破处皆碎葛补缀痕也，公曰:“服此已十年，非不能易之，顾惜福当如是耳。”

悬车之后，自号赐闲老人。及甲申，闯逆陷京师，仲子与胤以侍御家居，闻变，夫妇父子同日缢死，以殉节闻。公痛深家国，更号明农隐士，不复与长吏相见。日惟诗文自娱，述先贤格言训子，五世共聚一堂。迄癸巳，年九十三以寿终。而公固皭然全人也。

昔日王无功自为传志，顾多自矜诩，类于徜徉肆志者之所为。公则兢业惴惧，若庶几无罪悔者，盖始终一学道谦让之君子也。至其砥淬名行，不附权党，则毅然介石之掺，迥非流俗所及。呜呼！士惟小心者克树大节，公其然乎。公本不求贵人文字，余亦非能文者，而侍读君以余忝从游，素称道义交，今适外迁，非世俗显者比，又以余甲辰登第，丁巳外迁，其年岁略符方伯公当日。然则典型匪远，思古无訧，余其知所步趋矣。谨揭其大节书之，其他子姓婚姻，详志中，不更载云。

赐进士出身翰林院检讨调补顺天府霸州州判猗氏后学卫既齐顿首拜撰。

著录

《赐闲堂集》相关著录

《赐闲堂集》四卷

四册（北图）

清初刻本［九行十九字（19cm×13.4cm）］

原题："新城王象晋荩臣著，男与救、孙士鹄校。"余前见国会图书馆藏本，据象晋自序，定为顺治十年前后所刻；曾见《北京图书馆善本书目》定此本为崇祯间所刻，因未见原书，不敢非之，然亦不敢信之，今见此本，知实为顺治间原刻原印，《北京图书馆善本书目》题为崇祯，误也。观卷内文字，多称"髦年"，必为入清以后所作。而国会本卷一七言绝句多《世情》一首，卷三之末多《贺耿公祖转大银台序》一首，卷四《琐谭》多《逞势遗殃》《嗜赌倾家》《纳妓渎伦》《采补伤生》《蓄戏招祸》《侈费败家》六事，则均为顺治十年以后所补刻者矣。此为原本初印，故无之。

（王重民《中国善本书提要·集部·别集类》）

《赐闲堂集》四卷

六册（国会）

清初刻本［九行十九字］

原题："新城王象晋荩臣著，男与敕、孙士鹄校。"象晋字子进，新城人。万历三十二年进士，官至浙江右布政使。事迹详姜宸英所撰传。［《湛园未定稿》卷九］是集《四库全书总目》不载，卷端有自序，时年九十三矣。据姜《传》象晋即卒于是年，时清顺治十年也。卷一为诗赋，卷二至四为杂文。其子与敕后序称"间从蠹简获一二残编，合以近岁所作，请命而付之剞人"，则象晋似犹及观厥成。卷内明讳多抬头，而满洲事则绝不及。当由有所避忌，然由此知其所删削者必多矣。

（王重民《中国善本书提要补遗·集部·别集类》）

《清寤斋心赏编》相关著录

《清寤斋心[1]赏编》一卷，江苏巡抚采进本。

明王象晋撰。象晋有《群芳谱》，已著录。是书分六类，曰葆生要览，曰淑[2]身懿训，曰佚老成说，曰涉世善术，曰书室清供，曰林泉乐事。皆摭明人说部为之，犹陈继儒诸人之习气也。

（《四库全书总目》卷一百三十二《子部・杂家类存目》）

《清寤斋心赏编》一卷，原刊本。

明王象晋撰。《四库全书》存目，《明史•艺文志》不载。前有崇祯癸酉自序，称：简编缃素，皆古人精神所寄，而余因之以寄余心，暇日撮其素所欣艳，汇之于编，即语不必自己出，而时时相觏，心心相印，是亦足以满志矣。世有心余之心者，请共赏之云云。此其名书之义也。凡分葆生要览、淑身懿训、佚老成说、涉世善术、书室清供、林泉乐事六类，皆采掇明人杂记之书而成，而略注其所出。即同时陈眉公之说，亦多所甄录，盖其书本效尤于眉公也。《渔洋著述》亦收入之。

（周中孚《郑堂读书记》卷五十八《子部》十之七）

《剪桐载笔》相关著录

《剪桐载笔》一卷，两淮盐政采进本。

明王象晋撰。象晋有《群芳谱》，已著录。是书因奉使册封途中所作，故取义于剪桐。所载皆嘉言善行，然多涉因果。其《四公厚德解》等篇，体近于戏。卷首列贺登极一表、贺惠王升位一启，尤不伦也。

（《四库全书总目》卷一百四十三《子部・小说家类存目》）

《剪桐载笔》一卷，《渔洋著述》本。

明王象晋撰。象晋仕履见谱录类。《四库全书》存目，其书前有自序，乃其奉使册封惠王时所作，故以剪桐为名。首载《贺熹宗登极表》一篇、《贺惠王升位启》一篇，以下凡十九篇，皆传赞赋解说记之文，所述多嘉言美行，而颇涉游戏，究属小说体也。

（周中孚《郑堂读书记》卷六十五《子部》十二之三）

---

① “心”，本作“欣”，据原书改。

② “淑”，本作“儆”，据原书改。

《群芳谱》相关著录

《群芳谱》三十卷，内府藏本。

明王象晋撰。象晋字荩臣，山东新城人。万历甲辰进士，官至浙江右布政使。是书凡《天谱》三卷，《岁谱》四卷，《谷谱》一卷，《蔬谱》二卷，《果谱》四卷，《茶竹谱》三卷，《桑麻葛苎谱》一卷，《药谱》三卷，《木谱》三卷，《花谱》三卷,《卉谱》二卷,《鹤鱼谱》一卷。略于种植而详于疗治之法与典故艺文，割裂饾饤，颇无足取。圣祖仁皇帝诏儒臣删其踳驳，正其舛谬，复为拾遗补阙，成《广群芳谱》一书，昭示万世。覆视是编，真已陈之土苴矣。

（《四库全书总目》卷一百一十六《子部·谱录类存目》）

《二如亭群芳谱》三十卷，明刊本。

明王象晋撰。象晋字荩臣，自号好生居士，山东新城人。万历甲辰进士，官至浙江布政使。《四库全书存目》无“二如亭”三字,《明史·艺文志·农家类》所载亦同。是编分四部十四谱。元部凡《天谱》三卷、《岁谱》四卷，亨部凡《谷谱》一卷、《蔬谱》二卷、《果谱》四卷，利部凡《茶谱》一卷、《竹谱》一卷、《桑麻葛谱》一卷、《棉谱》一卷、《药谱》三卷、《木谱》二卷，贞部凡《花谱》四卷、《卉谱》二卷、《鹤鱼》一卷，而以《往哲芳踪》为首。卷前有小序，每谱亦各有小序及首简。每种分条标目，以隶事实艺文。大都以俞羡长所编《唐类函》为本，而参以《花镜》《圃史》诸书。其疗治一条，则又采之《本草纲目》。或迷其出处，或舛其姓名，讹漏不可殚数。至《天谱》杂述灾祥，《岁谱》泛陈节序，《鹤鱼》一谱无关种植，亦无关民用，皆为全书之赘。是以康熙四十七年圣祖仁皇帝有御定《广群芳谱》之作也。其书前有自序、义例及陈继儒、朱国盛、毛凤苞、张溥四序，末有天启辛酉自跋。

（周中孚《郑堂读书记》卷五十一《子部》九之下）

《秦张诗余合璧》相关著录

《秦张诗余合璧》二卷，内府藏本。

明王象晋编。象晋有《群芳谱》，已著录。是书乃以宋秦观《淮海词》、明张綖《南湖词》合为一编，以二人皆产于高邮也。然一古人，一时人，越三四百年而称为合璧，已自不伦。况綖词何足以匹观，是不亦老子、韩非同传乎？

（《四库全书总目》卷二百《集部·词曲类存目》）

王象晋年表

本年表主要依据姜宸英《新城王方伯传》(《湛园未定稿》卷五)、邹漪《王布政传》(《启祯野乘二集》卷三)、赵进美《故中奉大夫浙江布政使司右布政使康宇王公墓志铭》(《清止阁集》卷十三)、黄与坚《故通议大夫浙江右布政新城王公行状》(《愿学斋文集》卷三十九)、卫既齐《中奉大夫浙江布政使司右布政使王公神道碑》(《新城王氏家乘》)等传记资料,参考王象晋《赐闲堂集》以及康熙《新城县志》《新城王氏世谱》《明实录》《渔洋山人自撰年谱》《王考功年谱》《池北偶谈》等编撰而成。相关材料多见于本书正文及附录,为省篇幅,不再引述。

明嘉靖四十年辛酉(1561) 一岁

是年六月初八日,王象晋生。

始祖王贵,明初由诸城迁济南府新城县,称琅琊公。高祖王伍,有善行,称善行公。曾祖王麟,颍川王府教授,称颍川公。祖王重光,明嘉靖二十年(1541)进士,官贵州按察使参议,赠太仆寺少卿,称忠勤公。父王之垣,明嘉靖四十一年(1562)进士,官户部左侍郎,赠户部尚书。

嘉靖四十一年壬戌(1562) 二岁

是年,父王之垣中进士。

嘉靖四十二年癸亥(1563) 三岁

嘉靖四十三年甲子(1564) 四岁

是年,从兄王象坤中山东乡试解元。

嘉靖四十四年乙丑(1565) 五岁

是年,从兄王象坤中进士。

嘉靖四十五年丙寅(1566) 六岁

隆庆元年丁卯(1567) 七岁

是年二月,父王之垣由荆州推官授刑科给事中,始在京为官。

从兄王象蒙中山东乡试亚元。

隆庆二年戊辰(1568) 八岁

隆庆三年己巳(1569) 九岁

隆庆四年庚午(1570) 十岁

是年,叔王之猷、长兄王象乾中举人,王象乾为山东乡试亚元。

隆庆五年辛未（1571） 十一岁

是年，父王之垣升太仆寺少卿，鸿胪寺卿。

长兄王象乾中进士。

隆庆六年壬申（1572） 十二岁

万历元年癸酉（1573） 十三岁

是年三月，父王之垣升大理寺右少卿，四月，升左少卿。

自隆庆元年至万历元年，父王之垣在京城为官。王象晋随父在京，与临朐冯琦、蒙阴公鼐同学读书青州张见尧先生门下，与高苑张爓（张希稷子）相过往。

从兄王象泰中乡试亚元。

万历二年甲戌（1574） 十四岁

是年四月，父王之垣升为南京太仆寺卿。

万历三年乙亥（1575） 十五岁

是年，随父在滁阳（即滁州），印《劝善录》数十册。

父王之垣改太仆寺卿。

万历四年丙子（1576） 十六岁

是年，父王之垣升顺天府尹。

万历五年丁丑（1577） 十七岁

是年，父王之垣升都察院右副都御使，巡抚湖广。

叔王之猷中进士。

万历六年戊寅（1578） 十八岁

万历七年己卯（1579） 十九岁

万历八年庚辰（1580） 二十岁

是年，父王之垣升户部右侍郎。

从兄王象蒙中进士。

万历九年辛巳（1581） 二十一岁

万历十年壬午（1582） 二十二岁

万历十一年癸未（1583） 二十三岁

是年，父王之垣任户部左侍郎。①

万历十二年甲申（1584） 二十四岁

是年，父王之垣疏乞归省，遂称疾不复出。

---

① 据《神宗实录》《国朝列卿纪》，王之垣万历十一年（1583）由户部右侍郎转左侍郎。王士禛《渔洋山人自撰年谱》载，王之垣万历八年庚辰（1580）内迁户部右侍郎，明年（1581）转左侍郎，误。

万历十三年乙酉（1585） 二十五岁

是年，从兄王象坤迁江西按察使。

万历十四年丙戌（1586） 二十六岁

是年，从兄王象坤迁浙江右布政使。

万历十五年丁亥（1587） 二十七岁

是年，从兄王象坤迁山西左布政使。

万历十六年戊子（1588） 二十八岁

是年，中乡试副榜。

从弟王象斗、王象节、王象恒中举人。

万历十七年己丑（1589） 二十九岁

是年，长兄王象乾任河南右参政。

次子王与胤（出嗣仲兄王象贲）生。

万历十八年庚寅（1590） 三十岁

万历十九年辛卯（1591） 三十一岁

万历二十年壬辰（1592） 三十二岁

是年，从弟王象节中进士。

万历二十一年癸巳（1593） 三十三岁

万历二十二年甲午（1594） 三十四岁

是年，中山东乡试第五十二名举人。

万历二十三年乙未（1595） 三十五岁

是年，从弟王象斗、王象恒中进士。

万历二十四年丙申（1596） 三十六岁

万历二十五年丁酉（1597） 三十七岁

万历二十六年戊戌（1598） 三十八岁

万历二十七年己亥（1599） 三十九岁

万历二十八年庚子（1600） 四十岁

是年，长兄王象乾任兵部右侍郎。

万历二十九年辛丑（1601） 四十一岁

是年，长兄王象乾转兵部左侍郎，总督川、湖、贵军务。

万历三十年壬寅（1602） 四十二岁

万历三十一年癸卯（1603） 四十三岁

是年，改建房舍，竣工后梁下生黄色灵芝，以为嘉瑞。

从弟王象春中山东乡试解元。

万历三十二年甲辰（1604）　四十四岁

是年，中进士。

归里侍父疾。

父王之垣卒。丁外艰。

万历三十三年乙巳（1605）　四十五岁

是年，丁外艰。

万历三十四年丙午（1606）　四十六岁

是年，丁外艰。

万历三十五年丁未（1607）　四十七岁

是年，服阕，授中书舍人。

父王之垣被追封为户部尚书。

万历三十六年戊申（1608）　四十八岁

是年，长兄王象乾任蓟辽总督。

万历三十七年己酉（1609）　四十九岁

是年，季子王与敕生。

万历三十八年庚戌（1610）　五十岁

是年，从弟王象春中会试亚元。

高苑张希稷卒，应其子张熘之请，作《少参凤台张公行状》。

万历三十九年辛亥（1611）　五十一岁

是年，长兄王象乾任兵部尚书。

万历四十年壬子（1612）　五十二岁

万历四十一年癸丑（1613）　五十三岁

是年，由中书舍人升礼部仪制司主事。

万历四十二年甲寅（1614）　五十四岁

是年春，编撰刻印《简便验方》。

夏，遭齐党亓诗教、韩浚等人排挤打击。以疾归里，辟小隐园，排纂古高士为《往哲芳踪》。

万历四十三年乙卯（1615）　五十五岁

万历四十四年丙辰（1616）　五十六岁

乙卯、丙辰连年灾荒，出粟米煮粥赈济灾民。

万历四十五年丁巳（1617）　五十七岁

是年，丁巳京察，受党人报复，污为浮躁。

万历四十六年戊午（1618） 五十八岁

万历四十七年己未（1619） 五十九岁

万历四十八年（泰昌元年）庚申（1620） 六十岁

是年七月，明神宗朱翊均去世；八月，明光宗朱常洛即位；九月明光宗去世，明熹宗朱由校即位，改当年八月以后年号为泰昌，次年为天启。

天启元年辛酉（1621） 六十一岁

是年，长兄王象乾以兵部尚书提督九边，总督蓟、辽，兼制宣、大等处，加太子太傅。

从弟王象随中举人。

补江西按察司知事，未赴任。

《二如亭群芳谱》编撰完成。

天启二年壬戌（1622） 六十二岁

是年春，与张羽凤、耿庭柏等乡绅，重修新城县四门。张羽凤负责北门、耿庭柏负责东门，家弟象壮负责西门，自己负责南门。

迁行人司司副。

天启三年癸亥（1623） 六十三岁

是年，升礼部精膳司员外郎。

继母路太夫人卒。丁内艰。

天启四年甲子（1624） 六十四岁

是年，主持纂修《新城县志》告成。

从弟王象云中举人。

天启五年乙丑（1625） 六十五岁

是年，从弟王象云中进士。

天启六年丙寅（1626） 六十六岁

是年，服阕，补礼部仪制司员外郎。

孙王士禄生。

天启七年丁卯（1627） 六十七岁

是年，受命扈从惠王朱常润离京就藩荆州。一路多有诗作，结集为《郢封里吟》，又著《剪桐载笔》。

孙王士禧生。

崇祯元年戊辰（1628） 六十八岁

是年，升淮海道副使。

次子王与胤中进士。

崇祯二年己巳（1629） 六十九岁

是年，通州民乱，聚众数千，烧劫豪家，自泰州驰赴平定。

编辑刻印《增定简便验方》。

崇祯三年庚午（1630） 七十岁

是年，长兄王象乾卒。

崇祯四年辛未（1631） 七十一岁

是年，以参政督苏、松、常、镇粮储，驻常熟。

平定漕卒之乱。

登州将领孔有德等叛乱，攻陷新城，士民死者甚众，史称“辛未之难”。王氏家族损失惨重，从弟王象复死难，王象晋作《悼兵变》《哭完初弟》。

崇祯五年壬申（1632） 七十二岁

孙王士祜生。

崇祯六年癸酉（1633） 七十三岁

是年，三品考满，进阶中奉大夫。

《清寤斋心赏编》编撰完成。

崇祯七年甲戌（1634） 七十四岁

是年，汇集督漕疏文为《董漕副墨》。

编校《诗余图谱》，毛晋汲古阁刊行。

升河南按察使。

平许州诸生冤案。

刻《大云轮请雨经》并作序。

孙王士禛生于河南按察使官舍。

崇祯八年乙亥（1635） 七十五岁

是年，升浙江右布政使。

崇祯九年丙子（1636） 七十六岁

是年，浙江左布政使姚永济因征解不及额下狱，王象晋敕守藏吏籍所藏悉输之，姚永济得释。[①]

崇祯十年丁丑（1637） 七十七岁

是年，致仕归里，自号赐闲老人。

崇祯十一年戊寅（1638） 七十八岁

是年，清兵进犯山东，攻陷济南，向东直至长山，新城震动。

---

① 此事姜宸英《新城王方伯传》与《渔洋山人自撰年谱》均误记在崇祯十一年。惠栋云:“案《考功年谱》，方伯公于崇祯十年致仕，此当是九年事。”见《渔洋山人自撰年谱》卷上惠栋补注。

崇祯十二年己卯（1639） 七十九岁

崇祯十三年庚辰（1640） 八十岁

是年，重刻《劝善录》并作序。

赴济南访历城县令宋汝法，遵嘱撰《重建历城县治大堂记》。

崇祯十四年辛巳（1641） 八十一岁

是年，编成《字学快编》。

崇祯十五年壬午（1642） 八十二岁

是年，清兵南下山东。十一月，兖州、济南沦陷。十二月初一日，新城陷，史称“壬午之难”。新城王氏死难者甚多，王象晋从弟王象随及其子王与朋，王象晋孙王士瞻、王士熊、王士雅，重孙王启淳殉难，子王与龄妻子孙孺人、孙王士和妻子张氏殉节。

崇祯十六年癸未（1643） 八十三岁

是年，举家依邹平孙氏，避乱于长白山。

崇祯十七年（清顺治元年）甲申（1644） 八十四岁

是年三月，李自成攻陷京师，崇祯帝自缢于煤山，明朝灭亡。更号明农隐士。

举家避乱于长白山。

次子王与胤（出嗣王象贲）与妻于孺人、子王士和自缢殉国。

编撰刊印《三补简便验方》。

顺治二年乙酉（1645） 八十五岁

是年，自山中归里，亲教诸孙。

顺治三年丙戌（1646） 八十六岁

是年，高苑谢迁攻陷新城，举家避乱于邹平。

编《琼林先声》。

顺治四年丁亥（1647） 八十七岁

是年，自邹平归里。

顺治五年戊子（1648） 八十八岁

是年，居家，督诸孙读书。

孙王士禄中举人。

编成《普渡慈航》。

编成《救荒成法》。

顺治六年己丑（1649） 八十九岁

是年，居家，督诸孙读书。

顺治七年庚寅（1650） 九十岁

孙王士禛郡、邑、提学三试皆第一。

顺治八年辛卯（1651） 九十一岁

孙王士禛中山东乡试第六名。

编成《举业津梁》。

有玄孙四人，作《喜得玄孙》志喜。

顺治九年壬辰（1652） 九十二岁

顺治十年癸巳（1653） 九十三岁

是年，子王与敕整理其著作，编成《赐闲堂集》四卷。

作自祭文:“予性谨饬,予心柔懦。不敢凌人,不忍害物。不敢丧心,不求满意。能甘澹泊，能忍闲气。九十年来，于心无愧。可偕众而同游，可含笑而长逝。”

十月初五日，卒于家。